ЗАПИСКИ О ШЕРЛОКЕ ХОЛМСЕ

Артур Конан Дойль

ЗАПИСКИ О ШЕРЛОКЕ ХОЛМСЕ

ЗАПИСКИ О ШЕРЛОКЕ ХОЛМСЕ

Артур Конан Дойль

Иллюстрации Sidney Paget (1860 — 1908)

© Издательство Miller, 2024

«Записки о Шерлоке Холмсе» – второй сборник рассказов о Шерлоке Холмсе, написанных в период 1875-1891 гг. Повествование ведется от имени доктора Ватсона, вспоминающего своего друга Шерлока Холмса – гениального сыщика, на счету которого – несколько десятков раскрытых преступлений. Конан Дойль считал рассказы о Холмсе «легким чтивом» и раздражался от того, что читатели предпочли произведения о гениальном сыщике историческим творениям автора. Потому сэр Артур решил прекратить историю сыщика, устранив популярнейшего литературного персонажа в схватке с профессором Мориарти у Рейхенбахского водопада… Вашему вниманию предлагается один из первых переводов рассказов Л. Конан Дойля на русский язык.

ISBN: 978-1-7637479-7-5

Серебряный

— Боюсь, Уотсон, что мне придется ехать, — сказал как-то за завтраком Холмс.

— Ехать? Куда?

— В Дартмур, в Кингс-Пайленд.

Я не удивился. Меня куда больше удивляло, что Холмс до сих пор не принимает участия в расследовании этого из ряда вон выходящего дела, о котором говорили вся Англия. Весь вчерашний день мой приятель ходил по комнате из угла в угол, сдвинув брови и низко опустив голову, то и дело набивая трубку крепчайшим черным табаком и оставаясь абсолютно глухим ко всем моим вопросам и замечаниям. Свежие номера газет, присылаемые нашим почтовым агентом, Холмс бегло просматривал и бросал в угол. И все-таки, несмотря на его молчание, я знал, что занимает его. В настоящее время в центре внимания публики, было только одно, что могло бы дать достаточно пищи его аналитическому уму, — таинственное исчезновение фаворита, который должен был участвовать в скачках на кубок Уэссекса, и трагическое убийство его тренера. И когда Холмс вдруг объявил мне о своем намерении ехать в Кингс-Пайленд, то есть туда, где разыгралась трагедия, то я ничуть не удивился — я ждал этого.

— Я был бы счастлив поехать с вами, если, конечно, не буду помехой, — сказал я.

— Мой дорогой Уотсон, вы сослужите мне большую службу, если поедете. И я уверен, что вы не даром потратите время, ибо случай этот, судя по тому, что уже известно, обещает быть исключительно интересным. Едем сейчас в Паддингтон, мы еще успеем на ближайший поезд. По дороге я расскажу вам подробности. Да, захватите, пожалуйста, ваш превосходный полевой бинокль, он может пригодиться.

Вот так и случилось, что спустя час после нашего разговора мы уже сидели в купе первого класса, и поезд мчал нас в направлении Эксетера. Худое сосредоточенное лицо моего друга в надвинутом на лоб дорожном картузе склонилось над пачкой свежих газет, которыми он запасся в киоске на Паддингтонском вокзале. Наконец — Рединг к тому времени остался уже далеко позади — он сунул последнюю газету под сиденье и протянул мне портсигар.

— А мы хорошо едем, — заметил он, взглядывая то на часы, то в окно. — Делаем пятьдесят три с половиной мили в час.

— Я не заметил ни одного дистанционного столбика.

— И я тоже. Но расстояние между телеграфными столбами по этой дороге шестьдесят ярдов, так что высчитать скорость ничего не стоит. Вам, конечно, известны подробности об убийстве Джона Стрэкера и исчезновении Серебряного?

— Только те, о которых сообщалось в «Телеграф» и в «Кроникл».

— Это один из случаев, когда искусство логически мыслить должно быть использовано для тщательного анализа и отбора уже известных фактов, а не для поисков новых. Трагедия, с которой мы столкнулись, так загадочна и необычна и связана с судьбами стольких людей, что полиция буквально погибает от обилия версий, догадок и предположений. Трудность в том, чтобы выделить из массы измышлений и домыслов досужих толкователей и репортеров несомненные, непреложные факты. Установив исходные факты, мы начнем строить, основываясь на них, нашу теорию и попытаемся определить, какие моменты в данном деле можно считать узловыми. Во вторник вечером я получил две телеграммы — от хозяина Серебряного полковника Росса и от инспектора Грегори, которому поручено дело. Оба просят моей помощи.

— Во вторник вечером! — воскликнул я. — А сейчас уже четверг. Почему вы не поехали туда вчера?

— Я допустил ошибку, милый Уотсон. Боюсь, со мной это случается гораздо чаще, чем думают люди, знающие меня только по вашим запискам. Я просто не мог поверить, что лучшего скакуна Англии можно скрывать так долго, да еще в таком пустынном краю, как Северный Дартмур. Вчера я с часу на час ждал сообщения, что лошадь нашли и что ее похититель — убийца Джона Стрэкера. Но прошел день, прошла ночь, и единственное, что прибавилось к делу, — это арест молодого Фицроя Симпсона. Я понял, что пора действовать. И все-таки у меня такое ощущение, что вчерашний день не прошел зря.

— У вас уже есть версия?

— Нет, но я выделил самые существенные факты. Сейчас я вам изложу их. Ведь лучший способ добраться до сути дела — рассказать все его обстоятельства кому-то другому. К тому же вы вряд ли сможете мне помочь, если не будете знать, чем мы сейчас располагаем.

Holmes gave me a skech of events.

Я откинулся на подушки, дымя сигарой, а Холмс, подавшись вперед и чертя для наглядности по ладони тонким длинным пальцем, стал излагать мне события, заставившие нас предпринять это путешествие.

— Серебряный, — начал он, — сын Самоцвета и Отрады и ничем не уступает своему знаменитому отцу. Сейчас ему пять лет. Вот уже три года, как его счастливому обладателю, полковнику Россу, достаются на скачках все призы. Когда произошло несчастье, Серебряный считался первым фаворитом скачек на кубок Уэссекса;

ставки на него заключались три к одному. Он был любимец публики и еще ни разу не подводил своих почитателей. Даже если с ним бежали лучшие лошади Англии, на него всегда ставили огромные суммы. Понятно поэтому, что есть много людей, в интересах которых не допустить появления Серебряного у флага и в будущий вторник. Это, конечно, прекрасно понимали в Кингс-Пайленде, где находится тренировочная конюшня полковника Росса. Фаворита строжайше охраняли. Его тренером был Джон Стрэкер, прослуживший у полковника двенадцать лет, из которых пять лет он был жокеем, пока не стал слишком тяжел для положенного веса. Обязанности свои он всегда выполнял образцово и был преданным слугой. У него было трое помощников, потому что конюшня маленькая — всего четыре лошади. Ночью один конюх дежурил в конюшне, а другие спали на сеновале. Все трое — абсолютно надежные парни. Джон Стрэкер жил с женой в небольшом коттедже, ярдах в двухстах от конюшни. Платил ему полковник хорошо, детей у них нет, убирает в доме и стирает служанка. Местность вокруг Кингс-Пайленда пустынная, только к северу на расстоянии полумили каким-то подрядчиком из Тавистока выстроено несколько вилл для больных и вообще желающих подышать целебным дартмурским воздухом. Сам Тависток находится на западе, до него две мили, а по другую сторону равнины, тоже на расстоянии двух миль, расположен Кейплтон — усадьба лорда Бэкуотера, где также имеется конюшня. Лошадей там больше, чем в Кингс-Пайленде; управляющим служит Сайлес Браун. Вокруг на много миль тянутся поросшие кустарником пустоши, совершенно необитаемые, если не считать цыган, которые время от времени забредают сюда. Вот обстановка, в которой в ночь с понедельника на вторник разыгралась драма.

Накануне вечером, как обычно, лошадей тренировали и купали, а в девять часов конюшню заперли. Двое конюхов пошли в домик тренера, где их в кухне накормили ужином, а третий — Нэд Хантер — остался дежурить в конюшне. В начале десятого служанка — ее зовут Эдит Бакстер — понесла ему ужин — баранину с чесночным соусом. Никакого питья она не взяла, потому что в конюшне имеется кран, а пить что-нибудь, кроме воды, ночному сторожу не разрешается. Девушка зажгла фонарь, — уже совсем стемнело, а тропинка к конюшне шла сквозь заросли дрока. Ярдах в тридцати от конюшни перед Эдит Бакстер возник из темноты человек и крикнул, чтобы она подождала. В желтом свете фонаря она увидела мужчину — по виду явно джентльмена — в сером твидовом костюме и фуражке, в гетрах и с тяжелой тростью в руках. Он был очень бледен и сильно нервничал. Лет ему, она решила, тридцать — тридцать пять.

— Вы не скажете мне, где я нахожусь? — спросил он девушку. — Я уж решил, что придется ночевать в поле, и вдруг увидел свет вашего фонаря.

— Вы в Кингс-Пайленде, возле конюшни полковника Росса, — отвечала ему девушка.

— Неужели? Какая удача! — воскликнул он. — Один из конюхов, кажется, всегда ночует в конюшне, да? А вы, наверное, несете ему ужин? Вы ведь не такая гордая, правда, и не откажетесь от нового платья?

Он вынул из кармана сложенный листок бумаги.

— Передайте это сейчас конюху, и у вас будет самое нарядное платье, какое только можно купить за деньги.

A man appeared out of the darkness.

Волнение незнакомца испугало девушку, она бросилась к оконцу, через которое всегда подавала конюху ужин. Оно было уже открыто, Хантер сидел возле за столиком. Только служанка открыла рот, чтобы рассказать ему о случившемся, как незнакомец снова оказался рядом.

— Добрый вечер, — проговорил он, заглядывая в окошко. — У меня к вам дело.

Девушка клянется, что, произнося эти слова, он сжимал в руке какую-то бумажку.

— Какое у вас ко мне может быть дело? — сердито спросил конюх.

— Дело, от которого и вам может кое-что перепасть. Две ваши лошади, Серебряный и Баярд, участвуют в скачках на кубок Уэссекса. Ответьте мне на несколько вопросов, и я не останусь в долгу. Правда,

что вес, который несет Баярд, позволяет ему обойти Серебряного на сто ярдов в забеге на пять ферлонгов и что вы сами ставите на него?

— Ах, вот вы кто! — закричал конюх. — Сейчас я покажу вам, как мы встречаем шпионов!

Он побежал спустить собаку. Служанка бросилась к дому, но на бегу оглянулась и увидела, что незнакомец просунул голову в окошко. Когда через минуту Хантер выскочил из конюшни с собакой, то его уже не было, и хотя они обежали все здания и пристройки, никаких следов не обнаружили.

— Стойте! — перебил я Холмса. — Когда конюх выбежал с собакой во двор, он оставил дверь конюшни открытой?

— Прекрасно, Уотсон, прекрасно! — улыбнулся мой друг. — Это обстоятельство показалось мне столь существенным, что я вчера даже запросил об этом Дартмур телеграммой. Так вот, дверь конюх запер. А окошко, оказывается, очень узкое, человек сквозь него не пролезет. Когда другие конюхи вернулись после ужина, Хантер послал одного рассказать обо всем тренеру. Стрэкер встревожился, но большого значения случившемуся как будто не придал. Впрочем, смутная тревога все-таки не оставляла его, потому что, проснувшись в час ночи, миссис Стрэкер увидела, что муж одевается. Он объяснил ей, что беспокоится за лошадей и хочет посмотреть, все ли в порядке. Она умоляла его не ходить, потому что начался дождь, — она слышала, как он стучит в окно, — но Стрэкер накинул плащ и ушел. Миссис Стрэкер проснулась снова в семь утра. Муж еще не возвращался. Она поспешно оделась, кликнула служанку и пошла в конюшню. Дверь была отворена, Хантер сидел, уронив голову на стол, в состоянии полного беспамятства, денник фаворита был пуст, нигде никаких следов тренера. Немедленно разбудили ночевавших на сеновале конюхов. Ребята они молодые, спят крепко, ночью никто ничего не слыхал. Хантер был, по всей видимости, под действием какого-то очень сильного наркотика. Так как толку от него добиться было нельзя, обе женщины оставили его отсыпаться, а сами побежали искать пропавших. Они все еще надеялись, что тренер из каких-то соображений вывел жеребца на раннюю прогулку. Поднявшись на бугор за коттеджем, откуда было хорошо видно кругом, они не заметили никаких следов фаворита, зато в глаза им бросилась одна вещь, от которой у них сжалось сердце в предчувствии беды.

They found the dead body of the unfortunare trainer.

Примерно в четверти мили от конюшни на куст дрока был брошен плащ Стрэкера, и ветерок трепал его полы. Подбежав к кусту, женщины увидели за ним небольшой овражек и на дне его труп несчастного тренера. Голова была размозжена каким-то тяжелым предметом, на бедре рана — длинный тонкий порез, нанесенный, без сомнения, чем-то чрезвычайно острым. Все говорило о том, что Стрэкер отчаянно защищался, потому что его правая рука сжимала маленький нож, по самую рукоятку в крови, а левая — красный с черным шелковый галстук, тот самый галстук, который, по словам служанки, был на незнакомце, появившемся накануне вечером у конюшни. Очнувшись, Хантер подтвердил, что это галстук незнакомца. Он также не сомневался, что незнакомец подсыпал ему что-то в баранину, когда стоял у окна, и в результате конюшня осталась без сторожа. Что касается пропавшего Серебряного, то многочисленные следы в грязи, покрывавшей дно роковой впадины, указывали на то, что он был тут во время борьбы. Но затем он исчез. И хотя за сведения о нем полковник Росс предлагает огромное вознаграждение, и все кочующие по Дартмуру цыгане допрошены, до сих пор о Серебряном нет ни слуху ни духу. И наконец вот еще что: анализ остатков ужина Хантера показал, что в еду была подсыпана большая доза опиума, между тем все остальные обитатели Кингс-Пайленда ели в тот вечер то же самое блюдо, и ничего дурного с ними не произошло. Вот основные факты, очищенные от наслоения домыслов и догадок, которыми обросло дело. Теперь я расскажу вам, какие шаги предприняла полиция. Инспектор Грегори, которому поручено дело, — человек энергичный. Одари его природа еще и воображением, он мог бы достичь вершин сыскного искусства. Прибыв на место происшествия, он очень быстро нашел и арестовал человека, на которого, естественно, падало подозрение. Найти его не составило большого труда, потому что он был хорошо известен в округе. Имя его — Фицрой Симпсон. Он хорошего рода, получил прекрасное образование, но все свое состояние проиграл на скачках. Последнее время жил тем, что мирно занимался букмекерством в спортивных лондонских клубах. В его записной книжке обнаружили несколько пари до пяти тысяч фунтов против фаворита. Когда его арестовали, он признался, что приехал в Дартмур в надежде раздобыть сведения о лошадях Кингс-Пайленда и о втором фаворите, жеребце Бронзовом, находящемся на попечении Сайлеса Брауна в кейплтонской конюшне. Он и не пытался отрицать, что в понедельник вечером был в Кингс-Пайленде, однако уверяет, что ничего дурного не замышлял, хотел только получить сведения из первых рук. Когда ему показали галстук, он сильно побледнел и совершенно не мог объяснить, как галстук оказался в руке убитого. Мокрая одежда Симпсона доказывала, что ночью он попал под дождь, а его суковатая трость со свинцовым набалдашником вполнее могла быть тем самым оружием, которым тренеру были нанесены эти ужасные раны. С другой стороны, на нем самом нет ни царапины, а ведь окровавленный нож Стрэкера — неопровержимое доказательство, что по крайней мере один из нападавших на него бандитов пострадал. Вот, собственно, и все, и если вы сможете мне помочь, Уотсон, я буду вам очень признателен.

Я с огромным интересом слушал Холмса, изложившего мне обстоятельства этого дела со свойственной ему ясностью и последовательностью. Хотя все факты были мне уже известны, я не мог установить между ними ни связи, ни зависимости.

— А не может ли быть, — предположил я, — что Стрэкер сам нанес себе рану во время конвульсий, которыми сопровождается повреждение лобных долей головного мозга.

— Вполне возможно, — сказал Холмс. — Если так, то обвиняемый лишается одной из главных улик, свидетельствующих в его пользу.

— И все-таки, — продолжал я, — я никак не могу понять гипотезу полиции.

— Боюсь, в этом случае против любой гипотезы можно найти очень веские возражения. Насколько я понимаю, полиция считает, что Фицрой Симпсон подсыпал опиум в ужин Хантера, отпер конюшню ключом, который он где-то раздобыл, и увел жеребца, намереваясь, по всей видимости, похитить его. Уздечки в конюшне не нашли — Симпсон, вероятно, надел ее на лошадь. Оставив дверь незапертой, он повел ее по тропинке через пустошь, и тут его встретил или догнал тренер. Началась драка, Симпсон проломил тренеру череп тростью, сам же не получил и царапины от ножичка Стрэкера, которым тот пытался защищаться. Потом вор увел лошадь и где-то спрятал ее, или, может быть, лошадь убежала, пока они дрались, и теперь бродит где-то по пустоши. Вот как представляет происшедшее полиция, и, как ни маловероятна эта версия, все остальные кажутся мне еще менее вероятными. Как только мы прибудем в Дартмур, я проверю ее, — иного способа сдвинуться с мертвой точки я не вижу.

Начинало вечереть, когда мы подъехали к Тавистоку — маленькому городку, торчащему, как яблоко на щите, в самом центре обширного Дартмурского плоскогорья. На платформе нас встретили высокий блондин с львиной гривой, пышной бородой и острым взглядом голубых глаз и невысокий элегантно одетый джентльмен, энергичный, с небольшими холеными баками и моноклем. Это были инспектор Грегори, чье имя приобретало все большую известность в Англии, и знаменитый спортсмен и охотник полковник Росс.

— Я очень рад, что вы приехали, мистер Холмс, — сказал полковник, здороваясь. — Инспектор сделал все возможное, но, чтобы отомстить за гибель несчастного Стрэкера и найти Серебряного, я хочу сделать и невозможное.

— Есть какие-нибудь новости? — спросил Холмс.

— Увы, результаты расследования пока оставляют желать лучшего, — сказал инспектор. — Вы, конечно, хотите поскорее увидеть место происшествия. Поэтому едем, пока не стемнело, поговорим по дороге. Коляска нас ждет.

«I am delighted that you have come down, Mr. Holmes.»

Через минуту удобное, изящное ландо катило нас по улицам старинного живописного городка. Инспектор Грегори с увлечением делился с Холмсом своими мыслями и соображениями; Холмс молчал, время от времени задавая ему вопросы. Полковник Росс в разговоре участия не принимал, он сидел, откинувшись на спинку сиденья, скрестив руки на груди и надвинув шляпу на лоб. Я с интересом прислушивался к разговору двух детективов: версию, которую излагал сейчас Грегори, я уже слышал от Холмса в поезде.

— Петля вот-вот затянется вокруг шеи Фицроя Симпсона, — заключил Грегори. — Я лично считаю, что преступник он. С другой стороны, нельзя не признать, что все улики против него косвенные и что новые факты могут опровергнуть наши выводы.

— А нож Стрэкера?

— Мы склонились к выводу, что Стрэкер сам себя ранил, падая.

— Мой друг Уотсон высказал такое же предположение по пути сюда. Если так, это обстоятельство оборачивается против Симпсона.

— Разумеется. У него не нашли ни ножа, ни хотя бы самой пустяковой царапины на теле. Но улики против него, конечно, очень сильные. Он был в высшей степени заинтересован в исчезновении фаворита; никто, кроме него, не мог отравить конюха, ночью он попал где-то под сильный дождь, он был вооружен тяжелой тростью, и, наконец, его галстук был зажат в руке покойного. Улик, по-моему, достаточно, чтобы начать процесс.

Холмс покачал головой.

— Неглупый защитник не оставит от доводов обвинения камня на камне, — заметил он. — Зачем Симпсону нужно было выводить лошадь из конюшни? Если он хотел что-то с ней сделать, почему не сделал этого там? А ключ — разве у него нашли ключ? В какой аптеке продали ему порошок опиума? И наконец, где Симпсон, человек, впервые попавший в Дартмур, мог спрятать лошадь, да еще такую, как Серебряный? Кстати, что он говорит о бумажке, которую просил служанку передать конюху?

— Говорит, это была банкнота в десять фунтов. В его кошельке действительно такую банкноту нашли. Что касается всех остальных ваших вопросов, ответить на них вовсе не так сложно, как вам кажется. Симпсон в этих краях не впервые, — летом он дважды приезжал в Тависток. Опиум он скорее всего привез из Лондона. Ключ, отперев конюшню, выкинул. А лошадь, возможно, лежит мертвая в одной из заброшенных шахт.

— Что он сказал о галстуке?

— Признался, что галстук его, но твердит, что потерял его где-то в тот вечер. Но тут выяснилось еще одно обстоятельство, которое как раз и может объяснить, почему он увел лошадь из конюшни.

Холмс насторожился.

— Мы установили, что примерно в миле от места убийства ночевал в ночь с понедельника на вторник табор цыган. Утром они снялись и ушли. Так вот, если предположить, что у Симпсона с цыганами был сговор, то напрашивается вывод, что именно к ним он и вел коня, когда его повстречал тренер, и что сейчас Серебряный у них, не так ли?

— Вполне вероятно.

— Плоскогорье сейчас прочесывается в поисках этих цыган. Кроме того, я осмотрел все конюшни и сараи в радиусе десяти миль от Тавистока.

— Тут ведь поблизости есть еще одна конюшня, где содержат скаковых лошадей?

— Совершенно верно, и это обстоятельство ни в коем случае не следует упускать из виду. Поскольку их жеребец Беспечный — второй претендент на кубок Уэссекса, исчезновение фаворита было его владельцу тоже очень выгодно. Известно, что, во-первых, кейплтонский тренер Сайлес Браун заключил несколько крупных пари на этот забег и что, во-вторых, дружбы с беднягой Стрэкером он никогда не водил. Мы, конечно, осмотрели его конюшню, но не обнаружили ничего, указывающего на причастность кейплтонского тренера к преступлению.

— И ничего, указывающего на связь Симпсона с кейплтонской конюшней?

— Абсолютно ничего.

Холмс уселся поглубже, и разговор прервался. Через несколько минут экипаж наш остановился возле стоящего у дороги хорошенького домика из красного кирпича, с широким выступающим карнизом. За ним, по ту сторону загона, виднелось строение под серой черепичной крышей. Вокруг до самого горизонта тянулась волнистая равнина, буро-золотая от желтеющего папоротника, только далеко на юге подымались островерхие крыши Тавистока да к западу от нас стояло рядом несколько домиков кейплтонской конюшни. Мы все выпрыгнули из коляски, а Холмс так и остался сидеть, глядя прямо перед собой, поглощенный какими-то своими мыслями. Только когда я тронул его за локоть, он вздрогнул и стал вылезать.

— Простите меня, — обратился он к полковнику Россу, который глядел на моего друга с недоумением, — простите меня, я задумался.

По блеску его глаз и волнению, которое он старался скрыть, я догадался, что он близок к разгадке, хотя и не представлял себе хода его мыслей.

— Вы, наверное, хотите первым делом осмотреть место происшествия, мистер Холмс? — предположил Грегори.

— Мне хочется побыть сначала здесь и уточнить несколько деталей. Стрэкера потом принесли сюда, не так ли?

— Да, он лежит сейчас наверху.

— Он служил у вас несколько лет, полковник?

— Я всегда был им очень доволен.

— Карманы убитого, вероятно, осмотрели, инспектор?

— Все вещи в гостиной. Если хотите, можете взглянуть.

— Да, благодарю вас.

В гостиной мы сели вокруг стоящего посреди комнаты стола. Инспектор отпер сейф и разложил перед нами его содержимое: коробка восковых спичек, огарок свечи длиной в два дюйма, трубка из корня вереска, кожаный кисет и в нем полунции плиточного табаку, серебряные часы на золотой цепочке, пять золотых соверенов, алюминиевый наконечник для карандаша, какие-то бумаги, нож с ручкой из слоновой кости и очень тонким негнущимся лезвием, на котором стояла марка «Вайс и К°, Лондон».

— Очень интересный нож, — сказал Холмс, внимательно разглядывая его.

— Судя по засохшей крови, это и есть тот самый нож, который нашли в руке убитого. Что вы о нем скажете, Уотсон? Такие ножи по вашей части.

— Это хирургический инструмент, так называемый катарактальный нож.

— Так я и думал. Тончайшее лезвие, предназначенное для тончайших операций. Не странно ли, что человек, отправляющийся защищаться от воров, захватил его с собой, — особенно если учесть, что нож не складывается?

— На кончик был надет кусочек пробки, мы его нашли возле трупа, — объяснил инспектор. — Жена Огрэкера говорит, нож лежал у них несколько дней на комоде, и, уходя ночью, Стрэкер взял его с собой. Оружие не ахти какое, но, вероятно, ничего другого у него под рукой в тот момент не было.

— Вполне возможно. Что это за бумаги?

— Три оплаченных счета за сено. Письмо полковника Росса с распоряжениями. А это счет на тридцать семь фунтов пятнадцать шиллингов от портнихи, мадам Лезерье с Бондстрит, на имя Уильяма Дербишира. Миссис Стрэкер говорит, что Дербишир — приятель ее мужа и что время от времени письма для него приходили на их адрес.

— У миссис Дербишир весьма дорогие вкусы, — заметил Холмс, просматривая счет. — Двадцать две гинеи за один туалет многовато. Ну что ж, тут как будто все, теперь отправимся на место преступления.

Мы вышли из гостиной, и в этот момент стоящая в коридоре женщина шагнула вперед и тронула инспектора за рукав. На ее бледном, худом лице лежал отпечаток пережитого ужаса.

«Have you found them!» she panted.

— Нашли вы их? Поймали? — Голос ее сорвался.

— Пока нет, миссис Стрэкер. Но вот только что из Лондона приехал мистер Холмс, и мы надеемся с его помощью найти преступников.

— По-моему, мы с вами не так давно встречались, миссис Стрэкер, — помните, в Плимуте, на банкете? — спросил Холмс.

— Нет, сэр, вы ошибаетесь.

— В самом деле? А мне показалось, это были вы. На вас было стального цвета шелковое платье, отделанное страусовыми перьями.

— У меня никогда не было такого платья, сэр!

— А-а, значит, я обознался. — И, извинившись, Холмс последовал за инспектором во двор.

Несколько минут ходьбы по тропинке среди кустов привели нас к оврагу, в котором нашли труп. У края его рос куст дрока, на котором в то утро миссис Стрэкер и служанка заметили плащ убитого.

— Ветра в понедельник ночью не было, — сказал Холмс.

— Ветра — нет, но шел сильный дождь.

— В таком случае плащ не был заброшен ветром на куст, его кто-то положил туда.

— Да, он был аккуратно сложен.

— А знаете, это очень интересно! На земле много следов. Я вижу, в понедельник здесь побывало немало народу.

— Мы вставали только на рогожу. Она лежала вот здесь, сбоку.

— Превосходно.

— В этой сумке ботинок, который был в ту ночь на Стрэкере, ботинок Фицроя Симпсона и подкова Серебряного.

— Дорогой мой инспектор, вы превзошли самого себя!

Холмс взял сумку, спустился в яму и подвинул рогожу ближе к середине. Потом улегся на нее и, подперев руками подбородок, принялся внимательно изучать истоптанную глину.

— Ага? — вдруг воскликнул он. — Это что?

Холмс держал в руках восковую спичку, покрытую таким слоем грязи, что с первого взгляда ее можно было принять за сучок.

— Не представляю, как я проглядел ее, — с досадой сказал инспектор.

— Ничего удивительного! Спичка была втоптана в землю. Я заметил ее только потому, что искал.

— Я не исключал такой возможности.

Холмс вытащил ботинки из сумки и стал сравнивать подошвы со следами на земле. Потом он выбрался из ямы и пополз, раздвигая кусты.

— Боюсь, больше никаких следов нет, — сказал инспектор. — Я все здесь осмотрел самым тщательным образом. В радиусе ста ярдов.

— Ну что ж, — сказал Холмс, — я не хочу быть невежливым и не стану еще раз все осматривать. Но мне бы хотелось, пока не стемнело, побродить немного по долине, чтобы лучше ориентироваться здесь завтра. Подкову я возьму себе в карман на счастье.

Полковник Росс, с некоторым нетерпением следивший за спокойными и методичными действиями Холмса, взглянул на часы.

— А вы, инспектор, пожалуйста, пойдемте со мной. Я хочу с вами посоветоваться. Меня сейчас волнует, как быть со списками участников забега. По-моему, наш долг перед публикой — вычеркнуть оттуда имя Серебряного.

— Ни в коем случае! — решительно возразил Холмс. — Пусть остается.

Полковник поклонился.

— Я чрезвычайно благодарен вам за совет, сэр. Когда закончите свою прогулку, найдете нас в домике несчастного Стрэкера, и мы вместе вернемся в Тависток.

Они направились к дому, а мы с Холмсом медленно пошли вперед. Солнце стояло над самыми крышами кейплтонской конюшни; перед нами полого спускалась к западу равнина, то золотистая, то красновато-бурая от осенней ежевики и папоротника. Но Холмс, погруженный в глубокую задумчивость, не замечал прелести пейзажа.

— Вот что, Уотсон, — промолвил он наконец, — мы пока оставим вопрос, кто убил Стрэкера, и будем думать, что произошло с лошадью. Предположим, Серебряный в момент преступления или немного позже ускакал. Но куда? Лошадь очень привязана к человеку. Предоставленный самому себе, Серебряный мог вернуться в Кингс-Пайленд или убежать в Кейплтон. Что ему делать одному в поле? И уж, конечно, кто-нибудь да увидел бы его там. Теперь цыгане, — зачем им было красть его? Они чуть что прослышат — спешат улизнуть: полиции они боятся хуже чумы. Надежды продать такую лошадь, как Серебряный, у них нет. Украсть ее — большой риск, а выгоды — никакой. Это вне всякого сомнения.

— Где же тогда Серебряный?

— Я уже сказал, что он или вернулся в Кингс-Пайленд, или поскакал в Кейплтон. В Кингс-Пайленде его нет. Значит, он в Кейплтоне. Примем это за рабочую гипотезу и посмотрим, куда она нас приведет. Земля здесь, как заметил инспектор, высохла и стала тверже камня, но местность слегка понижается к Кейплтону, и в той лощине ночью в понедельник, наверное, было очень сыро. Если наше предположение правильно, Серебряный скакал в этом направлении, и нам нужно искать его следы.

Беседуя, мы быстро шли вперед и через несколько минут спустились в лощину. Холмс попросил меня обойти ее справа, а сам взял левее, но не успел я сделать и пятидесяти шагов, как он закричал мне и замахал рукой. На мягкой глине у его ног виднелся отчетливый конский след. Холмс вынул из кармана подкову, которая как раз пришлась к отпечатку.

— Вот что значит воображение, — улыбнулся Холмс. — Единственное качество, которого недостает Грегори. Мы представили себе, что могло бы произойти, стали проверять предположение, и оно подтвердилось. Идем дальше.

Мы перешли хлюпающее под ногами дно лощинки и с четверть мили шагали по сухому жесткому дерну. Снова начался небольшой уклон, и снова мы увидели следы, потом они исчезли и появились только через полмили, совсем близко от Кейплтона. Увидел их первым Холмс — он остановился и с торжеством указал на них рукой. Рядом с отпечатками копыт на земле виднелись следы человека.

— Сначала лошадь была одна! — вырвалось у меня.

— Совершенно верно, сначала лошадь была одна. Стойте! А это что?

Двойные следы человека и лошади резко повернули в сторону Кингс-Пайленда. Холмс свистнул. Мы пошли по следам. Он не поднимал глаз от земли, но я повернул голову вправо и с изумлением увидел, что эти же следы шли в обратном направлении.

— Один ноль в вашу пользу, Уотсон, — сказал Холмс, когда я указал ему на них, — теперь нам не придется делать крюк, который привел бы нас туда, где мы стоим. Пойдемте по обратному следу.

Нам не пришлось идти долго. Следы кончились у асфальтовой дорожки, ведущей к воротам Кейплтона. Когда мы подошли к ним, нам навстречу выбежал конюх.

«Be off!»

— Идите отсюда! — закричал он. — Нечего вам тут делать.

— Позвольте только задать вам один вопрос, — сказал Холмс, засовывая указательный и большой пальцы в карман жилета. — Если я приду завтра в пять часов утра повидать вашего хозяина мистера Сайлеса Брауна, это будет не слишком рано?

— Скажете тоже «рано», сэр. Мой хозяин подымается ни свет ни заря. Да вот и он сам, поговорите с ним. Нет-нет, сэр, он прогонит меня, если увидит, что я беру у вас деньги. Лучше потом.

Только Шерлок Холмс опустил в карман полкроны, как из калитки выскочил немолодой мужчина свирепого вида с хлыстом в руке и закричал:

— Это что такое, Даусон? Сплетничаете, да? У вас дела, что ли нет? А вы какого черта здесь шляетесь?

— Чтобы побеседовать с вами, дорогой мой сэр. Всего десять минут, — наинежнейшим голосом проговорил Холмс.

— Некогда мне беседовать со всякими проходимцами! Здесь не место посторонним! Убирайтесь, а то я сейчас спущу на вас собаку.

Холмс нагнулся к его уху и что-то прошептал. Мистер Браун вздрогнул и покраснел до корней волос.

— Ложь! — закричал он. — Гнусная, наглая ложь!

— Отлично! Ну что же, будем обсуждать это прямо здесь, при всех, или вы предпочитаете пройти в дом?

— Ладно, идемте, если хотите.

Холмс улыбнулся.

— Я вернусь через пять минут, Уотсон. К вашим услугам, мистер Браун.

Вернулся он, положим, через двадцать пять минут, и, пока я его ждал, теплые краски вечера погасли. Тренер тоже вышел с Холмсом, и меня поразила происшедшая с ним перемена: лицо у него стало пепельно-серым, лоб покрылся каплями пота, хлыст прыгал в трясущихся руках. Куда девалась наглая самоуверенность этого человека! Он семенил за Холмсом, как побитая собака.

— Я все сделаю, как вы сказали, сэр. Все ваши указания будут выполнены, — повторял он.

— Вы знаете, чем грозит ослушание. — Холмс повернул к нему голову, и тот съежился под его взглядом.

— Что вы, что вы, сэр! Доставлю к сроку. Сделать все, как было раньше?

Холмс на минуту задумался, потом рассмеялся:

— Не надо, оставьте, как есть. Я вам напишу. И смотрите, без плутовства, иначе…

— О, верьте мне, сэр, верьте!

— Берегите как зеницу ока.

— Да, сэр, можете на меня положиться, сэр.

— Думаю, что могу. Завтра получите от меня указания.

И Холмс отвернулся, не замечая протянутой ему дрожащей руки. Мы зашагали к Кингс-Пайденду.

— Такой великолепной смеси наглости, трусости и подлости, как у мистера Сайлеса Брайна, я давно не встречал, — сказал Холмс, устало шагая рядом со мной по склону.

— Значит, лошадь у него?

— Он сначала на дыбы взвился, отрицая все. Но я так подробно описал ему утро вторника, шаг за шагом, что он поверил, будто я все видел собственными глазами. Вы, конечно, обратили внимание на необычные, как будто обрубленные носки у следов и на то, что на нем были именно такие ботинки. Кроме того, для простого слуги это был бы слишком дерзкий поступок... Я рассказал ему, как он, встав по обыкновению первым и войдя в загон, увидел в подее незнакомую лошадь, как он подошел к ней и, не веря собственным глазам, увидел у нее на лбу белую отметину, из-за которой она и получила свою кличку — Серебряный, и как сообразил, что судьба отдает в его руки единственного соперника той лошади, на которую он поставил большую сумму. Потом я рассказал ему, что первым его побуждением было отвести Серебряного в Кингс-Пайленд, но тут дьявол стал нашептывать ему, что так легко увести лошадь и спрятать, пока не кончатся скачки, и тогда он повернул к Кейплтону и укрыл ее там. Когда он все это услышал, он стал думать только о том, как спасти собственную шкуру.

— Да ведь конюшню осматривали!

— Ну, этот старый барышник обведет вокруг пальца кого угодно.

— А вы не боитесь оставлять лошадь в его руках? Он же с ней может что-нибудь сделать, ведь это в его интересах.

— Нет, мой друг, он в самом деле будет беречь ее как зеницу ока. В его интересах вернуть ее целой и невредимой. Это единственное, чем он может заслужить прощение.

— Полковник Росс не произвел на меня впечатления человека, склонного прощать врагам!

— Дело не в полковнике Россе. У меня свои методы, и я рассказываю ровно столько, сколько считаю нужным, — в этом преимущество моего неофициального положения. Не знаю, заметили ли вы или нет, Уотсон, но полковник держался со мной немного свысока, и мне хочется слегка позабавиться. Не говорите ему ничего о Серебряном.

— Конечно, не скажу, раз вы не хотите.

— Но все это пустяки по сравнению с вопросом, кто убил Джона Стрэкера.

— Вы сейчас им займетесь?

— Напротив, мой друг, мы с вами вернемся сегодня ночным поездом в Лондон.

Слова Холмса удивили меня. Мы пробыли в Дартмуре всего несколько часов, он так успешно начал распутывать клубок и вдруг хочет все бросить. Я ничего не понимал. До самого дома тренера мне не удалось вытянуть из Холмса ни слова. Полковник с инспектором дожидались нас в гостиной.

— Мой друг и я возвращаемся ночным поездом в Лондон, — заявил Холмс.

— Приятно было подышать прекрасным воздухом Дартмура.

Инспектор широко раскрыл глаза, а полковник скривил губы в презрительной усмешке

— Значит, вы сложили оружие. Считаете, что убийцу несчастного Стрэкера арестовать невозможно, — сказал он.

— Боюсь, что это сопряжено с очень большими трудностями. — Холмс пожал плечами. — Но я совершенно убежден, что во вторник ваша лошадь будет бежать, и прошу вас предупредить жокея, чтобы он был готов. Могу я взглянуть на фотографию мистера Джона Стрэкера?

Инспектор извлек из кармана конверт и вынул оттуда фотографию.

— Дорогой Грегори, вы предупреждаете все мои желания! Если позволите, господа, я оставлю вас на минуту, мне нужно задать вопрос служанке Стрэкеров.

— Должен признаться, ваш лондонский советчик меня разочаровал, — с прямолинейной резкостью сказал полковник Росс, как только Холмс вышел из комнаты. — Не вижу, чтобы с его приезда дело подвинулось хоть на шаг.

— По крайней мере вам дали слово, что ваша лошадь будет бежать, — вмешался я.

— Слово-то мне дали, — пожал плечами полковник. — Я предпочел бы лошадь, а не слово.

Я открыл было рот, чтобы защитить своего друга, но в эту минуту он вернулся.

— Ну вот, господа, — заявил он. — Я готов ехать. Один из конюхов отворил дверцу коляски. Холмс сел рядом со мной, но вдруг перегнулся через борт и тронул конюха за рукав.

— У вас есть овцы, я вижу, — сказал он. — Кто за ними ходит?

— Я, сэр.

— Вы не замечали, с ними в последнее время ничего не случилось?

— Да нет, сэр, как будто ничего, только вот три начали хромать, сэр.

Holmes was extremely pleased.

Холмс засмеялся, потирая руки, чем-то очень довольный.

— Неплохо придумано, Уотсон, очень неплохо! — Он не заметно подтолкнул меня локтем. — Грегори, позвольте рекомендовать вашему вниманию странную эпидемию, поразившую овец. Поехали.

Лицо полковника Росса по-прежнему выражало, какое невысокое мнение составил он о талантах моего друга, зато инспектор так и встрепенулся.

— Вы считаете это обстоятельство важным? — спросил он.

— Чрезвычайно важным.

— Есть еще какие-то моменты, на которые вы посоветовали бы мне обратить внимание?

— На странное поведение собаки в ночь преступления.

— Собаки? Но она никак себя не вела!

— Это-то и странно, — сказал Холмс.

Четыре дня спустя мы с Холмсом снова сидели в поезде, мчащемся в Винчестер, где должен был разыгрываться кубок Уэссекса. Полковник Росс ждал нас, как и было условленно, в своем экипаже четверкой у вокзала на площади. Мы поехали за город, где был беговой круг. Полковник был мрачен, держался в высшей степени холодно.

— Никаких известий о моей лошади до сих пор нет, — заявил он.

— Надеюсь, вы ее узнаете, когда увидите?

Полковник вспылил:

— Я могу вам описать одну за другой всех лошадей, участвовавших в скачках за последние двадцать лет. Моего фаворита, с его отметиной на лбу и белым пятном на правой передней бабке, узнает каждый ребенок!

— А как ставки?

— Происходит что-то непонятное. Вчера ставили пятнадцать к одному, утром разрыв начал быстро сокращаться, не знаю, удержатся ли сейчас на трех к одному.

— Хм, — сказал Холмс, — сомнений нет, кто-то что-то пронюхал.

Коляска подъехала к ограде, окружающей главную трибуну. Я взял афишу и стал читать:

«Приз Уэссекса

Жеребцы четырех и пяти лет.

Дистанция 1 миля 5 ферлонгов.

50 фунтов подписных.

Первый приз — 1000 фунтов.

Второй приз — 300 фунтов.

Третий приз — 200 фунтов.

1. Негр — владелец Хит Ньютон; наездник — красный шлем, песочный камзол.

2. Боксер — владелец полковник Уордлоу; наездник — оранжевый шлем, камзол васильковый, рукава черные.

3. Беспечный — владелец лорд Бэкуотер; наездник — шлем и рукава камзола желтые.

4. Серебряный — владелец полковник Росс; наездник — шлем черный, камзол красный.

5. Хрусталь — владелец герцог Балморал; наездник — шлем желтый, камзол черный с желтыми полосами.

6. Озорник — владелец лорд Синглфорд; наездник — шлем фиолетовый, рукава камзола черные»

— Мы вычеркнули Баярда, нашу вторую лошадь, которая должна была бежать, полагаясь на ваш совет, — сказал полковник. — Но что что? Фаворит сегодня Серебряный?

— Серебряный — пять к четырем! — неслось с трибун. — Серебряный — пять к четырем! Беспечный — пятнадцать к пяти! Все остальные — пять к четырем!

— Лошади на старте! — закричал я. — Смотрите, все шесть!

— Все шесть! Значит, Серебряный бежит! — воскликнул полковник в сильнейшем волнении. — Но я не вижу его. Моих цветов пока нет.

— Вышло только пятеро. Вот, наверное, он, — сказал я, и в эту минуту из падока крупной рысью выбежал великолепный гнедой жеребец и пронесся мимо нас. На наезднике были цвета полковника, известные всей Англии.

— Это не моя лошадь! — закричал полковник Росс. — На ней нет ни единого белого пятнышка! Объясните, что происходит, мистер Холмс!

— Посмотрим, как он возьмет, — невозмутимо сказал Холмс. Несколько минут он не отводил бинокля от глаз... — Прекрасно! Превосходный старт! — вдруг воскликнул он. — Вот они, смотрите, поворачивают!

Из коляски нам было хорошо видно, как лошади вышли на прямой участок круга. Они шли так кучно, что всех их, казалось, можно накрыть одной попоной, но вот на половине прямой желтый цвет лорда Бэкуотера вырвался вперед. Однако ярдах в тридцати от того места, где стояли мы, жеребец полковника обошел Беспечного и оказалася у финиша на целых шесть корпусов впереди. Хрусталь герцога Балморала с большим отрывом пришел третьим.

— Как бы там ни было, кубок мой, — прошептал полковник, проводя ладонью по глазам. — Убейте меня, если я хоть что-нибудь понимаю. Вам не кажется, мистер Холмс, что вы уже достаточно долго мистифицируете меня?

— Вы правы, полковник. Сейчас вы все узнаете. Пойдемте поглядим на лошадь все вместе. Вот он, — продолжал Холмс, входя в падок, куда впускали только владельцев лошадей и их друзей. — Стоит лишь потереть ему лоб и бабку спиртом, — и вы узнаете Серебряного.

— Что!

— Ваша лошадь попала в руки мошенника, я нашел ее и взял на себя смелость выпустить на поле в том виде, как ее сюда доставили.

— Дорогой сэр, вы совершили чудо! Лошадь в великолепной форме. Никогда в жизни она не шла так хорошо, как сегодня. Приношу вам тысячу извинений за то, что усомнился в вас. Вы оказали мне величайшую услугу, вернув жеребца. Еще большую услугу вы мне окажете, если найдете убийцу Джона Стрэкера.

— Я его нашел, — спокойно сказал Холмс.

Полковник и я в изумлении раскрыли глаза.

— Нашли убийцу! Так где же он?

— Он здесь.

— Здесь! Где же?!

— В настоящую минуту я имею честь находиться в его обществе.

Полковник вспыхнул.

— Я понимаю, мистер Холмс, что многим обязан вам но эти слова я могу воспринять только как чрезвычайно неудачную шутку или как оскорбление.

Холмс расхохотался.

— Ну что вы, полковник, у меня и в мыслях не было, что вы причастны к преступлению! Убийца собственной персоной стоит у вас за спиной.

He laid his hand upon the glossy neck.

Он шагнул вперед и положил руку на лоснящуюся холку скакуна.

— Убийца — лошадь! — в один голос вырвалось у нас с полковником.

— Да, лошадь. Но вину Серебряного смягчает то, что он совершил убийство из самозащиты и что Джон Стрэкер был совершенно недостоин вашего доверия… Но я слышу звонок. Отложим подробный рассказ до более подходящего момента. В следующем забеге я надеюсь немного выиграть.

Возвращаясь вечером того дня домой в купе пульмановского вагона, мы не заметили, как поезд привез нас в Лондон, — с таким интересом слушали мы с полковником рассказ о том, что произошло в дартмурских конюшнях в понедельник ночью и как Холмс разгадал тайну.

— Должен признаться, — говорил Холмс, — что все версии, которые я составил на основании газетных сообщений, оказались ошибочными. А ведь можно было даже исходя из них нащупать вехи, если бы не ворох подробностей, которые газеты спешили обрушить на головы читателей. Я приехал в Девоншир с уверенностью, что преступник — Фицрой Симпсон, хоть и понимал, что улики против него очень неубедительны. Только когда мы подъехали к домику Стрэкера, я осознал важность того обстоятельства, что на ужин в тот вечер была баранина под чесночным соусом. Вы, вероятно, помните мою рассеянность — все вышли из коляски, а я продолжал сидеть, ничего не замечая. Так я был поражен, что чуть было не прошел мимо столь очевидной улики.

— Признаться, — прервал его полковник, — я и сейчас не понимаю, при чем здесь эта баранина.

— Она была первым звеном в цепочке моих рассуждений. Порошок опиума вовсе не безвкусен, а запах его не то чтобы неприятен, но достаточно силен. Если его подсыпать в пищу, человек сразу почувствует и скорее всего есть не станет. Чесночный соус — именно то, что может заглушить запах опиума. Вряд ли можно найти какую-нибудь зависимость между появлением Фицроя Симпсона в тех краях именно в тот вечер с бараниной под чесночным соусом на ужин в семействе Стрэкеров. Остается предположить, что он случайно захватил с собой в тот вечер порошок опиума. Но такая случайность относится уже к области чудес. Так что этот вариант исключен. Значит, Симпсон оказывается вне подозрений, но зато в центр внимания попадают Стрэкер и его жена — единственные люди, кто мог выбрать на ужин баранину с чесноком. Опиум подсыпали конюху прямо в тарелку, потому что все остальные обитатели Кингс-Пайленда ели то же самое блюдо без всяких последствий. Кто-то всыпал опиум, пока служанка не видела. Кто же? Тогда я вспомнил, что собака молчала в ту ночь. Как вы догадываетесь, эти два обстоятельства теснейшим образом связаны. Из рассказа о появлении Фицроя Симпсона в Кингс-Пайленде явствовало, что в конюшне есть собака, но она почему-то не залаяла и не разбудила спящих на сеновале конюхов, когда в конюшню кто-то вошел и увел лошадь. Несомненно, собака хорошо знала ночного гостя. Я уже был уверен — или, если хотите, почти уверен, — что ночью в конюшню вошел и увел Серебряного Джон Стрэкер. Но какая у него была цель? Явно бесчестная, иначе зачем ему было усыплять собственного помощника? Однако что он задумал? Этого я еще не понимал. Известно немало случаев, когда тренеры ставят большие суммы против своих же лошадей через подставных лиц и с помощью какого-нибудь мошенничества не дают им выиграть. Иногда они подкупают жокея, и тот придерживает лошадь, иногда прибегают к более хитрым и верным приемам. Что хотел сделать Огрэкер? Я надеялся, что содержимое его карманов поможет в этом разобраться. Так и случилось. Вы помните, конечно, тот странный нож, который нашли в руке убитого, нож, которым человек, находясь в здравом уме, никогда бы не воспользовался в качестве оружия, будь то для защиты или для нападения. Это был, как подтвердил наш доктор Уотсон, хирургический инструмент для очень тонких операций. Вы, разумеется, полковник, знаете, — ведь вы опытный лошадник, — что можно проколоть сухожилие на ноге лошади так искусно, что на коже не останется никаких следов. Лошадь после такой операции будет слегка хромать, а все припишут хромоту ревматизму или чрезмерным тренировкам, но никому и в голову не придет заподозрить здесь чей-то злой умысел.

— Негодяй! Мерзавец! — вскричал полковник.

— Почувствовав укол ножа, такой горячий жеребец, как Серебряный, взвился бы и разбудил своим криком и мертвого. Нужно было проделать операцию подальше от людей, вот почему Джон Стрэкер и увел Серебряного в поле.

— Я был слеп, как крот! — горячился полковник. — Ну, конечно, для того-то ему и понадобилась свеча, для того-то он и зажигал спичку.

— Несомненно. А осмотр его вещей помог мне установить не только способ, который он намеревался совершить преступление, но и причины, толкнувшие его на это. Вы, полковник, как человек, хорошо знающий жизнь, согласитесь со мной, что довольно странно носить у себя в бумажнике чужие счета. У всех нас хватает собственных забот. Из этого я заключил, что Стрэкер вел двойную жизнь. Счет показал, что в деле замешена женщина, вкусы которой требуют денег. Как ни щедро вы платите своим слугам, полковник, трудно представить, чтобы они могли платить по двадцать гиней за туалет своей любовницы. Я незаметно расспросил миссис Стрэкер об этом платье и, удостоверившись, что она его в глаза не видела, записал адрес портнихи. Я был уверен, что, когда покажу ей фотографию Стрэкера, таинственный Дербишир развеется, как дым. Теперь уже клубок стал разматываться легко. Стрэкер завел лошадь в овраг, чтобы огня свечи не было видно. Симпсон, убегая потерял галстук, Стрэкер увидел его и для чего-то подобрал, может быть, хотел завязать лошади ногу.

Спустившись в овраг, он чиркнул спичкой за крупом лошади, но, испуганное внезапной вспышкой, животное, почувствовавшее к тому же опасность, рванулось прочь и случайно ударило Стрэкера копытом в лоб. Стрэкер, несмотря на дождь, уже успел снять плащ — операция ведь предстояла тонкая. Падая от удара, он поранил себе бедро. Мой рассказ убедителен?

— Невероятно! — воскликнул полковник. — Просто невероятно! Вы как будто все видели собственными глазами!

— И последнее, чтобы поставить все точки над i. Мне пришло в голову, что такой осторожный человек, как Стрэкер, не взялся бы за столь сложную операцию, как прокол слухожилия, не попрактиковавшись предварительно. На ком он мог практиковаться в Кингс-Пайленде? Я увидел овец в загоне, спросил конюха, не случалось ли с ними чего в последнее время. Его ответ в точности подтвердил мое предположение. Я даже сам удивился.

— Теперь я понял все до конца, мистер Холмс?

— В Лондоне я зашел к портнихе и показал ей фотографию Стрэкера. Она сразу же узнала его, сказала, что это один из ее постоянных клиентов и зовут его мистер Дербишир. Жена у него большая модница и обожает дорогие туалеты. Не сомневаюсь, что он влез по уши в долги и решился на преступление именно из-за этой женщины.

— Вы не объяснили только одного, — сказал полковник, — где была лошадь?

— Ах, лошадь… Она убежала, и ее приютил один из ваших соседей. Думаю, мы должны проявить к нему снисхождение. Мы сейчас проезжаем Клэпем, не так ли? Значит, до вокзала Виктории минут десять. Если вы зайдете к нам выкурить сигару, полковник, я с удовольствием дополню свой рассказ интересующими вас подробностями.

ЖЕЛТОЕ ЛИЦО

Вполне естественно, что я, готовя к изданию эти короткие очерки, в основу которых легли те многочисленные случаи, когда своеобразный талант моего друга побуждал меня жадно выслушивать его отчет о какой-нибудь необычной драме, а порой и самому становиться ее участником, что я при этом чаще останавливаюсь на его успехах, чем на неудачах. Я поступаю так не в заботе о его репутации, нет: ведь именно тогда, когда задача ставила его в тупик, он особенно удивлял меня своей энергией и многогранностью дарования. Я поступаю так по той причине, что там, где Холмс терпел неудачу, слишком часто оказывалось, что и никто другой не достиг успеха, и тогда рассказ оставался без развязки. Временами, однако, случалось и так, что мой друг заблуждался, а истина все же бывала раскрыта. У меня записано пять-шесть случаев этого рода, и среди них наиболее яркими и занимательными представляются два — дело о втором пятне и та история, которую я собираюсь сейчас рассказать.

Шерлок Холмс редко занимался тренировкой ради тренировки. Немного найдется людей, в большей мере способных к напряжению всей своей мускульной силы, и в своем весе он был бесспорно одним из лучших боксеров, каких я только знал; но в бесцельном напряжении телесной силы он видел напрасную трату энергии, и его, бывало, с места не сдвинешь, кроме тех случаев, когда дело касалось его профессии. Вот тогда он бывал совершенно неутомим и неотступен, хотя, казалось бы, для этого требовалось постоянная и неослабная тренировка; но, правда, он всегда соблюдал крайнюю умеренность в еде и в своих привычках, был до строгости прост. Он не был привержен ни к каким порокам, а если изредка и прибегал к кокаину то разве что в порядке протеста против однообразия жизни, когда загадочные случаи становились редки и газеты не предлагали ничего интересного.

Как-то ранней весной он был в такой расслабленности, что пошел со мной днем прогуляться в парк. На вязах только еще пробивались хрупкие зеленые побеги, а клейкие копьевидные почки каштанов уже начали развертываться в пятиперстные листики. Два часа мы прохаживались вдвоем, большей частью молча, как и пристало двум мужчинам, превосходно знающим друг друга. Было около пяти, когда мы вернулись на Бейкер-стрит.

— Разрешите доложить, сэр, — сказал наш мальчик-лакей, открывая нам дверь. — Тут приходил один джентльмен, спрашивал вас, сэр.

Холмс посмотрел на меня с упреком.

— Вот вам и погуляли среди дня! — сказал он. — Так он ушел, этот джентльмен?

— Да, сэр.

— Ты не предлагал ему зайти?

— Предлагал, сэр, он заходил и ждал.

— Долго он ждал?

— Полчаса, сэр. Очень был беспокойный джентльмен, сэр, он все расхаживал, пока тут был, притоптывал ногой. Я ждал за дверью, сэр, и мне все было слышно. Наконец он вышел в коридор и крикнул: «Что же он так никогда и не придет, этот человек?» Это его точные слова, сэр. А я ему: «Вам только надо подождать еще немного». «Так я, — говорит, — подожду на свежем воздухе, а то я просто задыхаюсь! Немного погодя зайду еще раз», — с этим он встал и ушел, и, что я ему ни говорил, его никак было не удержать.

— Хорошо, хорошо, ты сделал что мог, — сказал Холмс, проходя со мной в нашу общую гостиную. — Как все-таки досадно получилось, Уотсон! Мне позарез нужно какое-нибудь интересное дело, а это, видно, такое и есть, судя по нетерпению джентльмена. Эге! Трубка на столе не ваша! Значит, это он оставил свою. Добрая старая трубка из корня вереска с длинным чубуком, какой в табачных магазинах именуется янтарным. Хотел бы я знать, сколько в Лондоне найдется чубуков из настоящего янтаря! Иные думают, что признаком служит муха. Возникла, знаете, целая отрасль промышленности — вводить поддельную муху в поддельный янтарь. Он был, однако, в сильном расстройстве, если забыл здесь свою трубку, которой явно очень дорожит.

— Откуда вы знаете, что он очень ею дорожит? — спросил я.

— Такая трубка стоит новая семь с половиной шиллингов. А между тем она, как видите, дважды побывала в починке: один раз чинилась деревянная часть, другой — янтарная. Починка, заметьте, оба раза стоила дороже самой трубки — здесь в двух местах перехвачено серебряным кольцом. Человек должен очень дорожить трубкой, если предпочитает дважды чинить ее, вместо того, чтобы купить за те же деньги новую.

— Что-нибудь еще? — спросил я, видя, что Холмс вертит трубку в руке и задумчиво, как-то по-своему ее разглядывает. Он высоко поднял ее и постукивал по ней длинным и тонким указательным пальцем, как мог бы профессор, читая лекцию, постукивать по кости.

He held it up.

— Трубки бывают обычно очень интересны, — сказал он. — Ничто другое не заключает в себе столько индивидуального, кроме, может быть, часов да шнурков на ботинках. Здесь, впрочем, указания не очень выраженные и не очень значительные. Владелец, очевидно, крепкий человек с отличными зубами, левша, неаккуратный и не склонен наводить экономию.

Мой друг бросал эти сведения небрежно, как бы вскользь, но я видел, что он скосил на меня взгляд, проверяя, слежу ли я за его рассуждением.

— Вы думаете, человек не стеснен в деньгах, если он курит трубку за семь шиллингов? — спросил я.

— Он курит гросвенорскую смесь по восемь пенсов унция, — ответил Холмс, побарабанив по голове трубки и выбив на ладонь немного табаку. — А ведь можно и за половину этой цены купить отличный табак — значит, ему не приходится наводить экономию.

— А прочие пункты?

— Он имеет привычку прикуривать от лампы и газовой горелки. Вы видите, что трубка с одного боку сильно обуглилась. Спичка этого, конечно, не наделала бы. С какой стати станет человек, разжигая трубку, держать спичку сбоку? А вот прикурить от лампы вы не сможете, не опалив головки. И опалена она с правой стороны. Отсюда я вывожу, что ее владелец левша. Попробуйте сами прикурить от лампы и посмотрите, как, естественно, будучи правшой, вы поднесете трубку к огню левой ее стороной. Иногда вы, может быть, сделаете и наоборот, но не будете так поступать из раза в раз. Эту трубку постоянно подносили правой стороной. Далее, смотрите, он прогрыз янтарь насквозь. Это может сделать только крепкий, энергичный человек да еще с отличными зубами. Но, кажется, я слышу на лестнице его шаги, так что нам будет что рассмотреть поинтересней трубки.

Не прошло и минуты, как дверь отворилась, и в комнату вошел высокий молодой человек. На нем был отличный, но не броский темно-серый костюм, и в руках он держал коричневую фетровую шляпу с широкими полями. Выглядел он лет на тридцать, хотя на самом деле был, должно быть, старше.

— Извините, — начал он в некотором смущении. — Полагаю, мне бы следовало постучать. Да, конечно, следовало... Понимаете, я несколько расстроен, тем и объясняется... — Он провел рукой по лбу, как делает человек, когда он сильно не в себе, и затем не сел, а скорей упал на стул.

— Я вижу вы ночи две не спали, — сказал Холмс в спокойном, сердечном тоне. — Это изматывает человека больше, чем работа, и даже больше, чем наслаждение. Разрешите спросить, чем могу вам помочь?

— Мне нужен ваш совет, сэр. Я не знаю, что мне делать, все в моей жизни пошло прахом.

— Вы хотели бы воспользоваться моими услугами сыщика-консультанта?

— Не только. Я хочу услышать от вас мнение рассудительного человека... и человека, знающего свет. Я хочу понять, что мне теперь делать дальше. Я так надеюсь, что вы мне что-то посоветуете.

Он не говорил, а выпаливал резкие, отрывочные фразы, и мне казалось, что говорить для него мучительно и что он все время должен превознемогать себя усилием воли.

— Дело это очень щепетильное, — продолжал он. — Никто не любит говорить с посторонними о своих семейных делах. Ужасно, знаете, обсуждать поведение своей жены с людьми, которых ты видишь в первый раз. Мне противно, что я вынужден это делать! Но я больше не в силах терпеть, и мне нужен совет.

— Мой милый мистер Грэнт Манро... — начал Холмс.

Our visitor sprang from his char.

Наш гость вскочил со стула.

— Как! — вскричал он. — Вы знаете мое имя?

— Если вам желательно сохранять инкогнито, — сказал с улыбкой Холмс, — я бы посоветовал отказаться от обыкновения проставлять свое имя на подкладке шляпы или уж держать ее тульей к собеседнику. Я как раз собирался объяснить вам, что мы с моим другом выслушали в этой комнате немало странных тайн и что мы имели счастье внести мир во многие встревоженные души. Надеюсь, нам удастся сделать то же и для вас. Я попрошу вас, поскольку время может оказаться дорого, не тянуть и сразу изложить факты.

Наш гость опять провел рукой по лбу, как будто исполнить эту просьбу ему было до боли тяжело. По выражению его лица и по каждому жесту я видел, что он сдержанный, замкнутый человек, склонный скорее прятать свои раны, нежели чванливо выставлять их напоказ. Потом он вдруг взмахнул стиснутым кулаком, как бы отметая прочь всю сдержанность, и начал.

— Факты эти таковы, мистер Холмс. Я женатый человек, и женат я три года. Все это время мы с женой искренне любили друг друга, и были очень счастливы в нашей брачной жизни. Никогда у нас не было ни в чем разлада — ни в мыслях, ни в словах, ни на деле. И вот в этот понедельник между нами вдруг возник барьер: я открываю, что в ее жизни и в ее мыслях есть что-то, о чем я знаю так мало, как если б это была не она, а та женщина, что метет улицу перед нашим домом. Мы сделались чужими, и я хочу знать, почему.

Прежде, чем рассказывать дальше, я хочу, чтобы вы твердо знали одно, мистер Холмс: Эффи любит меня. На этот счет пусть не будет у вас никаких сомнений. Она любит меня всем сердцем, всей душой и никогда не любила сильней, чем теперь. Я это знаю, чувствую. Этого я не желаю обсуждать. Мужчина может легко различить, любит ли его женщина. Но между нами легла тайна, и не пойдет у нас по-прежнему, пока она не разъяснится.

— Будьте любезны, мистер Манро, излагайте факты, — сказал Холмс с некоторым нетерпением.

— Я сообщу вам, что мне известно о прошлой жизни Эффи. Она была вдовой, когда мы с нею встретились, хотя и совсем молодою — ей было двадцать пять. Звали ее тогда миссис Хеброн. В юности она уехала в Америку, и жила одна там в городе Атланте, где и вышла замуж за этого Хеброна, адвоката с хорошей практикой. У них был ребенок, но потом там вспыхнула эпидемия желтой лихорадки, которая и унесла обоих — мужа и ребенка. Я видел сам свидетельство о смерти мужа. После этого Америка ей опротивела, она вернулась на родину и стала жить с теткой, старой девой, в Мидлеексе, в городе Пиннере. Пожалуй, следует упомянуть, что муж не оставил ее без средств: у нее был небольшой капитал — четыре с половиной тысячи фунтов, которые он так удачно поместил, что она получала в среднем семь процентов. Она прожила в Пиннере всего полгода, когда я встретился с ней. Мы полюбили друг друга и через несколько недель поженились. Сам я веду торговлю хмелем, и, так как мой доход составляет семь-восемь сотен в год, мы живем не нуждаясь, снимаем виллу в Норбери за восемьдесят фунтов в год. У нас там совсем по-дачному, хоть это и близко от города. Рядом с нами, немного дальше по шоссе, гостиница и еще два дома, прямо перед нами — поле, а по ту сторону его — одинокий коттедж; и, помимо этих домов, никакого жилья ближе, чем на полпути до станции. Выпадают такие месяцы в году, когда дела держат меня в городе, но летом я бываю более или менее свободен, и тогда мы с женою в нашем загородном домике так счастливы, что лучше и желать нельзя. Говорю вам, между нами никогда не было никаких размолвок, пока не началась эта проклятая история.

Одну вещь я вам должен сообщить, прежде чем стану рассказывать дальше. Когда мы поженились, моя жена перевела на меня все свое состояние — в сущности, вопреки моей воле, потому что я понимаю, как неудобно это может обернуться, если мои дела пойдут под уклон. Но она так захотела, и так было сделано. И вот шесть недель тому назад она вдруг говорит мне:

— Джек, когда ты брал мои деньги, ты сказал, что когда бы они мне ни понадобились, мне довольно будет просто попросить.

— Конечно, — сказал я, — они твои.

— Хорошо, — сказала она, — мне нужно сто фунтов.

Я опешил — я думал, ей понадобилось на новое платье или что-нибудь в этом роде.

— Зачем тебе вдруг? — спросил я.

— Ах, — сказала она шаловливо, — ты же говорил, что ты только мой банкир, а банкиры, знаешь, никогда не спрашивают.

— Если тебе в самом деле нужны эти деньги, ты их, конечно, получишь, — сказал я.

— Да, в самом деле нужны.

— И ты мне не скажешь, на что?

— Может быть, когда-нибудь и скажу, но только, Джек, не сейчас.

Пришлось мне этим удовлетвориться, хотя до сих пор у нас никогда не было друг от друга никаких секретов. Я выписал ей чек и больше об этом деле не думал. Может быть, оно и не имеет никакого отношения к тому, что произошло потом, но я посчитал правильным рассказать вам о нем.

Так вот, как я уже упоминал, неподалеку от нас стоит коттедж. Нас от него отделяет только поле, но, чтобы добраться до него, надо сперва пройти по шоссе, а потом свернуть по проселку. Сразу за коттеджем славный сосновый борок, я люблю там гулять, потому что среди деревьев всегда так приятно. Коттедж последние восемь месяцев стоял пустой, и было очень жаль, потому что это премилый двухэтажный домик с крыльцом на старинный манер и жимолостью вокруг. Я, бывало, остановлюсь перед этим коттеджем и думаю, как мило было бы в нем устроиться.

Так вот в этот понедельник вечером я пошел погулять в свой любимый борок, когда на проселке мне встретился возвращающийся пустой фургон, а на лужайке возле крыльца я увидел груду ковров и разных вещей. Было ясно, что коттедж наконец кто-то снял. Я прохаживался мимо, останавливался, как будто от нечего делать, — стою, оглядываю дом, любопытствуя, что за люди поселились так близко от нас. И вдруг вижу в одном из окон второго этажа чье-то лицо, уставившееся прямо на меня.

Не знаю, что в нем было такого, мистер Холмс, только у меня мороз пробежал по спине. Я стоял в отдалении, так что не мог разглядеть черты, но было в этом лице что-то неестественное, нечеловеческое. Такое создалось у меня впечатление. Я быстро подошел поближе, чтобы лучше разглядеть следившего за мной. Но едва я приблизился, лицо вдруг скрылось — и так внезапно, что оно, показалось мне, нырнуло во мрак комнаты. Я постоял минут пять, думая об этой истории и стараясь разобраться в своих впечатлениях. Я не мог даже сказать, мужское это было лицо или женское. Больше всего меня поразил его цвет. Оно было мертвенно-желтое с лиловыми тенями и какое-то застывшее, отчего и казалось таким жутко неестественным. Я до того расстроился, что решил узнать немного больше о новых жильцах. Я подошел и постучался в дверь, и мне тут же открыла худая высокая женщина с неприветливым лицом.

«*What may you be wantin'?*»

— Чего вам надо? — спросила она с шотландским акцентом.

— Я ваш сосед, вон из того дома, — ответил я, кивнув на нашу виллу. — Вы, я вижу, только что приехали, я и подумал, не могу ли я быть вам чем-нибудь полезен.

— Эге! Когда понадобитесь, мы сами вас попросим, — сказала она и хлопнула дверью у меня перед носом.

Рассердясь на такую грубость, я повернулся и пошел домой. Весь вечер, как ни старался я думать о другом, я не мог забыть призрака в окне и ту грубую женщину. Я решил ничего жене не рассказывать — она нервная, впечатлительная женщина, и я не хотел делиться с нею неприятным переживанием. Все же перед сном я как бы невзначай сказал ей, что в коттедже появились жильцы, на что она ничего не ответила.

Я вообще сплю очень крепко. В семье у нас постоянно шутили, что ночью меня пушкой не разбудишь; но почему-то как раз в эту ночь — потому ли, что я был немного возбужден своим маленьким приключением, или по другой причине, не знаю, — только спал я не так крепко, как обычно. Я смутно сознавал сквозь сон, что в комнате что-то происходит, и понемногу до меня дошло, что жена стоит уже в платье и потихоньку надевает пальто и шляпу. Мои губы шевельнулись, чтобы пробормотать сквозь сон какие-то слова недоумения или упрека за эти несвоевременные сборы, когда, вдруг приоткрыв глаза, я посмотрел на озаренное свечой лицо, и у меня отнялся язык от изумления. Никогда раньше я не видел у нее такого выражения лица — я даже не думал, что ее лицо может быть таким. Она была мертвенно-бледна, дышала учащенно и, застегивая пальто, украдкой косилась на кровать, чтобы проверить, не разбудила ли меня. Потом, решив, что я все-таки сплю, она бесшумно выскользнула из комнаты, и секундой позже раздался резкий скрип, какой могли произвести только петли парадных дверей. Я приподнялся в постели, потер кулаком о железный край кровати, чтобы увериться, что это не сон. Потом я достал часы из-под подушки. Они показывали три пополуночи. Что на свете могло понадобиться моей жене в тот час на шоссейной дороге?

Я просидел так минут двадцать, перебирая это все в уме и стараясь подыскать объяснение. Чем больше я думал, тем это дело представлялось мне необычайней и необъяснимей. Я еще ломал над ним голову, когда опять послышался скрип петель внизу, и затем по лестнице раздались ее шаги.

— Господи, Эффи, где это ты была? — спросил я, как только она вошла.

Она задрожала и вскрикнула, когда я заговорил, и этот сдавленный крик и дрожь напугали меня больше, чем все остальное, потому что в них было что-то невыразимо виноватое. Моя жена всегда была женщиной прямого и открытого нрава, но я похолодел, когда увидел, как она украдкой пробирается к себе же в спальню и дрожит оттого, что муж заговорил с ней.

— Ты не спишь, Джек? — вскрикнула она с нервным смешком. — Смотри, а я-то думала, тебя ничем не разбудишь.

— Где ты была? — спросил я строже.

— Так понятно, что это тебя удивляет, — сказала она, и я увидел, что пальцы ее дрожат, расстегивая пальто. — Я и сама не припомню, чтобы когда-нибудь прежде делала такую вещь. Понимаешь, мне вдруг стало душно, и меня прямо-таки неодолимо потянуло подышать свежим воздухом. Право, мне кажется, у меня был бы обморок, если бы я не вышла на воздух. Я постояла несколько минут в дверях, и теперь я совсем отдышалась.

Рассказывая мне эту историю, она ни разу не поглядела в мою сторону, и голос у нее был точно не свой. Мне стало ясно, что она говорит неправду. Я ничего не сказал в ответ и уткнулся лицом в стенку с чувством дурноты и с тысячью ядовитых подозрений и сомнений в голове. Что скрывает от меня жена? Где она побывала во время своей странной прогулки? Я чувствовал, что не найду покоя, пока этого не узнаю, и все-таки мне претило расспрашивать дальше после того, как она уже раз солгала. До конца ночи я кашлял и ворочался с боку на бок, строя догадку за догадкой, одна другой невероятнее. Назавтра мне нужно было ехать в город, но я был слишком взбудоражен и даже думать не мог о делах. Моя жена была, казалось, расстроена не меньше, чем я, и по ее быстрым вопросительным взглядам, которые она то и дело бросала на меня, я видел: она поняла, что я не поверил ее объяснению, и прикидывает, как ей теперь быть. За первым завтраком мы едва обменялись с ней двумя-тремя словами, затем я сразу вышел погулять, чтобы собраться с мыслями на свежем утреннем воздухе.

Я дошел до Хрустального дворца, просидел там целый час в парке и вернулся в Норбери в начале второго. Случилось так, что на обратном пути мне нужно было пройти мимо коттеджа, и я остановился на минутку посмотреть, не покажется ли опять в окошке то странное лицо, что глядело на меня накануне. Я стою и смотрю, и вдруг — вообразите себе мое удивление, мистер Холмс, — дверь открывается, и выходит моя жена!

Я онемел при виде ее, но мое волнение было ничто перед тем, что отразилось на ее лице, когда глаза наши встретились. В первую секунду она как будто хотела шмыгнуть обратно в дом; потом, поняв, что всякая попытка спрятаться будет бесполезна, она подошла ко мне с побелевшим лицом и с испугом в глазах, не вязавшимся с ее улыбкой.

— Ах, Джек, — сказала она, — я заходила сейчас туда спросить, не могу ли я чем-нибудь помочь нашим новым соседям. Что ты так смотришь на меня, Джек? Ты на меня сердишься?

— Так! — сказал я. — Значит, вот куда ты ходила ночью?

— Что ты говоришь? — закричала она.

— Ты ходила туда. Я уверен. Кто эти люди, что ты должна навещать их в такой час?

— Я не бывала там раньше.

— Как ты можешь утверждать вот так заведомую ложь? — закричал я. — У тебя и голос меняется, когда ты это говоришь. Когда у меня бывали от тебя секреты? Я сейчас же войду в дом и узнаю, в чем дело.

— Нет, нет, Джек, ради Бога! — У нее осекся голос, она была сама не своя от волнения. Когда же я подошел к дверям, она судорожно схватила меня за рукав и с неожиданной силой оттащила прочь.

— Умоляю тебя, Джек, не делай этого, — кричала она. — Клянусь, я все тебе расскажу когда-нибудь, но если ты сейчас войдешь в коттедж, ничего из этого не выйдет кроме горя. — А потом, когда я попробовал ее отпихнуть, она прижалась ко мне с исступленной мольбой.

— Верь мне, Джек! — кричала она. — Поверь мне на этот только раз! Я никогда не дам тебе повода пожалеть об этом. Ты знаешь, я не стала б ничего от тебя скрывать иначе, как ради тебя самого. Дело идет о всей нашей жизни. Если ты сейчас пойдешь со мной домой, все будет хорошо. Если ты вломишься в этот коттедж, у нас с тобой все будет испорчено.

«Trust me, Jack!» she cried.

Она говорила так убежденно, такое отчаяние чувствовалось в ее голосе и во всей манере, что я остановился в нерешительности перед дверью.

— Я поверю тебе на одном условии — и только на одном, — сказал я наконец, — с этой минуты между нами никаких больше тайн! Ты вольна сохранить при себе свой секрет, но ты пообещаешь мне, что больше не будет ночных хождений в гости, ничего такого, что нужно от меня скрывать. Я согласен простить то, что уже в прошлом, если ты дашь мне слово, что в будущем ничего похожего не повторится.

— Я знала, что ты мне поверишь, — сказала она и вздохнула с облегчением. — Все будет, как ты пожелаешь. Уйдем же, ах, уйдем от этого дома! — Все еще цепко держась за мой рукав, она увела меня прочь от коттеджа.

Я оглянулся на ходу — из окна на втором этаже за нами следило то желтое, мертвенное лицо. Что могло быть общего у этой твари и моей жены? И какая могла быть связь между Эффи и той простой и грубой женщиной, которую я видел накануне? Даже странно было спрашивать, и все-таки я знал, что у меня не будет спокойно на душе, покуда я не разрешу загадку.

Два дня спустя я сидел дома и моя жена как будто честно соблюдала наш уговор; во всяком случае, насколько мне было известно, она даже не выходила из дому. Но на третий день я получил прямое доказательство, что ее торжественного обещания было недостаточно, чтобы пересилить то тайное воздействие, которое отвлекало ее от мужа и долга.

В тот день я поехал в город, но вернулся поездом не три тридцать шесть, как обычно, а пораньше — поездом два сорок. Когда я вошел в дом, наша служанка вбежала в переднюю с перепуганным лицом.

— Где хозяйка? — спросил я.

— А она, наверно, вышла погулять, — ответила девушка.

В моей голове сейчас же зародились подозрения. Я побежал наверх удостовериться, что ее в самом деле нет дома. Наверху я случайно посмотрел в окно и увидел, что служанка, с которой я только что разговаривал, бежит через поле прямиком к коттеджу. Я, конечно, сразу понял, что это все означает: моя жена пошла туда и попросила служанку вызвать ее, если я вернусь. Дрожа от бешенства, я сбежал вниз и помчался туда же, решив раз и навсегда положить конец этой истории. Я видел, как жена со служанкой бежали вдвоем по проселку, но я не стал их останавливать. То темное, что омрачало мою жизнь, затаилось в коттедже. Я дал себе слово: что бы ни случилось потом, но тайна не будет больше тайной. Подойдя к дверям, я даже не постучался, а прямо повернул ручку и ворвался в коридор.

На первом этаже было тихо и мирно. В кухне посвистывал на огне котелок, и большая черная кошка лежала, свернувшись клубком, в корзинке; но нигде и следа той женщины, которую я видел в прошлый раз. Я кидаюсь из кухни в комнату — и там никого. Тогда я взбежал по лестнице и убедился, что в верхних двух комнатах пусто и нет никого. Во всем доме ни души! Мебель и картины были самого пошлого, грубого пошиба, кроме как в одной-единственной комнате — той, в окне которой я видел то странное лицо. Здесь было уютно и изящно, и мои подозрения разгорелись яростным, злым огнем, когда я увидел, что там стоит на камине карточка моей жены:

всего три месяца тому назад она по моему настоянию снялась во весь рост, и это была та самая фотография! Я пробыл в доме довольно долго, пока не убедился, что там и в самом деле нет никого. Потом я ушел, и у меня было так тяжело на сердце, как никогда в жизни. Жена встретила меня в передней, когда я вернулся домой, но я был так оскорблен и рассержен, что не мог с ней говорить, и пронесся мимо нее прямо к себе в кабинет.

Она, однако, вошла следом за мной, не дав мне даже времени закрыть дверь.

— Мне очень жаль, что я нарушила обещание, Джек, — сказала она, — но если бы ты знал все обстоятельства, ты, я уверена, простил бы меня.

«Tell me everything, then,» said I.

— Так расскажи мне все, — говорю я.

— Я не могу, Джек, не могу! — закричала она.

— Пока ты мне не скажешь, кто живет в коттедже и кому это ты подарила свою фотографию, между нами больше не может быть никакого доверия, — ответил я и, вырвавшись от нее, ушел из дому. Это было вчера, мистер Холмс, и с того часа я ее не видел и не знаю больше ничего об этом странном деле. В первый раз легла между нами тень, и я так потрясен, что не знаю, как мне теперь вернее всего поступить. Вдруг сегодня утром меня осенило, что если есть на свете человек, который может дать мне совет, так это вы, и вот я поспешил к вам и безоговорочно отдаюсь в ваши руки. Если я что-нибудь изложил неясно, пожалуйста, спрашивайте. Но только скажите скорей, что мне делать, потому что я больше не в силах терпеть эту муку.

Мы с Холмсом с неослабным вниманием слушали эту необыкновенную историю, которую он нам рассказывал отрывисто, надломленным голосом, как говорят в минуту сильного волнения. Мой товарищ сидел некоторое время молча, подперев подбородок рукой и весь уйдя в свои мысли.

— Скажите, — спросил он наконец, — вы могли бы сказать под присягой, что лицо, которое вы видели в окне, было лицом человека?

— Оба раза, что я его видел, я смотрел на него издалека, так что сказать это наверное никак не могу.

— И, однако же, оно явно произвело на вас неприятное впечатление.

— Его цвет казался неестественным, и в его чертах была странная неподвижность. Когда я подходил ближе, оно как-то рывком исчезало.

— Сколько времени прошло с тех пор, как жена попросила у вас сто фунтов?

— Почти два месяца.

— Вы когда-нибудь видели фотографию ее первого мужа?

— Нет, в Атланте вскоре после его смерти произошел большой пожар, и все ее бумаги сгорели.

— Но все-таки у нее оказалось свидетельство о его смерти. Вы сказали, что вы его видели?

— Да, она после пожара выправила дубликат.

— Вы хоть раз встречались с кем-нибудь, кто был с ней знаком в Америке?

— Нет.

— Она когда-нибудь заговаривала о том, чтобы съездить туда?

— Нет.

— Не получала оттуда писем?

— Насколько мне известно, — нет.

— Благодарю вас. Теперь я хотел бы немножко подумать об этом деле. Если коттедж оставлен навсегда, у нас могут возникнуть некоторые трудности; если только на время, что мне представляется более вероятным, то это значит, что жильцов вчера предупредили о вашем приходе, и они успели скрыться, — тогда, возможно, они уже вернулись, и мы все это легко выясним. Я вам посоветую: возвращайтесь в Норбери и еще раз осмотрите снаружи коттедж. Если вы убедитесь, что он обитаем, не врывайтесь сами в дом, а только дайте телеграмму мне и моему другу. Получив ее, мы через час будем у вас, а там мы очень скоро дознаемся, в чем дело.

— Ну, а если в доме все еще никого нет?

— В этом случае я приеду завтра, и мы с вами обсудим, как быть. До свидания, и главное — не волнуйтесь, пока вы не узнали, что вам в самом деле есть из-за чего волноваться.

— Боюсь, дело тут скверное, Уотсон, — сказал мой товарищ, когда, проводив мистера Грэнт Манро до дверей, он вернулся в наш кабинет. — Как оно вам представляется?

— Грязная история, — сказал я.

— Да. И подоплекой здесь шантаж, или я жестоко ошибаюсь.

— А кто шантажист?

— Не иначе, как та тварь, что живет в единственной уютной комнате коттеджа и держит у себя эту фотографию на камине. Честное слово, Уотсон, есть что-то очень завлекательное в этом мертвенном лице за окном, и я бы никак не хотел прохлопать этот случай.

— Есть у вас своя гипотеза?

— Пока только первая наметка. Но я буду очень удивлен, если она окажется неверной. В коттедже — первый муж этой женщины.

— Почему вы так думаете?

— Чем еще можно объяснить ее безумное беспокойство, как бы туда не вошел второй? Факты, как я считаю, складываются примерно так. Женщина выходит в Америке замуж. У ее мужа обнаруживаются какие-то нестерпимые свойства, или, скажем, его поражает какая-нибудь скверная болезнь — он оказывается прокаженным или душевнобольным. В конце концов она сбегает от него, возвращается в Англию, меняет имя и начинает, как ей думается, строить жизнь сызнова. Она уже три года замужем за другим и полагает себя в полной безопасности — мужу она показала свидетельство о смерти какого-то другого человека, чье имя она и приняла, — как вдруг ее местопребывание становится известно ее первому мужу или, скажем, какой-нибудь не слишком разборчивой женщине, связавшейся с больным. Они пишут жене и грозятся приехать и вывести ее на чистую воду. Она просит сто фунтов и пробует откупиться от них. Они все-таки приезжают, и когда муж в разговоре с женой случайно упоминает, что в коттедже поселились новые жильцы, она по каким-то признакам догадывается, что это ее преследователи. Она ждет, пока муж заснет, и затем кидается их уговаривать, чтоб они уехали. Ничего не добившись, она на другой день с утра отправляется к ним опять, и муж, как он сам это рассказал, встречает ее в ту минуту, когда она выходит от них. Тогда она обещает ему больше туда не ходить, но через два дня, не устояв перед надеждой навсегда избавиться от страшных соседей, она предпринимает новую попытку, прихватив с собой фотографию, которую, возможно, они вытребовали у нее. В середине переговоров прибегает служанка с сообщением, что хозяин уже дома, и тут жена, понимая, что он пойдет сейчас прямо в коттедж, выпроваживает его обитателей через черный ход — вероятно, в тот сосновый борок, о котором здесь упоминалось. Муж приходит — и застает жилище пустым. Я, однако ж, буду крайне удивлен, если он и сегодня найдет его пустым, когда выйдет вечером в рекогносцировку. Что вы скажете об этой гипотезе?

— В ней все предположительно.

— Зато она увязывает все факты. Когда нам станут известны новые факты, которые не уложатся в наше построение, тогда мы успеем ее пересмотреть. В ближайшее время мы ничего не можем начать, пока не получим новых известий из Норбери.

Долго нам ждать не пришлось. Телеграмму принесли, едва мы отпили чай. «В коттедже еще живут, — гласила она, — Опять видел окне лицо. Приду встречать поезду семь ноль-ноль и до вашего прибытия ничего предпринимать не стану».

Когда мы вышли из вагона, Грэнт Манро ждал нас на платформе, и при свете станционных фонарей нам было видно, что он очень бледен и дрожит от волнения.

— Они еще там, мистер Холмс, — сказал он, ухватив моего друга за рукав. — Я, когда шел сюда, видел в коттедже свет. Теперь мы с этим покончим раз и навсегда.

— Какой же у вас план? — спросил мой друг, когда мы пошли по темной, обсаженной деревьями дороге.

— Я силой вломлюсь в дом и увижу сам, кто там есть. Вас двоих я попросил бы быть при этом свидетелями.

— Вы твердо решились так поступить, несмотря на предостережения вашей жены, что для вас же лучше не раскрывать ее тайну?

— Да, решился.

— Что ж, вы, пожалуй, правы. Правда, какова бы она ни была, лучше неопределенности и подозрений. Предлагаю отправиться сразу же. Конечно, перед лицом закона мы этим поставим себя в положение виновных, но я думаю, стоит пойти на риск.

Ночь была очень темная, и начал сеять мелкий дождик, когда мы свернули с шоссейной дороги на узкий, в глубоких колеях проселок, пролегший между двух рядов живой изгороди. Мистер Грэнт Манро в нетерпении чуть не бежал, и мы, хоть и спотыкаясь, старались не отстать от него.

— Это огни моего дома, — сказал он угрюмо, указывая на мерцающий сквозь деревья свет, — а вот коттедж, и сейчас я в него войду.

Проселок в этом месте сворачивал. У самого поворота стоял домик. Желтая полоса света на черной земле перед нами показывала, что дверь приоткрыта, и одно окно на втором этаже было ярко освещено. Мы поглядели и увидели движущееся по шторе темное пятно.

— Она там, эта тварь! — закричал Грэнт Манро. — Вы видите сами, что там кто-то есть. За мной, и сейчас мы все узнаем!

Мы подошли к двери, но вдруг из черноты выступила женщина и встала в золотой полосе света, падавшего от лампы. В темноте я не различал ее лица, но ее протянутые руки выражали мольбу.

— Ради Бога, Джек, остановись! — закричала она. — У меня было предчувствие, что ты придешь сегодня вечером. Не думай ничего дурного, дорогой! Поверь мне еще раз, и тебе никогда не придется пожалеть об этом.

— Я слишком долго верил тебе, Эффи! — сказал он строго.

— Пусти! Я все равно войду. Я и мои друзья, мы решили покончить с этим раз и навсегда.

Он отстранил ее, и мы, не отставая, последовали за ним. Едва он распахнул дверь, прямо на него выбежала пожилая женщина и попыталась заступить ему дорогу, но он оттолкнул ее, и мгновением позже мы все трое уже поднимались по лестнице. Грэнт Манро влетел в освещенную комнату второго этажа, а за ним и мы.

There was a little coal black negress.

Комната была уютная, хорошо обставленная, на столе горели две свечи и еще две на камине. В углу, согнувшись над письменным столом, сидела маленькая девочка. Ее лицо, когда мы вошли, было повернуто в другую сторону, мы разглядели только, что она в красном платьице и длинных белых перчатках. Когда она живо кинулась к нам, я вскрикнул от ужаса и неожиданности. Она обратила к нам лицо самого странного мертвенного цвета, и его черты были лишены всякого выражения. Мгновением позже загадка разрешилась. Холмс со смехом провел рукой за ухом девочки, маска соскочила, и угольно-черная негритяночка засверкала всеми своими белыми зубками, весело смеясь над нашим удивленным видом. Разделяя ее веселье, громко засмеялся и я, но Грэнт Манро стоял, выкатив глаза и схватившись рукой за горло.

— Боже! — закричал он, — что это значит?

— Я скажу тебе, что это значит, — объявила женщина, вступая в комнату с гордой решимостью на лице. — Ты вынуждаешь меня открыть тебе мою тайну, хоть это и кажется мне неразумным. Теперь давай вместе решать, как нам с этим быть. Мой муж в Атланте умер. Мой ребенок остался жив.

— Твой ребенок!

Она достала спрятанный на груди серебряный медальон.

— Ты никогда не заглядывал внутрь.

— Я думал, что он не открывается.

Она нажала пружину, и передняя створка медальона отскочила. Под ней был портрет мужчины с поразительно красивым и тонким лицом, хотя его черты являли безошибочные признаки африканского происхождения.

— Это Джон Хеброн из Атланты, — сказала женщина, — и не было на земле человека благородней его. Выйдя за него, я оторвалась от своего народа, но, пока он был жив, я ни разу ни на минуту не пожалела о том. Нам не посчастливилось — наш единственный ребенок пошел не в мой род, а больше в его. Это нередко бывает при смешанных браках, и маленькая Люси куда черней, чем был ее отец. Но черная или белая, она моя родная, моя дорогая маленькая девочка, и мама очень любит ее! — Девочка при этих словах подбежала к ней и зарылась личиком в ее платье.

— Я оставила ее тогда в Америке, — продолжала женщина, — только по той причине, что она еще не совсем поправилась и перемена климата могла повредить ее здоровью. Я отдала ее на попечение преданной шотландки, нашей бывшей служанки. У меня и в мыслях не было отступаться от своего ребенка. Но когда я встретила тебя на своем пути, когда я тебя полюбила, Джек, я не решилась рассказать тебе про своего ребенка. Да простит мне Бог, я побоялась, что потеряю тебя, и у меня недостало мужества все рассказать. Мне пришлось выбирать между вами, и по слабости своей я отвернулась от родной моей девочки. Три года я скрывала от тебя ее существование, но я переписывалась с няней и знала, что с девочкой все хорошо. Однако в последнее время у меня появилось неодолимое желание увидеть своего ребенка. Я боролась с ним, но напрасно. И хотя я знала, что это рискованно, я решилась на то, чтоб девочку привезли сюда — пусть хоть на несколько недель. Я послала няне сто фунтов и дала ей указания, как вести себя здесь в коттедже, чтобы она могла сойти просто за соседку, к которой я не имею никакого отношения. Я очень боялась и поэтому не велела выводить ребенка из дому в дневные часы. Дома мы всегда прикрываем ей личико и руки: вдруг кто-нибудь увидит ее в окно, и пойдет слух, что по соседству появился черный ребенок. Если бы я меньше остерегалась, было бы куда разумней, но я сходила с ума от страха, как бы не дошла до тебя правда.

Ты первый и сказал мне, что в коттедже кто-то поселился. Мне бы подождать до утра, но я не могла уснуть от волнения, и наконец я вышла потихоньку, зная, как крепко ты спишь. Но ты увидел, что я выходила, и с этого начались все мои беды. На другой день мне пришлось отдаться на твою милость, и ты из благородства не стал допытываться. Но на третий день, когда ты ворвался в коттедж с парадного, няня с ребенком едва успели убежать через черный ход. И вот сегодня ты все узнал, и я спрашиваю тебя: что с нами будет теперь — со мной и с моим ребенком? — Она сжала руки и ждала ответа.

Две долгих минуты Грэнт Манро не нарушал молчания, и когда он ответил, это был такой ответ, что мне и сейчас приятно его вспомнить. Он поднял девочку, поцеловал и затем, держа ее на одной руке, протянул другую жене и повернулся к двери.

He lifted the little child.

— Нам будет удобней поговорить обо всем дома, — казал он. — Я не очень хороший человек, Эффи, но, кажется мне, все же не такой дурной, каким ты меня считала.

Мы с Холмсом проводили их до поворота, и, когда мы вышли на проселок, мой друг дернул меня за рукав.

— Полагаю, — сказал он, — в Лондоне от нас будет больше пользы, чем в Норбери.

Больше он ни слова не сказал об этом случае вплоть до поздней ночи, когда, взяв зажженную свечу, он повернулся к двери, чтобы идти в свою спальню.

— Уотсон, — сказал он, — если вам когда-нибудь покажется, что я слишком полагаюсь на свои способности или уделяю случаю меньше старания, чем он того заслуживает, пожалуйста, шепните мне на ухо: «Норбери» — и вы меня чрезвычайно этим обяжете.

ℳ

Приключения клерка

Вскоре после женитьбы я купил в Паддингтоне практику у доктора Фаркера. Старый доктор некогда имел множество пациентов, но потом вследствие болезни — он страдал чем-то вроде пляски святого Витта, — а также преклонных лет их число заметно поуменьшилось. Ведь люди, и это понятно, предпочитают лечиться у того, кто сам здоров, и мало доверяют медицинским познаниям человека, который не может исцелить даже самого себя. И чем хуже становилось здоровье моего предшественника, тем в больший упадок приходила его практика, и к тому моменту, когда я купил ее, она приносила вместо прежних тысячи двухсот немногим больше трехсот фунтов в год. Но я положился на свою молодость и энергию и не сомневался, что через год-другой от пациентов не будет отбою.

Первые три месяца, как я поселился в Паддингтоне, я был очень занят и совсем не виделся со своим другом Шерлоком Холмсом. Зайти к нему на Бейкер-стрит у меня не было времени, а сам он если и выходил куда, то только по делу. Поэтому я очень обрадовался, когда однажды июньским утром, читая после завтрака «Британский медицинский вестник», услыхал в передней звонок и вслед за тем резкий голос моего старого друга.

— А, мой дорогой Уотсон, — сказал он, войдя в комнату, — рад вас видеть! Надеюсь, миссис Уотсон уже оправилась после тех потрясений, что пришлось нам пережить в деле со «Знаком четырех».

— Благодарю вас, она чувствует себя превосходно, — ответил я, горячо пожимая ему руку.

— Надеюсь также, — продолжал Шерлок Холмс, усаживаясь в качалку, — занятия медициной еще не совсем отбили у вас интерес к нашим маленьким загадкам?

— Напротив! — воскликнул я. — Не далее, как вчера вечером, я разбирал свои старые заметки, а некоторые даже перечитал.

— Надеюсь, вы не считаете свою коллекцию завершенной?

— Разумеется, нет! Я бы очень хотел еще пополнить ее.

— Скажем, сегодня?

— Пусть даже сегодня.

— Даже если придется ехать в Бирмингем?

— Куда хотите.

— А практика?

— Что практика? Попрошу соседа, он примет моих пациентов. Я ведь подменяю его, когда он уезжает.

«Nothing could be better,» said Holmes.

— Ну и прекрасно, — сказал Шерлок Холмс, откидываясь в качалке и бросая на меня проницательный взгляд из-под полуопущенных век. — Эге, да вы, я вижу, были больны. Простуда летом — вещь довольно противная.

— Вы правы. На той неделе я сильно простудился и целых три дня сидел дома. Но мне казалось, от болезни теперь уже не осталось и следа.

— Это верно, вид у вас вполне здоровый.

— Как же вы догадались, что я болел?

— Мой дорогой Уотсон, вы же знаете мой метод.

— Метод логических умозаключений?

— Разумеется.

— С чего же вы начали?

— С ваших домашних туфель.

Я взглянул на новые кожаные туфли, которые были на моих ногах.

— Но что по этим туфлям… — начал было я, но Холмс ответил на вопрос прежде, чем я успел его закончить.

— Туфли ваши новые, — разъяснил он. — Вы их носите не больше двух недель, а подошвы, которые вы сейчас выставили напоказ, уже подгорели. Вначале я подумал, что вы их промочили, а затем, когда сушили, сожгли. Но потом я заметил у самых каблуков бумажные ярлычки с клеймом магазина. От воды они наверняка бы отсырели. Значит, вы сидели у камина, вытянув ноги к самому огню, что вряд ли кто, будь он здоров, стал бы делать даже в такое сырое и холодное лето, какое выдалось в этом году.

Как всегда, после объяснений Шерлока Холмса, все оказалось очень просто. Холмс, прочтя эту мысль на моем лице, грустно улыбнулся.

— Боюсь, что мои объяснения приносят мне только вред, — заметил он. — Одни следствия без причины действуют на воображении гораздо сильнее… Ну, вы готовы со мной в Бирмингем?

— Конечно. А что там за дело?

— Все узнаете по дороге. Внизу нас ждет экипаж и клиент. Едемте.

— Одну минуту.

Я черкнул записку своему соседу, забежал наверх к жене, чтобы предупредить ее об отъезде, и догнал Холмса на крыльце.

— Ваш сосед тоже врач? — спросил он, кивнув на медную дощечку на соседней двери.

— Да, он купил практику одновременно со мной.

— И давно она существует?

— Столько же, сколько моя. С тех пор, как построили эти дома.

— Вы купили лучшую.

— Да. Но как вы об этом узнали?

— По ступенькам, мой дорогой Уотсон. Ваши ступеньки сильно стерты подошвами, так, что каждая на три дюйма ниже, чем у соседа. А вот и наш клиент. Мистер Холл Пикрофт, позвольте мне представить вам моего друга, доктора Уотсона, — сказал Холмс. — Эй, кэбмен, — добавил он, — подстегните-ка лошадей, мы опаздываем на поезд.

Я уселся напротив Пикрофта.

Это был высокий, хорошо сложенный молодой человек с открытым, добродушным лицом и светлыми закрученными усиками. На нем был блестящий цилиндр и аккуратный черный костюм, придавший ему вид щеголеватого клерка из Сити, как оно и было на самом деле. Он принадлежал к тому сорту людей, которых у нас называют «кокни»,[1] но которые дают нам столько прекрасных солдат-волонтеров, а также отличных спортсменов, как ни одно сословие английского королевства. Его круглое румяное лицо было от природы веселым, но сейчас уголки его губ опустились, и это придало ему слегка комический вид. Какая беда привела его к Шерлоку Холмсу, я узнал, только когда мы уселись в вагон первого класса и поезд тронулся.

— Итак, — сказал Холмс, — у нас впереди больше часа свободного времени. Мистер Пикрофт, расскажите, пожалуйста, моему другу о своем приключении, как вы его рассказывали мне, а если можно, то и подробнее. Мне тоже будет полезно проследить еще раз ход событий. Дело, Уотсон, может оказаться пустяковым, но в нем есть некоторые довольно интересные обстоятельства, которые вы, как и я, так любите. Итак, мистер Пикрофт, начинайте. Я не буду прерывать вас больше.

Наш спутник взглянул на меня, и глаза его загорелись.

---

[1] Кокни (англ.) — пренебрежительно насмешливое прозвище лондонского обывателя.

— Самое неприятное в этой истории то, — начал он, — что я в
ней выгляжу полнейшим дураком. Правда, может, все еще обойдется.
Да, признаться, я и не мог поступить иначе. Но если я и этого места
лишусь, не получив ничего взамен, то и выйдет, что нет на свете
другого такого дурака, как я. Хотя я и не мастер рассказывать, но
послушайте, что произошло.

Служил я в маклерской фирме «Коксон и Вудхаус» в Дрейпер-
Гарденсе, но весной этого года лопнул венесуэлский займ, — вы,
конечно, об этом слышали, — и фирма обанкротилась. Всех служащих,
двадцать семь человек, разумеется, уволили. Работал я у них пять лет,
и, когда разразилась гроза, старик Коксон дал мне блестящую
характеристику. Я начал искать новое место, сунулся туда, сюда, но
таких горемык, как я, везде было полно.

Положение было отчаянное. У Коксона я получал в неделю три
фунта стерлингов и за пять лет накопил семьдесят фунтов, но эти
деньги, как и все на свете, подошли к концу. И вот я дошел до того,
что не осталось денег даже на марки и конверты, чтобы писать по
объявлениям. Я истрепал всю обувь, обивая пороги различных фирм,
но найти работы не мог.

Когда я уже совсем потерял надежду, то услышал о вакантной
должности в большом банкирском доме «Мейсон и Уильямсы» на
Ломбард-стрит. Смею предположить, что вы мало знакомы с деловой
частью Лондона, но можете мне поверить, что это один из самых
богатых и солидных банков. Обращаться с предложением своих услуг
следовало только почтой. Я послал им заявление вместе с
характеристикой безо всякой надежды на успех. И вдруг обратной
почтой получаю ответ, что в ближайший понедельник могу
приступить к исполнению своих новых обязанностей. Как это
случилось, никто не мог объяснить. Говорят, что в таких случаях
управляющий просто сует руку в кучу заявлений и вытаскивает
наугад первое попавшееся, вот и все. Но, так или иначе, мне повезло,
и я никогда так не радовался, как на сей раз. Жалованье у них в

неделю было даже больше на один фунт, а обязанности мало чем отличались от тех, что я исполнял у Коксона.

Теперь я подхожу к самой удивительной части моей истории. Надо вам сказать, что я снимаю квартиру за Хемпстедом: Потерс-стрит, 17. В тот самый вечер, когда пришло это приятное письмо, я сидел дома и курил трубку. Вдруг входит квартирная хозяйка и подает визитную карточку, на которой напечатано: «Артур Пиннер, финансовый агент». Я никогда прежде о таком не слыхал и не представлял, зачем я ему понадобился, однако попросил хозяйку пригласить его наверх. Вошел среднего роста темноглазый брюнет, с черной бородой и лоснящимся носом. Походка у него была быстрая, речь отрывистая, как у человека, привыкшего дорожить временем.

«Mr. Hall Pycroft, I believe?» said he.

— Мистер Пикрофт, если не ошибаюсь? — спросил он.

— Да, сэр, — ответил я, предлагая стул.

— Раньше служили у Коксона?

— Да, сэр.

— А сейчас поступили в банкирский дом Мейсонов?

— Совершенно верно.

— Так-с, — произнес он. — Видите ли, я слыхал, что вы обладаете незаурядными деловыми способностями. Вас очень хвалил мне Паркер, бывший управляющий у Коксона.

Я, разумеется, был весьма польщен, услышав столь лестный о себе отзыв. Я всегда хорошо справлялся со своими обязанностями у Коксона, но мне и в голову не приходило, что в Сити идут обо мне такие разговоры.

— У вас хорошая память? — спросил затем Пиннер.

— Неплохая, — ответил я скромно.

— Вы следили за курсом бумаг последнее время?

— Безусловно! Я каждой утро просматриваю «Биржевые ведомости».

— Удивительное прилежание! — воскликнул он. — Вот где источник всякого успеха! Если не возражаете, я вас немного поэкзаменую. Скажите, каков курс Эйширских акций?

— От ста пяти до ста пяти с четвертью.

— А Объединенных новозеландских?

— Сто четыре.

— Хорошо, а Брокенхиллских английских?

— От ста семи до ста семи с половиной.

— Великолепно! — вскричал он. — Просто замечательно. Таким я вас и представлял себе. Мальчик мой, вы созданы для большего, чем быть простым клерком у Мейсонов!

Его восторг, как вы понимаете, меня, конечно, несколько смутил.

— Так-то оно так, мистер Пиннер, — сказал я, — но не все обо мне такого высокого мнения. Я не один день побегал, пока нашел эту вакансию. И я очень рад ей.

— Ах, Господи, что это вы говорите! Разве ваше место там? Вот послушайте, что я вам скажу. Правда, я не могу предложить вам уже сейчас место, которое вы заслуживаете, но в сравнении с Мейсонами это небо и земля. Когда вы начинаете работать у Мейсонов?

— В понедельник.

— Хм-м, готов биться об заклад, что вы туда не пойдете.

— Что, не пойду к Мейсонам?!

— Вот именно, мой дорогой. К этому времени вы уже будете работать коммерческим директором Франко-Мидланской компании скобяных изделий, имеющей сто тридцать четыре отделения в различных городах и селах Франции, не считая Брюсселя и Сан-Ремо.

У меня даже дыхание перехватило.

— Но я никогда не слышал об этой компании, — пробормотал я.

— Очень может быть. Мы не кричим о себе на каждом углу, капитал фирмы целиком составляют частные вклады, а дела идут так хорошо, что реклама просто ни к чему. Генеральный директор фирмы — мой брат Гарри Пиннер, он же и основал ее. Зная, что я еду в Лондон, он попросил меня подыскать ему расторопного помощника — молодого человека, способного и делового, с хорошими рекомендациями. Паркер рассказал мне о вас, и вот я здесь. Для начала мы можем предложить вам всего каких-то пятьсот фунтов в год, но в дальнейшем...

— Пятьсот фунтов!? — вскричал я, пораженный.

— Это для начала. Кроме того, вы будете получать один процент комиссионных с каждого нового контракта, и, можете поверить мне, ваше жалованье удвоится.

— Но я ничего не смыслю в скобяных изделиях.

— Зато вы смыслите в бухгалтерии.

Голова моя закружилась, и я едва усидел на месте. Но вдруг в душу мою закралось сомнение.

— Я буду откровенен с вами, сэр, — сказал я. — Мейсоны положили мне двести фунтов в год, но фирма «Мейсон и Уильямсы» — дело верное. А о вас я ровно ничего...

— Вы просто прелесть! — вскричал мой гость в восторге. — Именно такой человек нам и нужен. Вас не проведешь. И это очень хорошо. Вот вам сто фунтов, и если считаете, что дело сделано, смело кладите их в свой карман в качестве аванса.

— Это очень большая сумма, — сказал я. — Когда я должен приступить к работе?

— Поезжайте завтра утром в Бирмингем, — ответил он. — И в час приходите во временную контору фирмы на Корпорейшн-стрит, дом 126. Я дам вам письмо моему брату. Нужно его согласие. Но, между нами говоря, я считаю ваше назначение решенным.

— Не знаю, как и благодарить вас, мистер Пиннер, — сказал я.

— Пустое, мой мальчик. Вы должны благодарить только самого себя. А теперь еще один-два пункта, — так, чистая формальность, но это необходимо уладить. Есть у вас бумага? Будьте добры, напишите на ней: «Согласен поступить на должность коммерческого директора во Франко-Мидландскую компанию скобяных изделий с годовым жалованьем 500 фунтов».

Я написал то, что мистер Пиннер продиктовал мне, и он положил бумагу в карман.

— И еще один вопрос, — сказал он. — Как вы думаете поступить с Мейсонами?

На радостях я совсем было о них забыл.

— Напишу им о своем отказе от места, — ответил я.

— По-моему, этого делать не надо. Я был у Мейсона и поссорился из-за вас с его управляющим. Я зашел к нему навести о вас справки, а он стал кричать, что я сманиваю его людей и тому подобное. Ну я и не выдержал. «Если вы хотите держать хороших работников, платите им как следует», — сказал я в сердцах. А он мне ответил, что вы предпочитаете служить у них на маленьком жалованье, чем у нас на большом.

«Ставлю пять фунтов, — сказал я, — что, когда я предложу ему место коммерческого директора у нас, он даже не напишет вам о своем отказе». «Идет! — воскликнул он. — Мы его, можно сказать, из петли вытащили, и он от нас не откажется!» Это точные его слова.

— Каков нахал! — возмутился я. — Я его и в глаза не видел, а он смеет говорить обо мне такие вещи… Да я теперь ни за что не напишу им, хоть умоляйте меня!

— Ну и прекрасно. Так, значит, по рукам, — сказал он, поднимаясь со стула. — Я рад, что нашел брату хорошего помощника. Вот вам сто фунтов, а вот и письмо. Запомните адрес: Корпорейшн-стрит, 126; не забудьте:, завтра в час. Спокойной ночи, и пусть счастье всегда сопутствует вам. как вы того заслужили.

Вот, насколько я помню, какой у нас произошел разговор. Можете себе представить, доктор Уотсон, как я обрадовался этому предложению. Я не спал до полуночи, взволнованный блестящей перспективой, и на следующий день выехал в Бирмингем самым ранним поездом. По приезде я оставил вещи в гостинице на Нью-стрит, а сам отправился пешком по данному адресу.

До назначенного срока оставалось около четверти часа, но я подумал, что ничего не случится, если я приду раньше. Дом 126 оказался большим пассажем, в конце которого по обе стороны располагались два больших магазина, за одним виднелась лестница, наподобие винтовой, куда выходили двери различных контор и отделений местных фирм.

Внизу, в начале лестницы, висел на стене большой указатель с названием фирм, но как я ни искал, а «Франко-Мидландской» там не оказалось. Сердце мое упало, и я несколько минут стоял возле указателя, тупо разглядывая его и спрашивая себя, кто и зачем вздумал разыграть меня таким нелепым образом, как вдруг ко мне подошел незнакомец — точная копия моего вчерашнего посетителя, только этот был чисто выбрит, и волосы у него были чуть посветлее.

— Мистер Пикрофт? — спросил он меня.

— Да, — ответил я.

— Я ждал вас, но вы пришли немного раньше. Сегодня утром мне передали письмо от моего брата. Он очень вас хвалит.

— Я искал на указателе мою будущую фирму, когда вы подошли.

— У нас пока еще нет вывески, мы только на прошлой неделе сняли это помещение. Ну что же, идемте наверх, там и переговорим.

«Up came a man and addressed me.»

Мы поднялись по лестнице чуть не под самую крышу и очутились в пустой и грязной комнатке, ободранной и обшарпанной, из которой вела дверь в другую, такую же. Надеясь увидеть большую контору с рядами сверкающих столов и кучей клерков, я оторопело оглядел голое окно без штор или занавесок, две сосновые табуретки и маленький стол, которые вместе со счетами и корзиной для бумаг составляли всю обстановку.

— Мистер Пикрофт, пусть вас не смущает наше скромное помещение, — подбодрил меня мой новый начальник, заметив мое вытянувшееся лицо, — Рим не сразу строился. Наша фирма достаточно богата, но мы не швыряем деньги на ветер. Прошу вас, садитесь и давайте ваше письмо.

Я протянул ему письмо, которое он внимательно прочел.

— О, да вы произвели сильное впечатление на моего брата Артура, — заметил он. — А брат мой, — человек проницательный.

Правда, он меряет людей по лондонской мерке, а я — по своей, бирмингемской. Но на этот раз я последую его совету. Считайте себя с сегодняшнего дня принятым на службу в нашу контору.

— Каковы будут мои обязанности? — спросил я.

— Вы будете скоро заведовать большим филиалом нашей компании в Париже, который имеет во Франции сто тридцать четыре отделения и будет распространять английскую керамику по всей стране. Оформление торговых заказов заканчивается в ближайшие дни. А пока вы останетесь в Бирмингеме и будете делать свое дело здесь.

— Что именно? — спросил я.

Вместо ответа он достал из ящика стола большую книгу в красном переплете.

— Это справочник города Парижа, — сказал он, — с указанием рода занятий его жителей. Возьмите его домой и выпишите всех торговцев железоскобяными изделиями с их адресами. Это нам крайне необходимо.

— Но ведь, наверное, есть специальные справочники по профессиям, — заметил я.

— Они очень неудобны. Французская система отличается от нашей. Словом, берите этот справочник и в следующий понедельник к двенадцати часам принесите мне готовый список. До свидания, мистер Пикрофт. Я уверен, что вам понравится у нас, если, конечно, вы и впредь будете усердны и сообразительны.

С книгой в руках я вернулся в отель; душу мою обуревали самые противоречивые чувства. С одной стороны, меня окончательно приняли на работу, и в моем кармане лежало сто фунтов. С другой — жалкий вид конторы, отсутствие вывески на стене и другие мелочи, сразу бросающиеся в глаза человеку, опытному в банковских делах, заставляли меня призадуматься о финансовом положении моих новых хозяев. Но будь что будет — аванс я получил, надо приниматься за работу. Все воскресенье я усердно трудился, и тем не менее к понедельнику я дошел только до буквы «Н». Я отправился к своему новому шефу и застал его все в той же ободранной комнате; он велел мне продолжать списывать парижских жестянщиков и прийти с готовой работой в среду. Но и в среду работа все еще не была окончена. Я корпел над списком вплоть до пятницы, то есть до вчерашнего дня. Вчера я наконец принес Пиннеру готовый список.

— Благодарю вас, — сказал он. — Боюсь, что я недооценил трудностей задачи. Этот список мне будет очень полезен.

— Да, над этим пришлось изрядно попотеть, — заметил я.

— А теперь, — заявил он, — я попрошу вас составить список мебельных магазинов, они также занимаются продажей керамики.

— Хорошо.

— Приходите в контору завтра к семи часам вечера, чтобы я знал, как идут дела. Но не переутомляйтесь. Пойдите вечером в мюзик-холл. Я думаю, это не повредит ни вам, ни вашей работе.

Сказав это, он рассмеялся, и я, к своему ужасу, вдруг заметил на его нижнем втором слева зубе плохо наложенную золотую пломбу.

Шерлок Холмс даже руки потер от удовольствия, я же слушал нашего клиента, недоумевая.

— Ваше недоумение понятно, доктор Уотсон, — сказал Пикрофт. — Вы просто не знаете всех обстоятельств дела. Помните, в Лондоне я разговаривал с братом моего хозяина? Так вот, у него во рту была точно такая же золотая пломба. Я обратил на нее внимание, когда он рассмеялся, рассказывая мне о своем разговоре с управляющим Мейсонов.

Тогда я сравнил мысленно обоих братьев и увидел, что голос и фигура у них абсолютно одинаковы и что отличаются они только тем, что можно легко изменить с помощью бритвы или же парика. Сомнений не было: передо мной был тот же самый человек, который приходил ко мне в Лондоне. Конечно, бывает, что два брата похожи друг на друга, как две капли воды, но чтобы у них был одинаково запломбирован один и тот же зуб — этого быть не могло.

Шеф мой с поклоном проводил меня до двери, и я очутился на улице, едва соображая, где я и что со мной происходит.

Кое-как я добрался до гостиницы, сунул голову в таз с холодной водой, чтобы прийти в себя, и стал думать, зачем он послал меня из Лондона в Бирмингем к самому себе, зачем написал это идиотское письмо? Как ни ломал я голову, ответа на эти вопросы не находил. И тут меня осенило: поеду к Шерлоку Холмсу; только он может понять, в чем тут дело. В тот же день вечерним поездом я выехал в Лондон, чтобы еще утром увидеться с Шерлоком Холмсом и привезти его в Бирмингем.

Клерк закончил рассказ о своем удивительном приключении. Наступило молчание. Шерлок Холмс многозначительно взглянул на меня и откинулся на подушки. Выражение его лица было довольное и вместе с тем критическое, как у знатока, только что отведавшего глоток превосходного вина.

— Ну что, Уотсон, ловко придумано, а? — заметил он. — В этом есть что-то заманчивое для меня. Надеюсь, вы согласитесь, что интервью с Гарри-Артуром Пиннером во временной конторе Франко-Мидландской компании скобяных изделий было бы для нас небезынтересно.

— Да, но как это сделать? — спросил я.

— Очень просто, — вмешался в разговор Холл Пикрофт. — Вы оба — мои друзья, ищете работу, и я, естественно, решил рекомендовать вас моему хозяину.

— Отлично, так и сделаем! — воскликнул Холмс. — Я хочу повидать этого господина и, если удастся, выяснить, какую игру он затеял. Что особенного он нашел в вас? Почему дал такой большой аванс? Быть может…

Он принялся грызть ногти, уставившись отсутствующим взглядом в окно, и до самого Нью-стрита нам больше не удалось вытянуть из него ни слова.

В тот же день в семь часов вечера мы втроем шагали по Корпорейшн-стрит, направляясь в контору Франко-Мидландской компании.

— Приходить раньше нет надобности, — заметил клерк. — Он там бывает, по-видимому, только за тем, чтобы повидаться со мной. Так что до назначенного часа в конторе все равно никого не будет.

— Это интересно, — сказал Холмс.

— Ну, что я вам говорил, — воскликнул Пикрофт. — Вон он идет впереди нас.

Он указал на невысокого, белокурого, хорошо одетого мужчину, спешившего по другой стороне улицы. Пока мы его разглядывали, Пиннер, заметив напротив газетчика, размахивающего свежими номерами вечерней газеты, кинулся к нему через улицу, огибая пролетки и омнибусы, и купил одну. Затем с газетой в руках он скрылся в дверях пассажа.

— Он уже в конторе! — воскликнул Пикрофт. — Идемте со мной, я сейчас вас представлю.

Вслед за нашим спутником мы взобрались на пятый этаж и очутились перед незапертой дверью. Пикрофт постучал. Из-за двери послышалось: «Войдите». Мы зашли в пустую, почти не меблированную комнату, вид которой полностью совпадал с описанием Пикрофта. За единственным столом с развернутой газетой в руках сидел человек, только что виденный нами на улице. Он поднял голову и я увидел лицо, искаженное таким страданием, вернее, даже не страданием, а безысходным отчаянием, как бывает, когда с человеком стряслось непоправимая беда. Лоб его блестел от испарины, щеки приняли мертвенно-бледный оттенок, напоминавший брюхо вспоротой рыбы, остекленевший взгляд был взглядом сумасшедшего. Он уставился на своего клерка, точно видел его впервые, и по лицу Пикрофта я понял, что таким он видит хозяина в первый раз.

He looked up at us.

— Мистер Пиннер, что с вами, вы больны? — воскликнул он.

— Да, я что-то неважно себя чувствую, — выдавил из себя мистер Пиннер. — Что это за джентльмены, которые пришли с вами? — добавил он, облизывая пересохшие губы.

— Это мистер Гаррис из Бэрмендси, а это мистер Прайс — он здешний житель, — словоохотливо ответил наш клерк. — Мои друзья. Они хорошо знают конторское дело. Но оба сейчас без работы. И я подумал, может, у вас найдется для них местечко.

— Конечно, почему бы нет! — вскричал Пиннер, через силу улыбаясь. — Я даже уверен, что найдется. Вы по какой части, мистер Гаррис?

— Я бухгалтер, — ответил Холмс.

— Так-так, бухгалтеры нам нужны. А ваша специальность, мистер Прайс?

— Я клерк, — ответил я.

— Полагаю, что и для вас дело найдется. Как только мы примем решение, я тотчас дам вам знать. А сейчас я попрошу вас уйти. Ради Бога, оставьте меня одного!

Последние слова вырвались у него помимо воли. Точно у него больше не было сил сдерживаться. Мы с Холмсом переглянулись, а Пикрофт шагнул к столу.

— Мистер Пиннер, вы, наверное, забыли, что я пришел сюда за дальнейшими инструкциями, — сказал он.

— Да-да, конечно, мистер Пикрофт, — ответил хозяин конторы неожиданно бесстрастным тоном. — Подождите меня здесь минутку. Да и ваши друзья пусть подождут. Я буду к вашим услугам через пять минут, если позволите мне злоупотребить вашим терпением в такой степени.

Он встал, учтиво поклонился, вышел в соседнюю комнату и затворил за собой дверь.

— Что там такое? — зашептал Холмс. — Он не ускользнет от нас?

— Нет! — уверенно ответил Пикрофт. — Эта дверь ведет только во вторую комнату.

— А из нее нет другого выхода?

— Нет.

— Там тоже пусто?

— Вчера по крайней мере там ничего не было.

— Зачем он туда пошел? Мне здесь не все ясно. Такое впечатление, что Пиннер внезапно повредился в уме. Что-то испугало его до потери сознанья. Но что?

— Возможно, он решил, что мы из полиции, — предположил я.

— Возможно, — согласился Пикрофт.

Холмс покачал головой.

— Нет, он уже был бледен, как смерть, когда мы вошли, — возразил он. — Разве только…

Его слова были прерваны резким стуком, раздавшимся из соседней комнаты.

— Какого черта он стучится в собственную дверь! — вскричал Пикрофт.

Стук не прекращался. Мы все в ожидании уставились на закрытую дверь. Лицо у Холмса стало жестким. Он в сильном возбуждении наклонился вперед.

Потом из соседней комнаты вдруг донесся тихий булькающий звук, словно кто-то полоскал горло, и чем-то часто забарабанили по деревянной перегородке. Холмс, как бешеный, прыгнул через всю комнату к двери и толкнул ее. Дверь оказалась на запоре. Мы с Пикрофтом тоже бросились к двери, и все втроем навалились на нее. Сорвалась одна петля, потом вторая, и дверь с треском рухнула на пол. Мы ворвались внутрь. Комната была пуста.

We found ourselves in the inner room.

Наша растерянность длилась не больше минуты. В ближайшем углу комнаты виднелась еще одна дверь. Холмс подскочил к ней и отворил ее рывком. За дверью на полу лежали пиджак и жилетка, а на крюке на собственных подтяжках, затянутых вокруг шеи, висел управляющий Франко-Мидландской компании скобяных изделий. Колени его подогнулись, голова неестественно свесилась на грудь, пятки, ударяя по двери, издавали тот самый непонятный стук, который заставил нас насторожиться. В мгновение ока я обхватил и приподнял его бесчувственное тело, а Холмс и Пикрофт стали развязывать резиновую петлю, которая почти исчезла под багрово-синими складками кожи. Затем мы перенесли Пиннера в другую комнату и положили на пол. Лицо у него стало свинцово-серым, но он был жив, и его фиолетово-синие губы с каждым вдохом и выдохом выпячивались и опадали. Это было жалкое подобие того здорового, цветущего человека, которого мы видели на улице всего полчаса назад.

— Как его состояние, Уотсон? — спросил меня Холмс.

Я наклонился над распростертым телом и начал осмотр. Пульс по-прежнему оставался слабым, но дыхание постепенно выравнивалось, веки слегка дрожали, приоткрыв тонкую белую полоску глазных яблок.

— Чуть было не отправился к праотцам, — заметил я, — но, кажется, все обошлось. Откройте-ка окно и дайте сюда графин с водой.

Я расстегнул ему рубашку на груди, смочил холодной водой лицо и принялся поднимать и опускать его руки, делая искусственное дыхание, пока он не вздохнул наконец всей грудью.

— Теперь все остальное — только вопрос времени, — заметил я, отходя от него.

Холмс стоял у стола, засунув руки в карманы брюк и опустив голову на грудь.

— Ну что же, — сказал он, пора вызывать полицию. Должен признаться, что мне будет приятно посвятить их в подробности этого дела.

— Я все-таки ничего не понимаю, — признался Пикрофт, почесав затылок. — Черт возьми! Для чего, спрашивается, я был им здесь нужен?

— Все очень просто, — махнул рукой Холмс, — мне непонятна только заключительная сцена. — Холмс указал на подтяжки.

— А все остальное понятно?

— Думаю, что да. А вы, Уотсон, что скажете?

Я пожал плечами.

— Ровным счетом ничего не понимаю.

— А ведь если внимательно проследить ход событий, то вывод напрашивается сам собой.

— Какой же?

— Одну минутку. Вначале вернемся к двум исходным точкам: первое — заявление Пикрофта с просьбой принять его на работу в эту нелепую компанию. Надеюсь, вы догадываетесь, зачем его заставили написать это заявление?

— Боюсь, что нет.

— И все-таки оно зачем-то понадобилось! Ведь, как правило, чтобы принять человека на службу, достаточно устного соглашения, и на сей раз не было никаких причин, чтобы делать исключение. Отсюда вывод: им дозарезу нужен был образец вашего почерка.

— Но зачем?

— В самом деле, зачем? Ответив на этот вопрос, мы с вами решим и всю задачу. Так, значит, зачем же им стал нужен ваш почерк? А затем, что кому-то понадобилось написать что-то, подделываясь под вашу руку. Теперь второй момент. Как вы сейчас увидите, одно дополняет другое. Помните, как у мистера Пикрофта было взято обещание не посылать Мейсонам письменного отказа от места, а отсюда следует, что управляющий названного банка и по сей день пребывает в уверенности, что в понедельник к нему на службу явился не кто иной, как мистер Пикрофт.

— Боже мой! — вскричал бедняга Пикрофт. — Каким же я оказался идиотом!

— Сейчас вы окончательно поймете, зачем им понадобился ваш почерк. Вообразите себе, что человек, проникший под вашим именем к Мейсонам, не знает вашего почерка. Ясно, его тут же поймают, и он проиграет игру, еще не начав ее. Но если мошенник знаком с вашей рукой, то бояться ему нечего. Ибо, насколько я понял, у Мейсона вас никто никогда в глаза не видел.

— В том-то и дело, что никто! — простонал Пикрофт.

— Прекрасно. Далее, мошенникам было крайне важно, чтобы вы не передумали или случайно не узнали, что у Мейсонов работает ваш двойник. Поэтому вам дали солидный аванс и увезли в Бирмингем, где поручили вам такую работу, которая удержала бы вас вдали от Лондона хотя бы с неделю. Все очень просто, как видите.

— Да, но зачем ему понадобилось выдавать себя за собственного брата?

— И это понятно. Их, очевидно, двое. Один должен был заменить вас у Мейсонов, второй — отправить вас в Бирмингем. Приглашать третьего, на роль управляющего фирмой, им не хотелось. Поэтому второй изменил, сколько мог, свою внешность и выдал себя за собственного брата, так что даже разительное сходство не могло бы вызвать подозрений. И если бы не золотая пломба, вам бы и в голову никогда не пришло, что ваш лондонский посетитель и управляющий бирмингемской конторы — одно и то же лицо.

Pycroft shook his clinched hands in the air.

Холл Пикрофт затряс сжатыми кулаками.

— Боже мой! — вскричал он. — И чем же занимался мой двойник в конторе Мейсонов, пока я тут позволил водить себя за нос? Что же теперь нам делать, мистер Холмс? Что?

— Во-первых, без промедления телеграфировать Мейсонам.

— Сегодня суббота, банк закрывается в двенадцать.

— Это неважно, там наверняка есть сторож или швейцар…

— Да, они держат специального сторожа. Об этом как-то говорили в Сити. У них в банке хранятся большие ценности.

— Прекрасно. Мы сейчас позвоним и узнаем у него, все ли там в порядке и работает ли клерк с вашей фамилией. В общем, дело ясное. Не ясно одно, почему, увидев нас, один из мошенников тотчас ушел в другую комнату и повесился.

— Газета!.. — послышался хриплый голос позади нас.

Самоубийца сидел на полу бледный и страшный, в глазах его появились проблески сознания, руки нервно растирали широкую красную полосу, оставленную петлей на шее.

— Газета! Ну конечно! — вскричал Холмс возбужденно. — Какой же я идиот! Я все хотел связать самоубийство с нашим визитом и совсем забыл про газету. Разгадка, безусловно, в ней. — Он развернул газету на столе, и крик торжества сорвался с его уст.

— Посмотрите, Уотсон! — вскричал он. — Это лондонская «Ивнинг стандард». Какие заголовки! «Ограбление в Сити! Убийство в банке Мейсонов! Грандиозная попытка ограбления! Преступник пойман!» Вот здесь, Уотсон. Читайте. Я просто сгораю от нетерпения.

Это неудавшееся ограбление, судя по тому, сколько места отвела ему газета, было главным происшествием дня. Вот что я прочитал:

«Сегодня днем в Сити была совершена дерзкая попытка ограбления банка. Убит один человек. Преступник пойман. Несколько дней назад известный банкирский дом „Мейсон и Уильямсы" получил на хранение ценные бумаги на сумму, значительно превышающую миллион фунтов стерлингов. Управляющий банком, сознавая ответственность, легшую на его плечи, и понимая всю опасность хранения такой огромной суммы, установил в банке круглосуточное дежурство вооруженного сторожа. Полученные ценности были помещены в сейфы самой последней конструкции. В это время в банк на службу был принят новый клерк, по имени Холл Пикрофт, оказавшийся не кем иным, как знаменитым взломщиком и грабителем Беддингтоном, который со своим братом вышел на днях на свободу, отсидев пять лет в каторжной тюрьме. Каким-то образом, каким, еще не установлено, этому Беддингтону удалось устроиться в банк клерком. Проработав несколько дней, он изучил расположение кладовой и сейфов, а также снял слепки с нужных ему ключей.

Обычно в субботу служащие Мейсонов покидают банк ровно в двенадцать часов дня. Вот почему Тьюсон, сержант полиции, дежуривший в Сити, был слегка удивлен, когда увидел какого-то господина с саквояжем в руках, выходящего из банка в двенадцать минут второго. Заподозрив неладное, он последовал за неизвестным и после отчаянного сопротивления задержал его с помощью подоспевшего констебля Поллока. Сразу стало ясно, что совершено дерзкое и грандиозное ограбление. Саквояж оказался битком набит ценными бумагами, американскими железнодорожными акциями и акциями других компаний. Стоимость бумаг превышала сто тысяч фунтов стерлингов.

При осмотре здания обнаружили труп несчастного сторожа, засунутый в один из самых больших, сейфов, где он пролежал бы до понедельника, если бы не расторопность и находчивость сержанта Тьюсона. Череп бедняги был размозжен ударом кочерги, нанесенным сзади. Очевидно, Беддингтон вернулся назад в контору, сделав вид, что забыл там что-то. Убив сторожа и быстро очистив самый большой сейф, он попытался скрыться со своей добычей. Его брат, обычно работающий вместе с ним, на этот раз, как пока известно, в деле не участвовал. — Однако полиция принимает энергичные меры, чтобы установить его местопребывание».

Glancing at the haggart figure.

— Мы можем, пожалуй, избавить полицию от лишних хлопот, — сказал Холмс, бросив взгляд на поникшую фигуру, скорчившуюся у окна. — Человеческая натура — странная вещь, Уотсон. Этот человек так любит своего брата, убийцу и злодея, что готов был руки на себя наложить, узнав, что тому грозит виселица. Но делать нечего, мы с доктором побудем здесь, а вы, мистер Пикрофт, будьте добры, сходите за полицией.

«Глория Скотт»

— У меня здесь кое-какие бумаги, — сказал мой друг Шерлок Холмс, когда мы зимним вечером сидели у огня. — Вам не мешало бы их просмотреть, Уотсон. Это документы, касающиеся одного необыкновенного дела — дела «Глории Скотт». Когда мировой судья Тревор прочитал вот эту записку, с ним случился удар, и он, не приходя в себя, умер.

Шерлок Холмс достал из ящика письменного стола потемневшую от времени коробочку, вынул оттуда и протянул мне записку, нацарапанную на клочке серой бумаги. Записка заключала в себе следующее:

«С дичью дело, мы полагаем, закончено.

Глава предприятия Хадсон, по сведениям, рассказал о мухобойках все.

Фазаньих курочек берегитесь».

Когда я оторвался от этого загадочного письма, то увидел, что Холмс удовлетворен выражением моего лица.

— Вид у вас довольно-таки озадаченный, — сказал он.

— Я не понимаю, как подобная записка может внушить кому-нибудь ужас. Мне она представляется нелепой.

— Возможно. И все-таки факт остается фактом, что вполне еще крепкий пожилой человек, прочитав ее, упал, как от пистолетного выстрела.

— Вы возбуждаете мое любопытство, — сказал я. — Но почему вы утверждаете, что мне необходимо ознакомиться с этим делом?

— Потому что это — мое первое дело.

Я часто пытался выяснить у своего приятеля, что толкнуло его в область расследования уголовных дел, но до сих пор он ни разу не пускался со мной в откровенности. Сейчас он сел в кресло и разложил бумаги на коленях. Потом закурил трубку, некоторое время попыхивал ею и переворачивал страницы.

— Вы никогда не слышали от меня о Викторе Треворе? — спросил Шерлок Холмс. — Он был моим единственным другом в течение двух лет, которые я провел в колледже. Я не был общителен, Уотсон, я часами оставался один в своей комнате, размышляя надо всем, что замечал и слышал вокруг, — тогда как раз я и начал создавать свой метод. Потому-то я и не сходился в колледже с моими сверстниками. Не такой уж я любитель спорта, если не считать бокса и фехтования, словом, занимался я вовсе не тем, чем мои сверстники, так что точек соприкосновения у нас было маловато. Тревор был единственным моим другом, да и подружились-то мы случайно, по милости его терьера, который однажды утром вцепился мне в лодыжку, когда я шел в церковь. Начало дружбы прозаическое, но эффективное. Я пролежал десять дней, и Тревор ежедневно приходил справляться о моем здоровье. На первых порах наша беседа длилась не более минуты, потом Тревор стал засиживаться, и к концу семестра мы с ним были уже близкими друзьями. Сердечный и мужественный, жизнерадостный и энергичный, Тревор представлял собой полную противоположность мне, и все же у нас было много общего. Когда же я узнал, что у него, как и у меня, нет друзей, мы сошлись с ним еще короче.

Trevor used to come in to inquire after me.

В конце концов он предложил мне провести каникулы в имении его отца в Донифорпе, в Норфолке, и я решил на этот месяц воспользоваться его гостеприимством...

У старика Тревора, человека, по-видимому, состоятельного и почтенного, было имение. Донифорп — это деревушка к северу от Лагмера, недалеко от Бродз. Кирпичный дом Тревора, большой, старомодный, стоял на дубовых сваях. В тех местах можно было отлично поохотиться на уток, половить рыбу. У Треворов была небольшая, но хорошо подобранная библиотека. Как я понял, ее купили у бывшего владельца вместе с домом. Кроме того, старик Тревор держал сносного повара, так что только уж очень привередливый человек не провел бы здесь приятно время.

Тревор давно овдовел. Кроме моего друга, детей у него не было. Я слышал, что у него была еще дочь, но она умерла от дифтерита в Бирмингеме, куда ездила погостить. Старик, мировой судья, заинтересовал меня. Человек он был малообразованный, но с недюжинным умом и очень сильный физически. Едва ли он читал книги, зато много путешествовал, много видел и все запоминал. С виду это был коренастый, плотный человек с копной седых волос, с загорелым, обветренным лицом и голубыми глазами. Взгляд этих глаз казался колючим, почти свирепым, и все-таки в округе он пользовался репутацией человека доброго и щедрого, был хорошо известен как снисходительный судья.

Как-то вскоре после моего приезда, мы сидели после обеда за стаканом портвейна. Молодой Тревор заговорил о моей наблюдательности и моем методе дедукции, который мне уже удалось привести в систему, хотя тогда я еще не представлял себе точно, какое он найдет применение в дальнейшем. Старик, по-видимому, считал, что его сын преувеличивает мое искусство.

— Попробуйте ваш метод на мне, мистер Холмс, — со смехом сказал он: в тот день он был в отличном расположении духа, — я прекрасный объект для выводов и заключений.

— Боюсь, что о вас я немногое могу рассказать, — заметил я. — Я лишь могу предположить, что весь последний год вы кого-то опасались.

Смех замер на устах старика, и он уставился на меня в полном недоумении.

— Да, это правда, — подтвердил он и обратился к сыну: — Знаешь, Виктор, когда мы разогнали шайку браконьеров; они поклялись, что зарежут нас. И они в самом деле напали на сэра Эдвара Хоби. С тех пор я все время настороже, хотя, как ты знаешь, я не из пугливых.

— У вас очень красивая палка, — продолжал я. — По надписи я определил, что она у вас не больше года. Но вам пришлось просверлить отверстие в набалдашнике и налить туда расплавленный свинец, чтобы превратить палку в грозное оружие. Если б вам нечего было бояться, вы бы не прибегали к таким предосторожностям.

— Что еще? — улыбаясь, спросил старик Тревор.

— В юности вы часто дрались.

— Тоже верно. А это как вы узнали? По носу, который у меня глядит в сторону?

— Нет, — ответил я, — по форме ушей, они у вас прижаты к голове. Такие уши бывают у людей, занимающихся боксом.

— А еще что?

— Вы часто копали землю — об этом свидетельствуют мозоли.

— Все, что у меня есть, я заработал на золотых приисках.

— Вы были в Новой Зеландии.

— Опять угадали.

— Вы были в Японии.

— Совершенно верно.

— Вы были связаны с человеком, инициалы которого Д. А., а потом вы постарались забыть его.

Мистер Тревор медленно поднялся, устремил на меня непреклонный, странный, дикий взгляд больших голубых глаз и вдруг упал в обморок — прямо на скатерть, на которой была разбросана ореховая скорлупа. Можете себе представить, Уотсон, как мы оба, его сын и я, были потрясены. Обморок длился недолго. Мы расстегнули мистеру Тревору воротник и сбрызнули ему лицо водой. Мистер Тревор вздохнул и поднял голову.

— Ах, мальчики! — силясь улыбнуться, сказал он. — Надеюсь, я не испугал вас? На вид я человек сильный, а сердце у меня слабое, и оно меня иногда подводит. Не знаю, как вам это удается, мистер Холмс, но, по-моему, все сыщики по сравнению с вами младенцы. Это — ваше призвание, можете поверить человеку, который кое-что повидал в жизни.

И, знаете, Уотсон, именно преувеличенная оценка моих способностей навела меня на мысль, что это могло бы быть моей профессией, а до того дня это было увлечение, не больше. Впрочем, тогда я не мог думать ни о чем, кроме как о внезапном обмороке моего хозяина.

— Надеюсь, я ничего не сказал такого, что причинило вам боль? — спросил я.

— Вы дотронулись до больного места. Позвольте задать вам вопрос: как вы все узнаете, и что вам известно?

Задал он этот вопрос полушутливым тоном, но в глубине его глаз по-прежнему таился страх.

— Все очень просто объясняется, — ответил я. — Когда вы засучили рукав, чтобы втащить рыбу в лодку, я увидел у вас на сгибе локтя буквы Д. А. Буквы были все еще видны, но размазаны, вокруг них на коже расплылось пятно — очевидно, их пытались уничтожить. Еще мне стало совершенно ясно, что эти инициалы были вам когда-то дороги, но впоследствии вы пожелали забыть их.

— Какая наблюдательность! — со вздохом облегчения воскликнул мистер Тревор. — Все так, как вы говорите. Ну, довольно об этом. Худшие из всех призраков — это призраки наших былых привязанностей. Пойдемте покурим в бильярдной.

С этого дня к радушию, которое неизменно оказывал мне мистер Тревор, примешалась подозрительность. Даже его сын обратил на это внимание.

— Задали вы моему отцу задачу, — сказал мой друг. — Он все еще не в состоянии понять, что вам известно, а что неизвестно.

Мистер Тревор не подавал вида, но это, должно быть, засело у него в голове, и он часто поглядывал на меня украдкой.

Наконец я убедился, что нервирую его и что мне лучше уехать.

Накануне моего отъезда произошел случай, доказавший всю важность моих наблюдений.

Мы, все трое, разлеглись на шезлонгах, расставленных перед домой на лужайке, грелись на солнышке и восхищались видом на Бродз, как вдруг появилась служанка и сказала, что какой-то мужчина хочет видеть мистера Тревора.

— Кто он такой? — спросил мистер Тревор.

— Он не назвал себя.

— Что ему нужно?

— Он уверяет, что вы его знаете и что ему нужно с вами поговорить.

— Проведите его сюда.

Немного погодя мы увидели сморщенного человечка с заискивающим видом и косолапой походкой. Рукав его распахнутой куртки был выпачкан в смоле. На незнакомце была рубашка в красную и черную клетку, брюки из грубой бумажной ткани и стоптанные тяжелые башмаки. Лицо у него было худое, загорелое, глазки хитренькие. Он все время улыбался; улыбка обнажала желтые кривые зубы. Его морщинистые руки словно хотели что-то зажать в горсти — привычка, характерная для моряка. Когда он своей развинченной походкой шел по лужайке, у мистера Тревора вырвался какой-то сдавленный звук; он вскочил и побежал к дому. Вернулся он очень скоро, и когда проходил мимо меня, я почувствовал сильный запах бренди.

— Ну, мой друг, чем я могу быть вам полезен? — осведомился он. Моряк смотрел на него, прищурившись и нагло улыбаясь.

— Узнаете? — спросил он.

— Как же, как же, дорогой мой! Вне всякого сомнения, вы — Хадсон? — не очень уверенно спросил Тревор.

«Hadson it is, sir,» said the seaman.

— Да, я — Хадсон, — ответил моряк. — Тридцать с лишним лет прошло с тех пор, как мы виделись в последний раз. И вот у вас собственный дом, а я все еще питаюсь солониной из бочек.

— Сейчас ты убедишься, что я старых друзей не забываю! — воскликнул мистер Тревор и, подойдя к моряку, что-то сказал ему на ухо. — Поди на кухню, — продолжал он уже громко, — там тебе дадут и выпить и закусить. И работа для тебя найдется.

— Спасибо, — теребя прядь волос, сказал моряк. — Я долго бродяжничал, пора и отдохнуть. Я надеялся, что найду пристанище у мистера Бедоза или у вас.

— А разве ты знаешь, где живет мистер Бедоз? — с удивлением спросил мистер Тревор.

— Будьте спокойны, сэр: я знаю, где живут все мои старые друзья, — со зловещей улыбкой ответил моряк и вразвалку пошел за служанкой в кухню.

Мистер Тревор пробормотал, что он сдружился с этим человеком на корабле, когда они ехали на прииски, а затем пошел к дому. Когда мы через час вошли в столовую, то увидели, что он, мертвецки пьяный, валяется на диване.

Этот случай произвел на меня неприятное впечатление, и на другой день я уже не жалел о том, что уезжаю из Донифорпа, я чувствовал, что мое присутствие стесняет моего друга.

Все эти события произошли в первый месяц наших каникул. Я вернулся в Лондон и там около двух месяцев делал опыты по органической химии.

Осень уже вступила в свои права, и каникулы подходили к концу, когда я неожиданно получил телеграмму от моего друга — он вызывал меня в Донифорп, так как нуждался, по его словам, в моей помощи и совете. Разумеется, я все бросил и поехал на север.

Мой друг встретил меня в экипаже на станции, и я с первого взгляда понял, что последние два месяца были для него очень тяжелыми. Он похудел, у него был измученный вид, и он уже не так громко и оживленно разговаривал.

— Отец умирает. — Это было первое, что я от него услышал.

— Не может быть! — воскликнул я. — Что с ним?

— Удар. Нервное потрясение. Он на волоске от смерти. Не знаю, застанем ли мы его в живых.

Можете себе представить, Уотсон, как я был ошеломлен этой новостью.

— Что случилось? — спросил я.

— В том-то все и дело… Садитесь, дорогой поговорим… Помните того субъекта, который явился к нам накануне вашего отъезда?

— Отлично помню.

— Знаете, кого мы впустили в дом?

— Понятия не имею.

— Это был сущий дьявол, Холмс! — воскликнул мой друг.

Я с удивлением посмотрел на него.

— Да, это был сам дьявол. С тех пор у нас не было ни одного спокойного часа — ни одного! С того вечера отец не поднимал головы, жизнь его была разбита, в конце концов сердце не выдержало — и все из-за этого проклятого Хадсона!

— Как же Хадсон этого добился?

— Ах, я бы много дал, чтобы это выяснить! Мой отец — добрый, сердечный, отзывчивый старик! Как он мог попасть в лапы к этому головорезу? Я так рад, что вы приехали. Холмс! Я верю в вашу рассудительность и осторожность, я знаю, что вы мне дадите самый разумный совет.

Мы мчались по гладкой, белой деревенской дороге. Перед нами открывался вид на Бродэ, освещенный красными лучами заходящего солнца. Дом стоял на открытом месте; слева от рощи еще издали можно было разглядеть высокие трубы и флагшток.

— Отец взял к себе этого человека в качестве садовника, — продолжал мой друг, — но Хадсону этого было мало, и отец присвоил ему чин дворецкого. Можно было подумать, что это его собственный дом, — он слонялся по всем комнатам и делал, что хотел. Служанки пожаловались на его грубые выходки и мерзкий язык. Отец, чтобы вознаградить их, увеличил им жалованье. Этот тип брал лучшее ружье отца, брал лодку и уезжал на охоту. С лица его не сходила насмешливая, злобная и наглая улыбка, так что, будь мы с ним однолетки, я бы уже раз двадцать сшиб его с ног. Скажу, положа руку на сердце, Холмс: все это время я должен был держать себя в руках, а теперь я говорю себе: я дурак, дурак, зачем только я сдерживался?.. Ну, а дела шли все хуже и хуже. Эта скотина Хадсон становился все нахальнее, и наконец за один его наглый ответ отцу я схватил его за плечи и выпроводил из комнаты. Он удалился медленно, с мертвенно-бледным лицом; его злые глаза выражали угрозу явственнее, чем ее мог бы выразить его язык. Я не знаю, что произошло между моим бедным отцом и этим человеком, но на следующий день отец пришел ко мне и попросил меня извиниться перед Хадсоном. Вы, конечно, догадываетесь, что я отказался и спросил отца, как он мог дать этому негодяю такую волю, как смеет Хадсон всеми командовать в доме.

— Ах, мой мальчик! — воскликнул отец. — Тебе хорошо говорить, ты не знаешь, в каком я положении. Но ты узнаешь все. Я чувствую, что ты узнаешь, а там будь что будет! Ты не поверишь, если тебе скажут дурное о твоем бедном старом отце, ведь правда, мой мальчик?..

Отец был очень расстроен. На целый день он заперся у себя в кабинете. В окно мне было видно, что он писал. Вечер, казалось, принес нам большое облегчение, так как Хадсон сказал, что намерен покинуть нас. Он вошел в столовую, где мы с отцом сидели после обеда, и объявил о своем решении тем развязным тоном, каким говорят в подпитии.

— Хватит с меня Норфолка, — сказал он, — я отправляюсь к мистеру Бедозу в Хампшир. Наверно, он будет так же рад меня видеть, как и вы.

— Надеюсь, вы не будете поминать нас лихом? — сказал мой отец с кротостью, от которой у меня кровь закипела в жилах.

— Со мной здесь дурно обошлись, — сказал он и мрачно поглядел в мою сторону.

— Виктор! Ты не считаешь, что обошелся с этим достойным человеком довольно грубо? — обернувшись ко мне, спросил отец.

— Напротив! Я полагаю, что по отношению к нему мы оба выказали необыкновенное терпение, — ответил я.

— Ах, вот как вы думаете? — зарычал Хадсон. — Ладно, дружище, мы еще посмотрим!..

«I've not had my 'pology',» said he sulkily.

Сгорбившись, он вышел из комнаты, а через полчаса уехал, оставив моего отца в самом плачевном состоянии. По ночам я слышал шаги у него в комнате. Я был уверен, что катастрофа вот-вот разразиться.

— И как же она разразилась? — с нетерпением в голосе спросил я.

— Чрезвычайно просто. На письме, которое мой отец получил вчера вечером, был штамп Фордингбриджа. Отец прочитав его, схватился за голову и начал бегать по комнате, как сумасшедший. Когда я наконец уложил его на диван, его рот и глаза были перекошены — с ним случился удар.

По первому зову пришел доктор Фордем. Мы перенесли отца на кровать. Потом его всего парализовало, сознание к нему уже не возвращается, и я боюсь, что мы не застанем его в живых.

— Какой ужас! — воскликнул я. — Что же могло быть в этом роковом письме?

— Ничего особенного. Все это необъяснимо. Письмо нелепое, бессмысленное… Ах, Боже мой, этого-то я и боялся!

Как раз в это время мы обогнули аллею. При меркнущем солнечном свете было видно, что все шторы в доме спущены. Когда мы подъехали к дому, лицо моего друга исказилось от душевной боли. Из дома вышел господин в черном.

— Когда это произошло, доктор? — спросил Тревор.

— Почти тотчас после вашего отъезда.

— Он приходил в сознание?

— На одну минуту, перед самым концом.

— Что-нибудь просил мне передать?

— Только одно: бумаги находятся в потайном отделении японского шкафчика.

Мой друг вместе с доктором прошел в комнату умершего, а я остался в кабинете. Я перебирал в памяти все события. Кажется никогда в жизни я не был так подавлен, как сейчас... Кем был прежде Тревор? Боксером, искателем приключений, золотоискателем? И как он очутился в лапах у этого моряка с недобрым лицом? Почему он упал в обморок при одном упоминании о полустертых инициалах на руке и почему это письмо из Фординбриджа послужило причиной его смерти.

Потом я вспомнил, что Фординтбридж находится в Хампшире и что мистер Бедоз, к которому моряк поехал прямо от Тревора и которого он, по-видимому, тоже шантажировал, жил в Хампшире. Письмо, следовательно, могло быть или от Хадсона, угрожавшего тем, что он выдаст некую тайну, или от Бедоза, предупреждающего своего бывшего сообщника, что над ним нависла угроза разоблачения. Казалось бы, все ясно. Но могло ли письмо быть таким тривиальным и бессмысленным, как охарактеризовал его сын? Возможно, он неправильно истолковал его. Если так, то, по всей вероятности, это искусный шифр: вы пишете об одном, а имеется в виду совсем другое. Я решил ознакомиться с этим письмом. Я был уверен, что если в нем есть скрытый смысл, то мне удастся его разгадать.

Я долго думал. Наконец заплаканная служанка принесла лампу, а следом за ней вошел мой друг, бледный, но спокойный, держа в руках те самые документы, которые сейчас лежат у меня на коленях.

Он сел напротив меня, подвинул лампу к краю стола и протянул мне короткую записку — как видите, написанную второпях на клочке серой бумаги.

«С дичью дело, мы полагаем, закончено. Глава предприятия Хадсон, по сведениям, рассказал о мухобойках все. Фазаньих курочек берегитесь».

Должен заметить, что, когда я впервые прочел это письмо, на моем лицо выразилось такое же замешательство, как сейчас на вашем. Потом я внимательно перечитал его.

Как я и предвидел, смысл письма был скрыт в загадочном наборе слов. Быть может, он кроется именно в «мухобойках» или в «фазаньих курочках»? Но такое толкование произвольно и вряд ли к чему-нибудь привело бы. И все же я склонялся к мысли, что все дело в расстановке слов. Фамилия Хадсон как будто указывала на то, что, как я и предполагал, он является действующим лицом этого письма, а письмо скорее всего от Бедоза. Я попытался прочитать его с конца, но сочетание слов: «Берегитесь курочек фазаньих» — меня не вдохновило. Тогда я решил переставить слова, но ни «дичь», ни «с» тоже света не пролили. Внезапно ключ к загадке оказался у меня в руках.

«The key of the riddle was in my hands.»

Я обнаружил, что если взять каждое третье слово, то вместе они составят то самое письмо, которое довело старика Тревора до такого отчаяния.

Письмо оказалось коротким, выразительным, и теперь, когда я прочел его моему другу, в нем явственно прозвучала угроза:

«Дело закончено. Хадсон рассказал все. Берегитесь».

Виктор Тревор дрожащими руками закрыл лицо.

— Наверное, вы правы, — заметил он. — Но это еще хуже смерти — это бесчестье! А при чем же тут «глава предприятия» «фазаньи курочки»?

— К содержанию записки они ничего не прибавляют, но если у нас с вами не окажется иных средств, чтобы раскрыть отправителя, они могут иметь большое значение. Смотрите, что он пишет: «Дело... закончено...», — и так далее. После того как он расположил шифр, ему нужно было заполнить пустые места любыми двумя словами. Естественно, он брал первое попавшееся. Можете быть уверены, что он охотник или занимается разведением домашней птицы. Вы что-нибудь знаете об этом Бедозе?

— Когда вы заговорили о нем, я вспомнил, что мой несчастный отец каждую осень получал от него приглашение поохотиться в его заповедниках, — ответил мой друг.

— В таком случае не подлежит сомнению, что записка от Бедоза, — сказал я. — Остается выяснить, как моряку Хадсону удавалось держать в страхе состоятельных и почтенных людей.

— Увы, Холмс! Боюсь, что их всех связывало преступление и позор! — воскликнул мой друг. — Но от вас у меня секретов нет. Вот исповедь, написанная моим отцом, когда он узнал, что над ним нависла опасность. Как мне доктор и говорил, я нашел ее в японском шкафчике. Прочтите вы — у меня для этого недостанет ни душевных сил, ни смелости.

— Вот эта исповедь, Уотсон. Сейчас я вам ее прочитаю, так же как в ту ночь, в старом кабинете, прочел ему. Видите? Она написана на обороте документа, озаглавленного:

«Некоторые подробности рейса „Глории Скотт“, отплывшей из Фалмута 8 октября 1855 года и разбившейся 6 ноября под 15°20' северной широты и 25°14' западной долготы».

Написана исповедь в форме письма и заключает в себе следующее:

«Мой дорогой, любимый сын! Угроза бесчестья омрачила последние годы моей жизни. Со всей откровенностью могу сказать, что не страх перед законом, не утрата положения, которое я здесь себе создал, не мое падение в глазах всех, кто знал меня, надрывает мне душу. Мне не дает покоя мысль, что ты меня так любишь, а тебе придется краснеть за меня. Между тем до сих пор я мог льстить себя надеждой, что тебе не за что презирать меня. Но если удар, которого я ждал каждую минуту, все-таки разразится, то я хочу, чтобы ты все узнал непосредственно от меня и мог судить, насколько я виноват. Если же все будет хорошо, если милосердный Господь этому не попустит, я заклинаю тебя всем святым, памятью твоей дорогой матери и нашей взаимной привязанностью: когда это письмо попадет к тебе в руки, брось его в огонь и никогда не вспоминай о нем. Если же ты когда-нибудь прочтешь эти строки, то это будет значить, что я разоблачен и меня уже нет в этом доме или, вернее всего (ты же знаешь: сердце у меня плохое), что я мертв. И в том и в другом случае запрет снимается. Все, о чем я здесь пишу, я пишу тебе с полной откровенностью, так как надеюсь на твою снисходительность.

Моя фамилия, милый мальчик, не Тревор. Раньше меня звали Джеймс Армитедж. Теперь ты понимаешь, как меня потрясло открытие, сделанное твоим другом, — мне показалось, что он разгадал мою тайну. Под фамилией Армитедж я поступил в лондонский банк и под той же фамилией я был осужден за нарушение законов страны и приговорен к ссылке. Не думай обо мне дурно, мой мальчик. Это был так называемый долг чести: чтобы уплатить его, я воспользовался чужими деньгами, будучи уверен, что верну, прежде чем их хватятся. Но злой рок преследовал меня.

Деньги, на которые я рассчитывал, я не получил, а внезапная ревизия обнаружила у меня недостачу. На это могли бы посмотреть сквозь пальцы, но тридцать лет тому назад законы соблюдались строже, чем теперь. И вот, когда мне было всего двадцать три года, я, в кандалах, как уголовный преступник, вместе с тридцатью семью другими осужденными, очутился на палубе «Глории Скотт», отправляющейся в Австралию.

Это со мной случилось в пятьдесят пятом году, когда Крымская война была в разгаре и суда, предназначенные для переправки осужденных, в большинстве случаев играли роль транспортных судов в Черном море. Вот почему правительство было вынуждено воспользоваться для отправки в ссылку заключенных маленькими и не очень подходящими для этой цели судами. «Глория Скотт» возила чай из Китая. Это было старомодное, неповоротливое судно, новые клипера легко обгоняли ее. Водоизмещение ее равнялось пятистам тоннам. Кроме тридцати восьми заключенных, на борту ее находилось двадцать шесть человек, составлявших судовую команду, восемнадцать солдат, капитан, три помощника капитана доктор, священник и четверо караульных. Словом когда мы отошли от Фалмута, на борту «Глории Скотт» находилось около ста человек. Перегородки между камерами были не из дуба, как полагалось на кораблях для заключенных, — они были тонкими и непрочными. Еще когда нас привели на набережную, один человек обратил на себя мое внимание, и теперь он оказался рядом со мной на корме «Глории». Это был молодой человек с гладким, лишенным растительности лицом, с длинным, тонким носом и тяжелыми челюстями. Держался он независимо, походка у него была важная, благодаря огромному росту он возвышался над всеми. Я не видел, чтобы кто-нибудь доставал ему до плеча. Я убежден, что росту он был не менее шести с половиной футов. Среди печальных и усталых лиц энергичное лицо этого человека, выражавшее непреклонную решимость, выделялось особенно резко. Для меня это был как бы маячный огонь во время шторма. Я обрадовался, узнав, что он мой сосед; когда же глубокой ночью, я услышал чей-то шепот, а затем обнаружил, что он ухитрился проделать отверстие в разделявшей нас перегородке, то это меня еще больше обрадовало.

— Эй, приятель! — прошептал он. — Как тебя зовут и за что ты здесь?

Jack Prendergast.

Я ответил ему и, в свою очередь, поинтересовался, с кем я разговариваю.

— Я Джек Прендергаст, — ответил он. — Клянусь Богом, ты слышал обо мне еще до нашего знакомства!

Тут я вспомнил его нашумевшее дело, — я узнал о нем незадолго до моего ареста. Это был человек из хорошей семьи, очень способный, но с неискоренимыми пороками. Благодаря сложной системе обмана он сумел выудить у лондонских купцов огромную сумму денег.

— Ах, так вы помните мое дело? — с гордостью спросил он.

— Отлично помню.

— В таком случае вам, быть может, запомнилась и одна особенность этого дела?

— Какая именно?

— У меня было почти четверть миллиона, верно?

— Говорят.

— И этих денег так и не нашли, правильно?

— Не нашли.

— Ну, а как вы думаете, где они? — спросил он.

— Не знаю, — ответил я.

— Деньги у меня, — громким шепотом проговорил он. — Клянусь Богом, у меня больше фунтов стерлингов, чем у тебя волос на голове. А если у тебя есть деньги, сын мой, и ты знаешь, как с ними надо обращаться, то с их помощью ты сумеешь кое-чего добиться! Уж не думаешь ли ты, что такой человек, как я, до того запуган, что намерен просиживать штаны в этом вонючем трюме, в этом ветхом, прогнившем гробу, на этом утлом суденышке? Нет, милостивый государь, такой человек прежде всего позаботиться о себе и о своих товарищах. Можешь положиться на этого человека. Держись за него и возблагодари судьбу, что он берет тебя на буксир.

Такова была его манера выражаться. Поначалу я не придал его словам никакого значения, но немного погодя, после того как он подверг меня испытанию и заставил принести торжественную клятву, он дал мне понять, что на «Глории» существует заговор: решено подкупить команду и переманить ее на нашу сторону. Человек десять заключенных вступило в заговор еще до того, как нас погрузили на корабль. Прендергаст стоял во главе этого заговора, а его деньги служили движущей силой.

— У меня есть друг, — сказал он, — превосходный, честнейший человек, он-то и должен подкупить команду. Деньги у него. А как ты думаешь, где он сейчас? Он священник на «Глории» — ни больше, ни меньше! Он явился на корабль в черном костюме, с поддельными документами и с такой крупной суммой, на которую здесь все что угодно можно купить. Команда за него в огонь и в воду. Он купил их всех оптом за наличный расчет, когда они только нанимались. Еще он подкупил двух караульных, Мерсера, второго помощника капитана, а если понадобится, подкупит и самого капитана.

— Что же мы должны делать? — спросил я,

— Как что делать? Мы сделаем то, что красные мундиры солдат станут еще красней.

— Но они вооружены! — возразил я.

— У нас тоже будет оружие, мой мальчик. На каждого маменькиного сынка придется по паре пистолетов. И вот, если при таких условиях мы не сумеем захватить это суденышко вместе со всей командой, то нам ничего иного не останется, как поступить в институт для благородных девиц. Поговори со своим товарищем слева и реши, можно ли ему доверять.

Я выяснил, что мой сосед слева — молодой человек, который, как и я, совершил подлог. Фамилия его был Иване, но впоследствии, как и я, он переменил ее. Теперь это богатый и преуспевающий человек; живет он на юге Англии. Он выразил готовность примкнуть к заговору, — он видел в этом единственное средство спасения. Мы еще не успели проехать залив, а уже заговор охватил всех заключенных — только двое не участвовали в нем. Один из них был слабоумный, и мы ему не доверяли, другой страдал желтухой, и от него не было никакого толка. Вначале ничто не препятствовало нам овладеть кораблем. Команда представляла собой шайку головорезов, как будто нарочно подобранную для такого дела. Мнимый священник посещал наши камеры, дабы наставить нас на путь истинный. Приходил он к нам с черным портфелем, в котором якобы лежали брошюры духовно-нравственного содержания. Посещения эти были столь часты, что на третий день у каждого из нас оказались под кроватью напильник, пара пистолетов, фунт пороха и двадцать пуль. Двое караульных были прямыми агентами Прендергаста, а второй помощник капитана — его правой рукой. Противную сторону составляли капитан, два его помощника, двое караульных, лейтенант Мартин, восемнадцать солдат и доктор. Так как мы не навлекли на себя ни малейших подозрений, то решено было, не принимая никаких мер предосторожности, совершить внезапное нападение ночью. Однако все произошло гораздо скорее, чем мы предполагали.

Мы находились в плавании уже более двух недель. И вот однажды вечером доктор спустился в трюм осмотреть заболевшего заключенного и, положив руку на койку, наткнулся на пистолеты. Если бы он не показал виду, то дело наше было бы проиграно, но доктор был человек нервный. Он вскрикнул от удивления и помертвел. Больной понял, что доктор обо всем догадался, и бросился на него. Тревогу тот поднять не успел — заключенный заткнул ему рот и привязал к кровати. Спускаясь к нам, он отворил дверь, ведущую на палубу, и мы все ринулись туда. Застрелили двоих караульных, а также капрала, который выбежал посмотреть, в чем дело. У дверей кают-компании стояли два солдата, но их мушкеты, видимо, не были заряжены, потому что они в нас ни разу не выстрелили, а пока они собирались броситься в штыки, мы их прикончили. Затем мы подбежали к каюте капитана, но когда отворили дверь, в каюте раздался выстрел. Капитан сидел за столом, уронив голову на карту Атлантического океана, а рядом стоял священник с дымящимся пистолетом в руке. Двух помощников капитана схватила команда. Казалось, все было кончено.

«The chaplain stood with a smoking pistol in his his hand.»

Мы все собрались в кают-компании, находившейся рядом с каютой капитана, расселись на диванах и заговорили все сразу — хмель свободы ударил нам в голову. В каюте стояли ящики, и мнимый священник Уилсон достал из одного ящика дюжину бутылок темного хереса. Мы отбили у бутылок горлышки, разлили вино по бокалам и только успели поставить бокалы на стол, как раздался треск ружейных выстрелов и кают-компания наполнилась таким густым дымом, что не видно было стола. Когда же дым рассеялся, то глазам нашим открылось побоище. Уилсон и еще восемь человек валялись на полу друг на друге, а на столе кровь смешалась с хересом. Воспоминание об этом до сих пор приводит меня в ужас. Мы были так напуганы, что, наверное, не смогли бы оказать сопротивление, если бы не Прендергаст. Наклонив голову, как бык, он бросился к двери вместе со всеми, кто остался в живых. Выбежав, мы увидели лейтенанта и десять солдат. В кают-компании над столом был приоткрыт люк, и они стреляли в нас через эту щель.

Однако, прежде чем они успели перезарядить ружья, мы на них набросились. Они героически сопротивлялись, но у нас было численное превосходство, и через пять минут все было кончено. Боже мой! Происходило ли еще такое побоище на другом каком-нибудь корабле? Прендергаст, словно рассвирепевший дьявол, поднимал солдат, как малых детей, и — живых и мертвых — швырял за борт. Один тяжело раненый сержант долго держался на воде, пока кто-то из сострадания не выстрелил ему в голову. Когда схватка кончилась, из наших врагов остались в живых только караульные, помощники капитана и доктор.

Схватка кончилась, но затем вспыхнула ссора. Все мы были рады отвоеванной свободе, но кое-кому не хотелось брать на душу грех. Одно дело — сражение с вооруженными людьми, и совсем другое — убийство безоружных. Восемь человек — пятеро заключенных и три моряка — заявили, что они против убийства. Но на Прендергаста и его сторонников это не произвело впечатления. Он сказал, что мы должны на это решиться, что это единственный выход — свидетелей оставлять нельзя. Все это едва не привело к тому, что и мы разделили бы участь арестованных, но потом Прендергаст все-таки предложил желающим сесть в лодку. Мы согласились — нам претила его кровожадность, а кроме того, мы опасались, что дело может обернуться совсем худо для нас. Каждому из нас выдали по робе и на всех — бочонок воды, бочонок с солониной, бочонок с сухарями и компас. Прендергаст бросил в лодку карту и крикнул на прощание, что мы — потерпевшие кораблекрушение, что наш корабль затонул под 15° северной широты и 25° западной долготы. И перерубил фалинь.

Теперь, мой милый сын, я подхожу к самой удивительной части моего рассказа. Во время свалки «Глория Скотт» стояла носом к ветру. Как только мы сели в лодку, судно изменило курс и начало медленно удаляться. С северо-востока дул легкий ветер, наша лодка то поднималась, то опускалась на волнах. Иване и я, как наиболее грамотные сидели над картой, пытаясь определить, где мы находимся, я выбрать, к какому берегу лучше пристать. Задача оказалась не из легких: на севере, в пятистах милях от нас, находились острова Зеленого мыса, а на востоке, примерно милях в семистах, — берег Африки. В конце концов, так как ветер дул с юга, мы выбрали Сьерра-Леоне и поплыли по направлению к ней. «Глория» была уже сейчас так далеко, что по правому борту видны были только ее мачты. Внезапно над «Глорией» взвилось густое черное облако дыма, похожее на какое-то чудовищное дерево. Несколько минут спустя раздался взрыв, а когда дым рассеялся, «Глория Скотт» исчезла. Мы немедленно направили лодку туда, где над водой все еще поднимался легкий туман, как бы указывая место катастрофы.

Плыли мы томительно долго, и сперва нам показалось, что уже поздно, что никого не удастся спасти. Разбитая лодка, масса плетеных корзин и обломки, колыхавшиеся на волнах, указывали место, где судно пошло ко дну, но людей не было видно, и мы, потеряв надежду, хотели было повернуть обратно, как вдруг послышался крик: «На помощь!» — и мы увидели вдали доску, а на ней человека. Это был молодой матрос Хадсон. Когда мы втащили его в лодку, он был до того измучен и весь покрыт ожогами, что мы ничего не могли у него узнать.

«We pulled him aboard the boat.»

Наутро он рассказал нам, что, как только мы отплыли, Прендергаст и его шайка приступили к совершению казни над пятерыми уцелевшими после свалки: двух караульных они расстреляли и бросили за борт, не избег этой участи и третий помощник капитана. Прендергаст своими руками перерезал горло несчастному доктору. Только первый помощник капитана, мужественный и храбрый человек, не дал себя прикончить. Когда он увидел, что арестант с окровавленным ножом в руке направляется к нему, он сбросил оковы, которые как-то ухитрился ослабить, и побежал на корму.

Человек десять арестантов, вооруженных пистолетами, бросились за ним и увидели, что он стоит около открытой пороховой бочки, а в руке у него коробка спичек. На корабле находилось сто человек, и он поклялся, что если только до него пальцем дотронутся, все до одного взлетят на воздух. И в эту секунду произошел взрыв. Хадсон полагал, что взрыв вернее всего вызвала шальная пуля, выпущенная кем-либо из арестантов, а не спичка помощника капитана. Какова бы ни была причина, «Глории Скотт» и захватившему ее сброду пришел конец.

Вот, мой дорогой, краткая история этого страшного преступления, в которое я был вовлечен. На другой день нас подобрал бриг «Хотспур», шедший в Австралию. Капитана нетрудно было убедить в том, что мы спаслись с затонувшего пассажирского корабля. В Адмиралтействе транспортное судно «Глория Скотт» сочли пропавшим; его истинная судьба так и осталась неизвестной. «Хотспур» благополучно доставил нас в Сидней. Мы с Ивансом переменили фамилии и отправились на прииски. На приисках нам обоим легко было затеряться в той многонациональной среде, которая нас окружала.

Остальное нет нужды досказывать. Мы разбогатели, много путешествовали, а когда вернулись в Англию как богатые колонисты, то приобрели имения. Более двадцати лет мы вели мирный и плодотворный образ жизни и все надеялись, что наше прошлое забыто навеки. Можешь себе представить мое состояние, когда в моряке, который пришел к нам, я узнал человека, подобранного в море! Каким-то образом он разыскал меня и Бедоза и решил шантажировать нас. Теперь ты догадываешься, почему я старался сохранить с ним мирные отношения, и отчасти поймешь мой ужас, который еще усилился после того, как он, угрожая мне, отправился к другой жертве».

Под этим неразборчиво, дрожащей рукой было написано:

«Бедоз написал мне шифром, что Хадсон рассказал все. Боже милосердный, спаси нас!»

Вот что я прочитал в ту ночь Тревору-сыну. На мои взгляд Уотсон, эта история полна драматизма. Мой друг был убит горем. Он отправился на чайные плантации в Терай и там, как я слышал, преуспел. Что касается моряка и мистера Бедоза, то со дня получения предостерегающего письма ни о том, ни о другом не было ни слуху ни духу. Оба исчезли бесследно. В полицию никаких донесений не поступало, следовательно, Бедоз ошибся, полагая, что угроза будет приведена в исполнение. Кто-то как будто видел Хадсона мельком. Полиция решила на этом основании, что он прикончил Бедоза и скрылся. Я же думаю, что все вышло как раз наоборот: Бедоз, доведенный до отчаяния, полагая, что все раскрыто, рассчитался наконец с Хадсоном и скрылся, не забыв захватить с собой изрядную сумму денег. Таковы факты, доктор, и если они когда-нибудь понадобятся вам для пополнения вашей коллекции, то я с радостью предоставлю их в ваше распоряжение.

ОБРЯД ДОМА МЕСГРЕЙВОВ

В характере моего друга Холмса меня часто поражала одна странная особенность: хотя в своей умственной работе он был точнейшим и аккуратнейшим из людей, а его одежда всегда отличалась не только опрятностью, но даже изысканностью, во всем остальном это было самое беспорядочное существо в мире, и его привычки могли свести с ума любого человека, живущего с ним под одной крышей.

Не то чтобы я сам был безупречен в этом отношении. Сумбурная работа в Афганистане, еще усилившая мое врожденное пристрастие к кочевой жизни, сделала меня более безалаберным, чем это позволительно для врача. Но все же моя неаккуратность имеет известные границы, и когда я вижу, что человек держит свои сигары в ведерке для угля, табак — в носке персидской туфли, а письма, которые ждут ответа, прикалывает перочинным ножом к деревянной доске над камином, мне, право же, начинает казаться, будто я образец всех добродетелей. Кроме того, я всегда считал, что стрельба из пистолета, бесспорно, относится к такого рода развлечениям, которыми можно заниматься только под открытым небом. Поэтому, когда у Холмса появлялась охота стрелять и он, усевшись в кресло с револьвером и патронташем, начинал украшать противоположную стену патриотическим вензелем «V. R.»[1] выводя его при помощи пуль, я особенно остро чувствовал, что это занятие отнюдь не улучшает ни воздух, ни внешний вид нашей квартиры.

Комнаты наши вечно были полны странных предметов, связанных с химией или с какой-нибудь уголовщиной, и эти реликвии постоянно оказывались в самых неожиданных местах, например, в

---

[1] V. R. — Victoria Regina — королева Виктория (лат.)

масленке, а то и в еще менее подходящем месте. Однако больше всего мучили меня бумаги Холмса. Он терпеть не мог уничтожать документы, особенно если они были связаны с делами, в которых он когда-либо принимал участие, но вот разобрать свои бумаги и привести их в порядок — на это у него хватало мужества не чаще одного или двух раз в год. Где-то в своих бессвязных записках я, кажется, уже говорил, что приливы кипучей энергии, которые помогали Холмсу в замечательных расследованиях, прославивших его имя, сменялись у него периодами безразличия, полного упадка сил. И тогда он по целым дням лежал на диване со своими любимыми книгами, лишь изредка поднимаясь, чтобы поиграть на скрипке. Таким образом, из месяца в месяц бумаг накапливалось все больше и больше, и все углы были загромождены пачками рукописей. Жечь эти рукописи ни в коем случае не разрешалось, и никто, кроме их владельца, не имел права распоряжаться ими.

В один зимний вечер, когда мы сидели вдвоем у камина, я отважился намекнуть Холмсу, что, поскольку он кончил вносить записи в свою памятную книжку, пожалуй, не грех бы ему потратить часок-другой на то, чтобы придать нашей квартире более жилой вид. Он не мог не признать справедливости моей просьбы и с довольно унылой физиономией поплелся к себе в спальню. Вскоре он вышел оттуда, волоча за собой большой жестяной ящик. Поставив его посреди комнаты и усевшись перед ним на стул, он откинул крышку. Я увидел, что ящик был уже на одну треть заполнен пачками бумаг, перевязанных красной тесьмой.

— Здесь немало интересных дел, Уотсон, — сказал он, лукаво посматривая на меня. — Если бы вы знали, что лежит в этом ящике, то, пожалуй, попросили бы меня извлечь из него кое-какие бумаги, а не укладывать туда новые.

— Так это отчеты о ваших прежних делах? — спросил я. — Я не раз жалел, что у меня нет записей об этих давних случаях.

— Да, мой дорогой Уотсон. Все они происходили еще до того, как у меня появился собственный биограф, вздумавший прославить мое имя.

Мягкими, ласкающими движениями он вынимал одну пачку за другой.

— Не все дела кончились удачей, Уотсон, — сказал он, — но среди них есть несколько прелюбопытных головоломок. Вот, например, отчет об убийстве Тарлтона. Вот дело Вамбери, виноторговца, и происшествие с одной русской старухой. Вот странная история алюминиевого костыля. Вот подробный отчет о кривоногом Риколетти и его ужасной жене. А это... вот это действительно прелестно.

«*A curios collection.*»

Он сунул руку на самое дно ящика и вытащил деревянную коробочку с выдвижной крышкой, похожую на те, в каких продаются детские игрушки. Оттуда он вынул измятый листок бумаги, медный ключ старинного фасона, деревянный колышек с привязанным к нему мотком бечевки и три старых, заржавленных металлических кружка.

— Ну что, друг мой, как вам нравятся эти сокровища? — спросил он, улыбаясь недоумению, написанному на моем лице.

— Любопытная коллекция.

— Очень любопытная. А история, которая с ней связана, покажется вам еще любопытнее.

— Так у этих реликвий есть своя история?

— Больше того, — они сами — история.

— Что вы хотите этим сказать?

Шерлок Холмс разложил все эти предметы на краю стола, уселся в свое кресло и стал разглядывать их блестевшими от удовольствия глазами.

— Это все, — сказал он, — что я оставил себе на память об одном деле, связанном с «Обрядом дома Месгрейвов».

Холмс не раз упоминал и прежде об этом деле, но мне все не удавалось добиться от него подробностей.

— Как бы мне хотелось, чтобы вы рассказали об этом случае! — попросил я.

— И оставил весь этот хлам неубранным? — насмешливо возразил он. — А как же ваша любовь к порядку? Впрочем, я и сам хочу, чтобы вы приобщили к своим летописям это дело, потому что в нем есть такие детали, которые делают его уникальным в хронике уголовных преступлений не только в Англии, но и других стран. Коллекция моих маленьких подвигов была бы не полной без описания этой весьма оригинальной истории...

Вы, должно быть, помните, как происшествие с «Глорией Скотт» и мой разговор с тем несчастным стариком, о судьбе которого я вам рассказывал, впервые натолкнули меня на мысль о профессии, ставшей потом делом всей моей жизни. Сейчас мое имя стало широко известно. Не только публика, но и официальные круги считают меня последней инстанцией для разрешения спорных вопросов. Но даже и тогда, когда мы только что познакомились с вами — в то время я занимался делом, которое вы увековечили под названием «Этюд в багровых тонах», — у меня уже была довольно значительная, хотя и не очень прибыльная практика. И вы не можете себе представить,

Уотсон, как трудно мне приходилось вначале, и как долго я ждал успеха.

Когда я впервые приехал в Лондон, я поселился на Монтегю-стрит, совсем рядом с Британским музеем, и там я жил, заполняя свой досуг — а его у меня было даже чересчур много — изучением всех тех отраслей знания, какие могли бы мне пригодиться в моей профессии. Время от времени ко мне обращались за советом — преимущественно по рекомендации бывших товарищей студентов, потому что в последние годы моего пребывания в университете там немало говорили обо мне и моем методе. Третье дело, по которому ко мне обратились, было дело «Дома Месгрейвов», и тот интерес, который привлекла к себе эта цепь странных событий, а также те важные последствия, какие имело мое вмешательство, и явились первым шагом на пути к моему нынешнему положению.

Реджинальд Месгрейв учился в одном колледже со мной, и мы были с ним в более или менее дружеских отношениях. Он не пользовался особенной популярностью в нашей среде, хотя мне всегда казалось, что высокомерие, в котором его обвиняли, было лишь попыткой прикрыть крайнюю застенчивость. По наружности это был типичный аристократ: тонкое лицо, нос с горбинкой, большие глаза, небрежные, но изысканные манеры. Это и в самом деле был отпрыск одного из древнейших родов королевства, хотя и младший его ветви, которая еще в шестнадцатом веке отделилась от северных Месгрейвов и обосновалась в Западном Суссексе, а замок Харлстон — резиденция Месгрейвов — является, пожалуй, одним из самых старинных зданий графства. Казалось, дом, где он родился, оставил свой отпечаток на внешности этого человека, и когда я смотрел на его бледное, с резкими чертами лицо и горделивую осанку, мне всегда невольно представлялись серые башенные своды, решетчатые окна и все эти благородные остатки феодальной архитектуры. Время от времени нам случалось беседовать, и, помнится, всякий раз он живо интересовался моими методой наблюдений и выводов.

Мы не виделись года четыре, и вот однажды утром он явился ко мне на Монтегю-стрит. Изменился он мало, одет был прекрасно — он всегда был немного франтоват — и сохранил спокойное изящество, отличавшее его и прежде.

— Как поживаете, Месгрейв? — спросил я после того, как мы обменялись дружеским рукопожатием.

— Вы, вероятно, слышали о смерти моего бедного отца, — сказал он. — Это случилось около двух лет назад. Разумеется, мне пришлось тогда взять на себя управление Харлстонским поместьем. Кроме того, я депутат от своего округа, так что человек я занятый. А вы, Холмс, говорят, решили применить на практике те выдающиеся способности, которыми так удивляли нас в былые времена?

— Да, — ответил я, — теперь я пытаюсь зарабатывать на хлеб с помощью собственной смекалки.

— Очень рад это слышать, потому что ваш совет был бы сейчас просто драгоценен для меня. У нас в Харлстоне произошли странные вещи, и полиции не удалось ничего выяснить. Это настоящая головоломка.

Можете себе представить, с каким чувством я слушал его, Уотсон. Ведь случай, тот самый случай, которого я с таким жгучим нетерпением ждал в течение этих месяцев бездейственности, наконец-то, казалось мне, был передо мной. В глубине души я всегда был уверен, что могу добиться успеха там, где другие потерпели неудачу, и теперь мне представлялась возможность испытать самого себя.

— Расскажите мне все подробности! — вскричал я.

Reginald Musgrave.

Реджинальд Месгрейв сел против меня и закурил папиросу.

— Надо вам сказать, — начал он, — что хоть я и не женат, мне приходится держать в Харлстоне целый штат прислуги. Замок очень велик, выстроен он крайне бестолково и потому нуждается в постоянном присмотре. Кроме того, у меня есть заповедник, и в сезон охоты на фазанов в доме обычно собирается большое общество, что тоже требует немало слуг. Всего у меня восемь горничных, повар, дворецкий, два лакея и мальчуган на посылках. В саду и при конюшне имеются, конечно, свои рабочие.

Из этих людей дольше всех прослужил в нашей семье Брайтон, дворецкий. Когда отец взял его к себе, он был молодым школьным учителем без места, и вскоре благодаря своему сильному характеру и энергии он сделался незаменимым в нашем доме. Это рослый, красивый мужчина с великолепным лбом, и хотя он прожил у нас лет около двадцати, ему и сейчас на вид не больше сорока. Может показаться странным, что при такой привлекательной наружности и необычайных способностях — он говорит на нескольких языках и играет чуть ли не на всех музыкальных инструментах — он так долго удовлетворялся своим скромным положением, но, видимо, ему жилось хорошо, и он не стремился ни к каким переменам. Харлстонский дворецкий всегда обращал на себя внимание всех наших гостей.

Но у этого совершенства есть один недостаток: он немного Донжуан и, как вы понимаете, в нашей глуши ему не слишком трудно играть эту роль.

Все шло хорошо, пока он был женат, но когда его жена умерла, он стал доставлять нам немало хлопот. Правда, несколько месяцев назад мы уже успокоились и решили, что все опять наладится: Брайтон обручился с Рэчел Хауэлз, нашей младшей горничной. Однако вскоре он бросил ее ради Дженет Треджелис, дочери старшего егеря. Рэчел — славная девушка, но очень горячая и неуравновешенная, как все вообще уроженки Уэльса. У нее началось воспаление мозга, и она слегла, но потом выздоровела и теперь ходит — вернее, ходила до вчерашнего дня как тень; у нее остались одни глаза.

Такова была наша первая драма в Харлстоне, но вторая быстро изгладила ее из нашей памяти, тем более, что этой второй предшествовало еще одно большое событие: дворецкий Брайтон был с позором изгнан из нашего дома.

Вот как это произошло. Я уже говорил вам, что Брайтон очень умен, и, как видно, именно ум стал причиной его гибели, ибо в нем проснулось жадное любопытство к вещам, не имевшим к нему никакого отношения. Мне и в голову не приходило, что оно может завести его так далеко, но случай открыл мне глаза.

Как я уже говорил, наш дом выстроен очень бестолково: в нем множество всяких ходов и переходов. На прошлой неделе — точнее, в прошлый четверг ночью — я никак не мог уснуть, потому что по глупости выпил после обеда чашку крепкого черного кофе. Промучившись до двух часов ночи и почувствовав, что все равно не засну, я наконец встал и зажег свечу, чтобы продолжить чтение начатого романа. Но оказалось, что книгу я забыл в бильярдной, поэтому, накинув халат, я отправился за нею.

Чтобы добраться до бильярдной, мне надо было спуститься на один лестничный пролет и пересечь коридор, ведущий в библиотеку и в оружейную. Можете вообразить себе мое удивление, когда, войдя в этот коридор, я увидел слабый свет, падавший из открытой двери библиотеки! Перед тем как лечь в постель, я сам погасил там лампу и закрыл дверь. Разумеется, первой моей мыслью было, что к нам забрались воры. Стены всех коридоров в Харлстоне украшены старинным оружием — это военные трофеи моих предков. Схватив с одной из стен алебарду, я поставил свечу на пол, прокрался на цыпочках по коридору и заглянул в открытую дверь библиотеки.

Дворецкий Брайтон, совершенно одетый, сидел в кресле. На коленях у него был разложен лист бумаги, похожий на географическую карту, и он смотрел на него в глубокой задумчивости. Остолбенев от изумления, я не шевелился и наблюдал за ним из темноты. Комната была слабо освещена огарком свечи. Вдруг Брайтон встал, подошел к бюро, стоявшему у стены, отпер его и выдвинул один из ящиков. Вынув оттуда какую-то бумагу, он снова сел на прежнее место, положил ее на стол возле свечи, разгладил и стал внимательно рассматривать. Это спокойное изучение наших фамильных документов привело меня в такую ярость, что я не выдержал, шагнул вперед, и Брайтон увидел, что я стою в дверях. Он вскочил, лицо его позеленело от страха, и он поспешно сунул в карман похожий на карту лист бумаги, который только что изучал.

He sprang to his feet.

«Отлично! — сказал я. — Вот как вы оправдываете наше доверие! С завтрашнего дня вы уволены».

Он поклонился с совершенно подавленным видом и проскользнул мимо меня, не сказав ни слова. Огарок остался на столе, и при его свете я разглядел бумагу, которую Брайтон вынул из бюро. К моему изумлению, оказалось, что это не какой-нибудь важный документ, а всего лишь копия с вопросов и ответов, произносимых при выполнении одного оригинального старинного обряда, который называется у нас «Обряд дома Месгрейвов». Вот уже несколько веков каждый мужчина из нашего рода, достигнув совершеннолетия, выполняет известный церемониал, который представляет интерес только для членов нашей семьи или, может быть, для какого-нибудь археолога — как вообще вся наша геральдика, — но никакого практического применения иметь не может.

— К этой бумаге мы еще вернемся, — сказал я Месгрейву.

— Если вы полагаете, что это действительно необходимо… — с некоторым колебанием ответил мой собеседник. — Итак, я продолжаю изложение фактов. Замкнув бюро ключом, который оставил Брайтон, я уже собирался было уходить, как вдруг с удивлением увидел, что дворецкий вернулся и стоит передо мной.

«Мистер Месгрейв, — вскричал он голосом, хриплым от волнения, — я не вынесу бесчестья! Я человек маленький, но гордость у меня есть, и бесчестье убьет меня. Смерть моя будет на вашей совести, сэр, если вы доведете меня до отчаяния! Умоляю вас, если после того, что случилось, вы считаете невозможным оставить меня в доме, дайте мне месяц сроку, чтобы я мог сказать, будто ухожу добровольно. А быть изгнанным на глазах у всей прислуги, которая так хорошо меня знает, — нет, это выше моих сил!»

«Вы не стоите того, чтобы с вами особенно церемонились, Брайтон, — ответил я. — Ваш поступок просто возмутителен. Но так как вы столько времени прослужили в нашей семье, я не стану подвергать вас публичному позору. Однако месяц — это слишком долго. Можете уйти через неделю и под каким хотите предлогом».

«Через неделю, сэр? — вскричал он с отчаянием. — О, дайте мне хотя бы две недели!»

«Через неделю, — повторил я, — и считайте, что с вами обошлись очень мягко».

Низко опустив голову, он медленно побрел прочь, совершенно уничтоженный, а я погасил свечу и пошел к себе.

В течение двух следующих дней Брайтон самым тщательным образом выполнял свои обязанности. Я не напоминал ему о случившемся и с любопытством ждал, что он придумает, чтобы скрыть свой позор. Но на третий день он, вопреки обыкновению, не явился ко мне за приказаниями. После завтрака, выходя из столовой, я случайно увидел горничную Рэчел Хауэлз. Как я уже говорил вам, она только недавно оправилась после болезни и сейчас была так бледна, у нее был такой изнуренный вид, что я даже пожурил ее за то, что она начала работать.

«Напрасно вы встали с постели, — сказал я. — Приметесь за работу, когда немного окрепнете».

Она взглянула на меня с таким странным выражением, что я подумал, уж не подействовала ли болезнь на ее рассудок.

«Я уже окрепла, мистер Месгрейв», — ответила она.

«Посмотрим, что скажет врач, — возразил я. — А пока что бросьте работу и идите вниз. Кстати, скажите Брайтону, чтобы он зашел ко мне».

«Дворецкий пропал», — сказала она.

«Пропал?! То есть как пропал?»

«Пропал. Никто не видел его. В комнате его нет. Он пропал, да-да, пропал!»

Она прислонилась к стене и начала истерически хохотать, а я, напуганный этим внезапным припадком, подбежал к колокольчику и позвал на помощь. Девушку увели в ее комнату, причем она все еще продолжала хохотать и рыдать, я же стал расспрашивать о Брайтоне. Сомнения не было: он исчез. Постель оказалась нетронутой, и никто не видел его с тех пор, как он ушел к себе накануне вечером. Однако трудно было бы себе представить, каким образом он мог выйти из дому, потому что утром и окна и двери оказались запертыми изнутри. Одежда, часы, даже деньги Брайтона — все было в его комнате, все, кроме черной пары, которую он обыкновенно носил. Не хватало также комнатных туфель, но сапоги были налицо. Куда же мог уйти ночью дворецкий Брайтон, и что с ним сталось?

Разумеется, мы обыскали дом и все службы, но нигде не обнаружили его следов. Повторяю, наш дом — это настоящий лабиринт, особенно самое старое крыло, теперь уже необитаемое, но все же мы обыскали каждую комнату и даже чердаки. Все наши поиски оказались безрезультатными. Мне просто не верилось, чтобы Брайтон мог уйти из дому, оставив все свое имущество, но ведь все-таки он ушел, и с этим приходилось считаться. Я вызвал местную полицию, но ей не удалось что-либо обнаружить. Накануне шел дождь, и осмотр лужаек и дорожек вокруг дома ни к чему не привел. Так обстояло дело, когда новое событие отвлекло наше внимание от этой загадки.

Двое суток Рэчел Хауэлз переходила от бредового состояния к истерическим припадкам. Она была так плоха, что приходилось на ночь приглашать к ней сиделку. На третью ночь после исчезновения Брайтона сиделка, увидев, что больная спокойно заснула, тоже задремала в своем кресле. Проснувшись рано утром, она увидела, что кровать пуста, окно открыто, а пациентка исчезла. Меня тотчас разбудили, я взял с собой двух лакеев и отправился на поиски пропавшей. Мы легко определили, в какую сторону она убежала: начинаясь от окна, по газону шли следы, которые кончались у пруда рядом с посыпанной гравием дорожкой, выводившей из наших владений. Пруд в этом месте имеет восемь футов глубины; вы можете себе представить, какое чувство охватило нас, когда мы увидели, что отпечатки ног бедной безумной девушки обрывались у самой воды. Разумеется, мы немедленно вооружились баграми и принялись разыскивать тело утопленницы, но не нашли его. Зато мы извлекли на поверхность другой, совершенно неожиданный предмет. Это был полотняный мешок, набитый обломками старого, заржавленного, потерявшего цвет металла и какими-то тусклыми осколками не то гальки, не то стекла. Кроме этой странной добычи, мы не нашли в пруду решительно ничего и, несмотря на все наши вчерашние поиски и расспросы, так ничего и не узнали ни о Рэчел Хауэлз, ни о Ричарде Брайтоне. Местная полиция совершено растерялась, и теперь последняя моя надежда на вас.

Можете себе представить, Уотсон, с каким интересом выслушал я рассказ об этих необыкновенных событиях, как хотелось мне связать их в единое целое и отыскать путеводную нить, которая привела бы к разгадке!

Дворецкий исчез. Горничная исчезла. Прежде горничная любила дворецкого, но потом имела основания возненавидеть его. Она была уроженка Уэльса, натура необузданная и страстная. После исчезновения дворецкого она была крайне возбуждена. Она бросила в пруд мешок с весьма странным содержимым. Каждый из этих фактов заслуживал внимания, но ни один из них не объяснял сути дела. Где я должен был искать начало этой запутанной цепи событий? Ведь предо мной было лишь последнее ее звено…

— Месгрейв, — сказал я, — мне необходимо видеть документ, изучение которого ваш дворецкий считал настолько важным, что даже пошел ради него на риск потерять место.

— В сущности, этот наш обряд — чистейший вздор, — ответил он, — и единственное, что его оправдывает, — это его древность. Я захватил с собой копию вопросов и ответов на случай, если бы вам вздумалось взглянуть на них.

Он протянул мне тот самый листок, который вы видите у меня в руках, Уотсон. Этот обряд нечто вроде экзамена, которому должен был подвергнуться каждый мужчина из рода Месгрейвов, достигший совершеннолетия. Сейчас я прочитаю вам вопросы и ответы в том порядке, в каком они записаны здесь:

«Кому это принадлежит?»

«Тому, кто ушел».

«Кому это будет принадлежать?»

«Тому, кто придет».

«В каком месяцу это было?»

«В шестом, начиная с первого».

«Где было солнце?»

«Над дубом».

«Где была тень?»

«Под вязом».

«Сколько надо сделать шагов?»

«На север — десять и десять, на восток — пять и пять, на юг — два и два, на запад — один и один и потом вниз».

«Что мы отдадим за это?»

«Все, что у нас есть».

«Ради чего отдадим мы это?»

«Во имя долга».

— В подлиннике нет даты, — заметил Мейсгрейв, — но, судя по его орфографии, он относится к середине семнадцатого века. Боюсь, впрочем, что он мало поможет нам в раскрытии нашей тайны.

— Зато он ставит перед нами вторую загадку, — ответил я, — еще более любопытную. И возможно, что, разгадав ее, мы тем самым разгадаем и первую. Надеюсь, что не обидитесь на меня, Месгрейв, если я скажу, что ваш дворецкий, по-видимому, очень умный человек и обладает большой проницательностью и чутьем, чем десять поколений его господ.

— Признаться, я вас не понимаю, — ответил Месгрейв. — Мне кажется, что эта бумажка не имеет никакого практического значения.

— А мне она кажется чрезвычайно важной именно в практическом отношении, и, как видно, Брайтон был того же мнения.

По всей вероятности, он видел ее и до той ночи, когда вы застали его в библиотеке.

— Вполне возможно. Мы никогда не прятали ее.

— По-видимому, на этот раз он просто хотел освежить в памяти ее содержание. Насколько я понял, он держал в руках какую-то карту или план, который сравнивал с манускриптом и немедленно сунул а карман, как только увидел вас?

— Совершенно верно. Но зачем ему мог понадобиться наш старый семейный обряд, и что означает весь этот вздор?

— Полагаю, что мы можем выяснить это без особого труда, — ответил я. — С вашего позволения, мы первым же поездом отправимся с вами в Суссекс и разберемся в деле уже на месте.

Мы прибыли в Харлстон в тот же день. Вам, наверно, случалось, Уотсон, видеть изображение этого знаменитого древнего замка или читать его описания, поэтому я скажу лишь, что он имеет форму буквы «L», причем длинное крыло его является более современным, а короткое — более древним, так сказать, зародышем, из которого и выросло все остальное. Над низкой массивной дверью в центре старинной части высечена дата «1607», но знатоки единодушно утверждают, что деревянные балки и каменная кладка значительно старше. В прошлом веке чудовищно толстые стены и крошечные окна этой части здания побудили наконец владельцев выстроить новое крыло, и старое теперь служит лишь кладовой и погребом, а то и вовсе пустует. Вокруг здания великолепный парк с прекрасными старыми деревьями. Озеро же или пруд, о котором упоминал мой клиент, находится в конце аллеи, в двухстах ярдах от дома.

К этому времени у меня уже сложилось твердое убеждение, Уотсон, что тут не было трех отдельных загадок, а была только одна и что если бы мне удалось вникнуть в смысл обряда Месгрейвов, это дало бы мне ключ к тайне исчезновения обоих — и дворецкого Брайтона, и горничной Хауэлз. На это я и направил все силы своего ума. Почему Брайтон так стремился проникнуть в суть этой старинной формулы? Очевидно, потому, что он увидел в ней нечто ускользнувшее от внимания всех поколений родовитых владельцев замка — нечто такое, из чего он надеялся извлечь какую-то личную выгоду. Что же это было, и как это могло отразиться на дальнейшей судьбе дворецкого?

Когда я прочитал бумагу, мне стало совершенно ясно, что все цифры относятся к какому-то определенному месту, где спрятано то, о чем говорится в первой части документа, и что если бы мы нашли это место, мы оказались бы на верном пути к раскрытию тайны — той самой тайны, которую предки Месгрейвов сочли нужным облечь в столь своеобразную форму. Для начала поисков нам даны были два ориентира: дуб и вяз. Что касается дуба, то тут не могло быль никаких сомнений. Прямо перед домом, слева от дороги, стоял дуб, дуб-патриарх, одно из великолепнейших деревьев, какие мне когда-либо приходилось видеть.

— Он уже существовал, когда был записан ваш «обряд»? — спросил я у Месгрейва.

— По всей вероятности, этот дуб стоял здесь еще во времена завоевания Англии норманнами, — ответил он. — Он имеет двадцать три фута в обхвате.

«It has a girth of twenty-three feet.»

Таким образом, один из нужных мне пунктов был выяснен.

— Есть у вас здесь старые вязы? — спросил я.

— Был один очень старый, недалеко отсюда, но десять лет назад в него ударила молния, и пришлось срубить его под корень.

— Но вы знаете то место, где он рос прежде?

— Ну, конечно, знаю.

— А других вязов поблизости нет?

— Старых нет, а молодых очень много.

— Мне бы хотелось взглянуть, где он рос.

Мы приехали в двуколке, и мой клиент сразу, не заходя в дом, повез меня к тому месту на лужайке, где когда-то рос вяз. Это было почти на полпути между дубом и домом.

Пока что мои поиски шли успешно.

— По всей вероятности, сейчас уже невозможно определись высоту этого вяза? — спросил я.

— Могу вам ответить сию же минуту: в нем было шестьдесят четыре фута.

— Как вам удалось узнать это? — воскликнул я с удивлением.

— Когда мой домашний учитель задавал мне задачи по тригонометрии, они всегда были построены на измерениях высоты. Поэтому я еще мальчиком измерил каждое дерево и каждое строение в нашем поместье.

Вот это была неожиданная удача! Нужные мне сведения пришли ко мне быстрее, чем я мог рассчитывать.

— А скажите, пожалуйста, ваш дворецкий никогда не задавал вам такого же вопроса? — спросил я.

Реджинальд Месгрейв взглянул на меня с большим удивлением.

— Теперь я припоминаю, — сказал он, — что несколько месяцев назад Брайтон действительно спрашивал меня о высоте этого дерева. Кажется, у него вышел какой-то спор с грумом.

Это было превосходное известие, Уотсон. Значит, я был на верном пути. Я взглянул на солнце. Оно уже заходило, и я рассчитал, что меньше чем через час оно окажется как раз над ветвями старого дуба.

Итак, одно условие, упомянутое в документе, будет выполнено. Что
касается тени от вяза, то речь шла, очевидно, о самой дальней ее
точке — в противном случае указателем направления избрали бы не
тень, а ствол. И, следовательно, теперь мне нужно было определить,
куда падал конец тени от вяза в тот момент, когда солнце
оказывалось прямо над дубом...

— Это, как видно, было нелегким делом, Холмс? Ведь вяза-то уже
не существовало.

— Конечно. Но я знал, что если Брайтон мог это сделать, то смогу
и я. А кроме того, это было не так уж трудно. Я пошел вместе с
Месгрейвом в его кабинет и вырезал себе вот этот колышек, к
которому привязал длинную веревку сделав не ней узелки,
отмечающие каждый ярд. Затем я связал вместе два удилища, что
дало мне шесть футов, и мы с моим клиентом отправились обратно к
тому месту, где когда-то рос вяз. Солнце как раз касалось в эту
минуту вершины дуба. Я воткнул свой шест в землю, отметил
направление тени и измерил ее. В ней было девять футов.

Дальнейшие мои вычисления были совсем уж несложны. Если
палка высотой в шесть футов отбрасывает тень в девять футов, то
дерево высотой в шестьдесят четыре фута отбросит тень в девяносто
шесть футов, и направление той и другой, разумеется, будет
совпадать. Я отмерил это расстояние. Оно привело меня почти к
самой стене дома, и я воткнул там колышек. Вообразите мое
торжество, Уотсон, когда в двух дюймах от колышка я увидел в земле
конусообразное углубление! Я понял, что это была отметина,
сделанная Брайтоном при его измерении, и что я продолжаю идти по
его следам.

От этой исходной точки я начал отсчитывать шаги,
предварительно определив с помощью карманного компаса, где север,
где юг. Десять шагов и еще десять шагов (очевидно имелось в виду,
что каждая нога делает поочередно по десять шагов) в северном
направлении повели меня параллельно стене дома, и, отсчитав их, я
снова отметил место своим колышком. Затем я тщательно отсчитал

пять и пять шагов на восток, потом два и два — к югу, и они привели меня к самому порогу старой двери. Оставалось сделать один и один шаг на запад, но тогда мне пришлось бы пройти эти шаги по выложенному каменными плитами коридору. Неужто это и было место, указанное в документе?

«*This was the place indicated.*»

Никогда в жизни я не испытывал такого горького разочарования, Уотсон. На минуту мне показалось, что в мои вычисления вкралась какая-то существенная ошибка. Заходящее солнце ярко освещало своими лучами пол коридора, и я видел, что эти старые, избитые серые плиты были плотно спаяны цементом и, уж конечно, не сдвигались с места в течение многих и многих лет. Нет, Брайтон не прикасался к ним, это было ясно. Я постучал по полу в нескольких местах, но звук получался одинаковый повсюду, и не было никаких признаков трещины или щели. К счастью, Месгрейв, который начал вникать в смысл моих действий и был теперь не менее взволнован, чем я, вынул документ, чтобы проверить мои расчеты.

— И вниз! — вскричал он. — Вы забыли об этих словах: «и вниз». Я думал, это означало, что в указанном месте надо будет копать землю, но теперь мне сразу стало ясно, что я ошибся.

— Так, значит, у вас внизу есть подвал? — воскликнул я.

— Да, и он ровесник этому дому. Скорее вниз, через эту дверь!

По винтовой каменной лестнице мы спустились вниз, и мой спутник, чиркнув спичкой, зажег большой фонарь, стоявший на бочке в углу. В то же мгновение мы убедились, что попали туда, куда нужно, и что кто-то недавно побывал здесь до нас.

В этом подвале хранились дрова, но поленья, которые, как видно, покрывали прежде весь пол, теперь были отодвинуты к стенкам, освободив пространство посередине. Здесь лежала широкая и тяжелая каменная плита с заржавленным железным кольцом в центре, а к кольцу был привязан плотный клетчатый шарф.

— Черт возьми, это шарф Брайтона! — вскричал Месгрейв.

— Я не раз видел этот шарф у него шее. Но что он мог здесь делать, этот негодяй?

По моей просьбе были вызваны два местных полисмена, и в их присутствии я сделал попытку приподнять плиту, ухватившись за шарф. Однако я лишь слегка пошевелил ее, и только с помощью одного из констеблей мне удалось немного сдвинуть ее в сторону. Под плитой была черная яма, и все мы заглянули в нее. Месгрейв, стоя на коленях, опустил свой фонарь вниз.

Мы увидели узкую квадратную каморку глубиной около семи футов, шириной и длиной около четырех. У стены стоял низкий, окованный медью деревянный сундук с откинутой крышкой; в замочной скважине торчал вот этот самый ключ — забавный и старомодный. Снаружи сундук был покрыт толстым слоем пыли. Сырость и черви до того изъели дерево, что оно поросло плесенью даже изнутри. Несколько металлических кружков, таких же, какие вы видите здесь, — должно быть, старинные монеты — валялись на дне. Больше в нем ничего не было.

Однако в первую минуту мы не смотрели на старый сундук — глаза наши были прикованы к тому, что находилось рядом. Какой-то мужчина в черном костюме сидел на корточках, опустив голову на край сундука и обхватив его обеими руками. Лицо этого человека посинело и было искажено до неузнаваемости, но, когда мы приподняли его, Реджинальд Месгрейв по росту, одежде и волосам сразу узнал в нем своего пропавшего дворецкого. Брайтон умер уже несколько дней назад, но на теле у него не было ни ран, ни кровоподтеков, которые могли бы объяснить его страшный конец. И когда мы вытащили труп из подвала, то оказались перед загадкой, пожалуй, не менее головоломной, чем та, которую мы только что разрешили...

«It was a figere of a man.»

Признаюсь, Уотсон, пока что я был обескуражен результатами своих поисков. Я предполагал, что стоит мне найти место, указанное в древнем документе, как все станет ясно само собой, но вот я стоял здесь, на этом месте, и разгадка тайны, так тщательно скрываемой семейством Месгрейвов была, по-видимому, столь же далека от меня, как и раньше. Правда, я пролил свет на участь Брайтона, но теперь мне предстояло еще выяснить, каким образом постигла его эта участь и какую роль сыграла во всем этом исчезнувшая женщина. Я присел на бочонок в углу и стал еще раз перебирать в уме все подробности случившегося…

Вы знаете мой метод в подобных случаях, Уотсон: я ставлю себя на место действующего лица и, прежде всего уяснив для себя его умственный уровень, пытаюсь вообразить, как бы я сам поступил при аналогичных обстоятельствах. В этом случае дело упрощалось: Брайтон был человек незаурядного ума, так что мне не приходилось принимать в расчет разницу между уровнем его и моего мышления. Брайтон знал, что где-то было спрятано нечто ценное. Он определил это место. Он убедился, что камень, закрывающий вход в подземелье, слишком тяжел для одного человека. Что он сделал потом? Он не мог прибегнуть к помощи людей посторонних. Ведь даже если бы нашелся человек, которому он мог бы довериться, пришлось бы отпирать ему наружные двери, а это было сопряжено со значительным риском. Удобнее было бы найти помощника внутри дома. Но к кому мог обратиться Брайтон? Та девушка была когда-то преданна ему. Мужчина, как бы скверно не поступил он с женщиной никогда не верит, что ее любовь окончательно потеряна для него. Очевидно, оказывая Рэчел мелкие знаки внимания Брайтон попытался помириться с ней, а потом уговорил ее сделаться его сообщницей. Ночью они вместе спустились в подвал, и объединенными усилиями им удалось сдвинуть камень. До этой минуты их действия были мне так ясны, как будто я наблюдал их собственными глазами.

Но и для двух человек, особенно если один из них женщина, вероятно, это была нелегкая работа. Даже нам — мне и здоровенному полисмену из Суссекса — стоило немалых трудов сдвинуть эту плиту. Что же они сделали, чтобы облегчить свою задачу? Да, по-видимому, то же, что сделал бы и я на их месте. Тут я встал, внимательно осмотрел валявшиеся на полу дрова и почти сейчас же нашел то, что ожидал найти. Одно полено длиной около трех футов было обломано на конце, а несколько других сплющены: видимо, они испытали на себе действие значительной тяжести. Должно быть, приподнимая плиту, Брайтон и его помощница вводили эти поленья в щель, пока отверстие не расширилось настолько, что в него уже можно было проникнуть, а потом подперли плиту еще одним поленом, поставив его вертикально, так что оно вполне могло обломаться на нижнем конце — ведь плита давила на него всем своим весом. Пока что все мои предположения были как будто вполне обоснованы.

Как же должен был я рассуждать дальше, чтобы полностью восстановить картину ночной драмы? Ясно, что в яму мог забраться только один человек, и, конечно, это был Брайтон. Девушка, должно быть, ждала наверху. Брайтон отпер сундук и передал ей его содержимое (это было очевидно, так как ящик оказался пустым), а потом... что же произошло потом?

Быть может, жажда мести, тлевшая в душе этой пылкой женщины, разгорелась ярким пламенем, когда она увидела, что ее обидчик — а обида, возможно, была гораздо сильнее, чем мы могли подозревать, — находится теперь в ее власти. Случайно ли упало полено и каменная плита замуровала Брайтона в этом каменном гробу? Если так, Рэчел виновна лишь в том, что умолчала о случившемся. Или она намеренно вышибла подпорку, и сама захлопнула ловушку? Так или иначе, но я словно видел перед собой эту женщину: прижимая к груди найденное сокровище, она летела вверх по ступенькам винтовой лестницы, убегая от настигавших ее заглушенных стонов и отчаянного стука в каменную плиту, под которой задыхался ее неверный возлюбленный.

Вот в чем была разгадка ее бледности, ее возбуждения, приступов истерического смеха на следующее утро. Но что же все-таки было в сундуке? Что сделала девушка с его содержимым? Несомненно, это были те самые обломки старого металла и осколки камней, которые она при первой же возможности бросила в пруд, чтобы скрыть следы своего преступления...

Минут двадцать я сидел неподвижно, в глубоком раздумье. Мейсгрев, очень бледный, все еще стоял, раскачивая фонарь, и глядел вниз, в яму.

— Это монеты Карла Первого,[1] — сказал он, протягивая мне несколько кружочков, вынутых из сундука. — Видите, мы правильно определили время возникновения нашего «обряда».

— Пожалуй, мы найдем еще кое-что, оставшееся от Карла Первого! — вскричал я, вспомнив вдруг первые два вопроса документа. — Покажите-ка мне содержимое мешка, который вам удалось выудить в пруду.

Мы поднялись в кабинет Месгрейва, и он разложил передо мной обломки. Взглянув на них, я понял, почему Месгрейв не придал им никакого значения: металл был почти черен, а камешки бесцветны и тусклы. Но я потер один из них о рукав, и он засверкал, как искра, у меня на ладони. Металлические части имели вид двойного обруча, но они были погнуты, перекручены и почти потеряли свою первоначальную форму.

— Вы, конечно, помните, — сказал я Месгрейву, — что партия короля главенствовала в Англии даже и после его смерти. Очень может быть, что перед тем, как бежать, ее члены спрятали где-нибудь самые ценные вещи, намереваясь вернуться за ними в более спокойные времена.

— Мой предок, сэр Ральф Месгрейв, занимал видное положение при дворе и был правой рукой Карла Второго[2] во время его скитаний.

— Ах, вот что! — ответил я. — Прекрасно. Это дает нам последнее, недостающее звено. Поздравляю вас, Месгрейв! Вы стали

---

[1] Карл I (1600-1685) — английский король (1625-1649). Казнен 30 января 1649 года во время Английской буржуазной революции.

[2] Карл II (1630-1685) — английский король (1660-1685), сын Карла 1.

обладателем — правда, при весьма трагических обстоятельствах — одной реликвии, которая представляет собой огромную ценность и сама по себе и как историческая редкость.

— Что же это такое? — спросил он, страшно взволнованный.

— Не более не менее, как древняя корона английских королей.

— Корона?!

— Да, корона. Вспомните, что говорится в документе: «Кому это принадлежит?» «Тому, кто ушел». Это было написано после казни Карла Первого. «Кому это будет принадлежать?» «Тому, кто придет». Речь шла о Карле Втором, чье восшествие на престол уже предвиделось в то время. Итак, вне всяких сомнений, эта измятая и бесформенная диадема венчала головы королей из династии Стюартов.

— Но как же она попала в пруд?

— А вот на этот вопрос не ответишь в одну минуту.

И я последовательно изложил Месгрейву весь ход моих предположений и доказательств. Сумерки сгустились, и луна уже ярко сияла в небе, когда я кончил свой рассказ.

— Но интересно почему же Карл Второй не получил обратно свою корону, когда вернулся? — спросил Месгрейв, снова засовывая в полотняный мешок свою реликвию.

— О, тут вы поднимаете вопрос, который мы с вами вряд ли сможем когда-либо разрешить. Должно быть, тот Месгрейв, который был посвящен в тайну, оставил перед смертью своему преемнику этот документ в качестве руководства, но совершил ошибку, не объяснив ему его смысла. И с этого дня вплоть до нашего времени документ переходил от отца к сыну, пока наконец не попал в руки человека, который сумел вырвать его тайну, но поплатился за это жизнью…

Такова история «Обряда дома Месгрейвов», Уотсон. Корона и сейчас находится в Харлстоне, хотя владельцам замка пришлось немало похлопотать и заплатить порядочную сумму денег, пока они не получили официального разрешения оставить ее у себя. Если вам вздумается взглянуть на нее, они, конечно, с удовольствием ее покажут стоит вам только назвать мое имя.

Что касается той женщины, она бесследно исчезла. По всей вероятности, она покинула Англию и унесла в заморские края память о своем преступлении.

∅

РЕЙГЕТСКИЕ СКВАЙРЫ

В то время мой друг Шерлок Холмс еще не оправился после нервного переутомления, полученного в результате крайне напряженной работы весной тысяча восемьсот восемьдесят седьмого года. Нашумевшая история с Нидерландско-Суматрской компанией и грандиозным мошенничеством барона Мопэртуиса слишком свежа в памяти публики и слишком тесно связана с политикой и финансами, чтобы о ней можно было рассказать в этих записках. Однако косвенным путем она явилась причиной одного редкостного и головоломного дела, которое дало возможность моему другу продемонстрировать еще одно оружие среди множества других, служивших ему в его нескончаемой войне с преступлениями.

Четырнадцатого апреля, как помечено в моих записях, я получил телеграмму из Лиона с известием о том, что Холмс лежит больной в отеле Люлонж. Не прошло и суток, как я уже был у него в номере и с облегчением убедился, что ничего страшного ему не грозит. Однако тянувшееся больше двух месяцев расследование, в течение которого он работал по пятнадцати часов в день, а случалось и несколько суток подряд, подорвало железный организм Холмса. Блистательная победа, увенчавшая его труды, не спасла его от упадка сил после такого предельного нервного напряжения, и в то время как его имя гремело по всей Европе, а комната была буквально по колено завалена поздравительными телеграммами, я нашел его здесь во власти жесточайшей хандры. Даже сознание, что он одержал успех там, где не справилась полиция трех стран, и обвел вокруг пальца самого искушенного мошенника в Европе, не могло победить овладевшего им безразличия.

Три дня спустя мы вернулись вместе па Бейкер-стрит, но мой друг явно нуждался в перемене обстановки, да и меня соблазняла мысль выбраться в эту весеннюю пору на недельку в деревню. Мой старинный приятель, полковник Хэйтер, который был моим пациентом в Афганистане, а теперь снял дом поблизости от городка Рейгет в графстве Суррей, часто приглашал меня к себе погостить. В последний раз он сказал, что был бы рад оказать гостеприимство и моему другу. Я повел речь издали, но, когда Холмс узнал, что нас приглашают в дом с холостяцкими порядками и что ему будет предоставлена полная свобода, он согласился с моим планом, и через неделю после нашего возвращения из Лиона полковник уже принимал нас у себя. Хэйтер был человек очень приятный и бывалый, объездивший чуть ли не весь свет, и скоро обнаружилось — как я и ожидал, — что у них с Холмсом много общего.

В день нашего приезда, вечером, мы, отобедав, сидели в оружейной полковника; Холмс растянулся на диване, а мы с Хэйтером рассматривали небольшую коллекцию огнестрельного оружия.

— Да, кстати, — вдруг сказал наш хозяин, — я возьму с собой наверх один из этих пистолетов на случай тревоги.

— Тревоги? — воскликнул я.

— Тут у нас недавно случилось происшествие, перепугавшее всю округу. В прошлый понедельник ограбили дом старого Эктона, одного из самых богатых здешних сквайров. Убыток причинен небольшой, но воры до сих пор на свободе.

— И никаких следов? — спросил Холмс, насторожив слух.

— Пока никаких. Но это — мелкое дело. Обычное местное преступление, слишком незначительное, чтобы заинтересовать вас, мистер Холмс, после того громкого международного дела.

Холмс ответил на комплимент небрежным жестом, но по его улыбке было заметно, что он польщен.

— Ничего примечательного?

— По-моему, ничего. Воры обыскали библиотеку, и, право же, добыча не стоила затраченных ими трудов. Все в комнате было перевернуто вверх дном, ящики столов взломаны, книжные шкафы перерыты, а вся-то пропажа — томик переводов Гомера, два золоченых подсвечника, пресс-папье из слоновой кости, маленький дубовый барометр да клубок бечевки.

— Что за удивительный набор! — воскликнул я.

— О, воры, видимо, схватили все, что им попалось под руку.

Холмс хмыкнул со своего дивана.

— Полиция графства должна бы кое-что извлечь из этого, — сказал он. — Ведь совершенно очевидно, что...

I held up a warning finger.

Но я предостерегающе поднял палец.

— Вы приехали сюда отдыхать, друг мой. Ради Бога, не принимайтесь за новую задачу, пока не окрепли нервы.

Холмс посмотрел на полковника с комическим смирением и пожал плечами, после чего беседа повернула в более спокойное русло.

Однако судьбе было угодно, чтобы все мои старания оберечь друга пропали даром, ибо на следующее утро это дело вторглось в нашу жизнь таким образом, что было невозможно остаться в стороне, и наше пребывание в деревне приняло неожиданный для всех нас оборот. Мы сидели за завтраком, когда к нам ворвался дворецкий, забыв о всякой пристойности, и выпалил, задыхаясь:

— Вы слышали новость, сэр? У Каннингемов, сэр?

— Опять ограбление? — вскричал полковник, и его рука с чашкой кофе застыла в воздухе.

— Убийство!

Полковник присвистнул.

— Бог мой! — промолвил он. — Кто убит? Мировой судья или его сын?

— Ни тот, ни другой, сэр. Убит Уильям, кучер. Пуля угодила прямо в сердце.

— Кто в него стрелял?

— Вор, сэр. Убил кучера наповал и был таков. Он успел добраться только до окна кладовой. Тут Уильям и бросился на него и нашел свою смерть, спасая добро хозяина.

— Когда это случилось?

— Вчера, сэр, около полуночи.

— А-а, в таком случае мы заглянем туда попозже, — сказал полковник, невозмутимо принимаясь за прерванный завтрак.

— Скверное дело, — добавил он, когда дворецкий ушел. — Старый Каннингем — самый влиятельный сквайр в наших местах и очень почтенный человек. Это его сразит. Уильям служил ему много лет и был хороший работник. Очевидно, это те же негодяи, что побывали у Эктона.

— И похитили ту чрезвычайно любопытную коллекцию?

— Именно.

— Гм! Возможно окажется, что дело не стоит выеденного яйца. И тем не менее на первый взгляд это немного странно, не так ли? Следовало бы ожидать, что шайка грабителей, действующая в провинции, будет менять места своих налетов, а не совершать две кражи со взломом в соседних усадьбах в течение нескольких дней. Когда вчера вечером вы говорили о мерах предосторожности, помнится, мне пришло в голову, что вор или воры выбрали бы эту округу самой последней во всей Англии, из чего следует, что мне надо еще многому учиться.

— Я думаю, это был кто-то из местных. Понятно, что его привлекли именно эти усадьбы. В здешних краях они самые крупные.

— И самые богатые?

— Должны были быть. Но Эктон и Каннингемы уже несколько лет ведут тяжбу, которая высосала кровь из обоих, мне думается. Старый Эктон возбудил иск на половину имения Каннингемов, и адвокаты изрядно нажились на этом деле.

— Если это местный вор, изловить его не составит большого труда, — сказал Холмс, зевнув. — Не волнуйтесь, Уотсон, я не собираюсь вмешиваться.

— Инспектор Форрестер, сэр, — возвестил дворецкий, распахивая двери.

Inspector Forrester.

В комнату вошел полицейский сыщик, быстрый молодой человек с живым, энергичным лицом.

— Доброе утро, полковник, — сказал он. — Надеюсь, я не помешал, но нам стало известно, что мистер Холмс с Бейкер-стрит находится у вас.

Полковник жестом руки показал на моего друга, и инспектор поклонился.

— Мы думали, что, возможно, вы пожелаете принять участие, мистер Холмс.

— Судьба против вас, Уотсон, — сказал Холмс, смеясь. — Мы как раз беседовали об этом деле, инспектор, когда вы пришли. Может быть, вы познакомите нас с некоторыми подробностями?

Когда он откинулся на стуле в знакомой мне позе, я понял, что все мои надежды рухнули.

— Нам не за что было ухватиться в деле с ограблением Эктона. Но здесь достаточно материала, чтобы начать расследование, и мы не сомневаемся, что в обоих случаях действовало одно и то же лицо. Взломщика видели.

— А-а!

— Да, сэр. Но он умчался быстрей оленя, как только прогремел выстрел, убивший несчастного Уильяма Кервана. Мистер Каннигем видел его из окна своей спальни, а мистер Алек Каннингем видел его с черной лестницы. Тревога поднялась без четверти двенадцать. Мистер Каннингем только что лег спать, а мистер Алек в халате курил трубку. Они оба слышали, как Уильям, кучер, звал на помощь, и мистер Алек бросился вниз посмотреть, что случилось. Входная дверь была раскрыта, и когда он сбежал по черной лестнице, то увидел перед домом двух мужчин, схватившихся друг с другом. Один из них выстрелил, другой упал, и убийца кинулся прочь прямо по саду, пролез через живую изгородь и исчез. Мистер Каннингем из окна своей спальни видел, как он выскочил на дорогу, но тут же потерял его из виду. Мистер Алек задержался посмотреть, нельзя ли помочь умирающему, и, таким образом, злодей успел скрыться. Нам известно только, что это был человек среднего роста, в чем-то темном. Другими приметами мы не располагаем, но мы ведем усиленные розыски, и если преступник — человек нездешний, он скоро будет найден.

— А что там делал этот Уильям? Он что-нибудь сказал перед смертью?

— Ни слова. Уильям жил в сторожке со своей матерью. Он был преданный слуга, и мы предполагаем, что он подошел к дому с намерением проверить, все ли благополучно.

Это и понятно: кража у Эктона заставила всех быть начеку. Грабитель, видимо, только что открыл дверь — замок был взломан, — как Уильям набросился на него.

— А Уильям ничего не сказал своей матери перед уходом?

— Она очень стара и глуха, и ничего не удалось узнать от нее. Горе почти лишило ее рассудка, но я подозреваю, что она всегда была туповата. Однако есть одна очень важная улика. Взгляните!

Он вынул из своего блокнота клочок бумаги и расправил его на колене.

— Это было найдено у мертвого Уильяма в руке. Зажат между большим и указательным пальцами. По-видимому, это краешек какой-то записки. Обратите внимание, что указанное здесь время в точности совпадает со временем, когда бедняга встретил свою судьбу. Не то убийца вырывал у него записку, не то он у убийцы. Написанное наводит на мысль, что кого-то приглашали на свидание.

Холмс взял обрывок бумаги, факсимиле которого я здесь привожу:

«без четверти двенадцать узнаете то, что может»

— Если это действительно так, — продолжал инспектор, — то напрашивается весьма вероятное предположение, что этот Уильям Керван, несмотря на свою репутацию честного человека, мог быть заодно с вором. Они могли встретиться в условленном месте, вдвоем взломать дверь, после чего между ними вспыхнула ссора.

— Этот документ представляет чрезвычайный интерес, — сказал Холмс, изучая обрывок с самым сосредоточенным вниманием, — дело куда тоньше, чем я думал.

Он обхватил руками голову, а инспектор с улыбкой наблюдал, какое действие произвел его рассказ на прославленного лондонского специалиста.

— Ваше последнее замечание, — сказал Холмс немного погодя, — о том, что взломщик, возможно, был в сговоре со слугой и что это была записка одного к другому, в которой назначалась встреча, остроумно и не лишено правдоподобия. Однако этот документ раскрывает...

Он опять обхватил голову руками и несколько минут просидел молча, весь уйдя в свои мысли. Когда он поднял лицо, — я с удивлением увидел, что щеки его порозовели, а глаза блестят как до болезни. Он вскочил на ноги с прежней энергией.

— Вот что, — заявил он, — я хотел бы бегло осмотреть место, где было совершено убийство. С вашего разрешения, полковник, я покину моего друга Уотсона и вас и прогуляюсь вместе с инспектором, чтобы проверить правильность моих догадок. Я буду обратно через полчаса.

Прошло полтора часа, инспектор вернулся один.

— Мистер Холмс ходит взад и вперед по полю, — сказал он. — Он хочет, чтобы мы вчетвером отправились в усадьбу.

— К мистеру Каннингему?

— Да, сэр.

— Зачем?

Инспектор пожал плечами.

— Это мне не совсем ясно, сэр. Между нами говоря, мне кажется, что мистер Холмс еще не совсем выздоровел после болезни. Он ведет себя очень странно. Я бы сказал, он немного не в себе.

— Думаю, что не стоит беспокоиться, — заметил я. — Я не раз убеждался, что в его безумии есть метод.

— Скорее в его методе есть безумие, — пробормотал инспектор. — Но он горит нетерпением, и если вы готовы, полковник, то лучше пойдемте.

Холмс расхаживал взад и вперед по полю, низко опустив голову и засунув руки в карманы.

— Дело становится все интересней, — сказал он. — Уотсон, наша поездка в деревню определенно удалась. Я провел восхитительное утро.

— Вы были на месте преступления, как я догадываюсь? — спросил полковник.

— Да, мы с инспектором сделали небольшую разведку.

— И с успехом?

— Да, мы видели интересные вещи. По дороге я обо всем вам расскажу. Прежде всего мы осмотрели тело бедняги. Он действительно умер от револьверной раны, как сообщалось.

— А вы в этом сомневались?

— Все надо проверить. Мы не зря совершили свой обход. Потом мы беседовали с мистером Каннингемом и его сыном, и они смогли точно указать место, где преступник, убегая, пролез сквозь изгородь. Это было в высшей степени любопытно.

— Несомненно.

— Потом мы заглянули к матери несчастного Уильяма. От нее, однако, мы не могли добиться толку: она очень стара и слаба.

— И к какому результату привело вас ваше обследование?

— К убеждению в том, что это — весьма необычное преступление. Может быть, наш теперешний визит прольет на него немного света. Я полагаю, инспектор, мы с вами единодушны в том, что этот клочок бумаги в руке убитого, на котором записано точное время его смерти, имеет огромнейшее значение.

— Он должен дать ключ, мистер Холмс.

— Он дает ключ. Кто бы ни писал записку, это был человек, поднявший Уильяма Кервана с постели в этот час. Но где же она?

— Я тщательно обыскал землю и не нашел, — сказал инспектор.

— Записку из руки Уильяма вырвали. Почему она была так нужна кому-то? Потому что она его уличала. И что он должен был с ней сделать? Сунуть в карман, по всей вероятности, не заметив, что уголок остался зажатым в пальцах у трупа. Если бы мы нашли недостающую часть, мы бы очень легко распутали дело.

— Да, но как нам залезть в карман к преступнику, если мы не поймали самого преступника?

— Н-да, над этим стоит поломать голову. Затем вот еще что. Эту записку кто-то принес Уильяму. Конечно, не тот, кто ее писал: ему проще было бы тогда все передать на словах. Кто же принес записку? Или она пришла по почте?

— Я навел справки, — сказал инспектор. — Вчера вечерней почтой Уильям получил письмо. Конверт он уничтожил.

— Отлично! — воскликнул Холмс, похлопывая инспектора по плечу. — Вы уже повидали почтальона. Работать с вами одно удовольствие. Однако вот и сторожка, и, если вы последуете за нами, полковник, я покажу вам место преступления.

Мы прошли мимо хорошенького домика, где жил убитый кучер, и вступили в дубовую аллею, которая привела нас к прекрасному старому зданию времен королевы Анны, с датой битвы при Мальплаке [1] высеченной над дверями. Следуя за Холмсом и инспектором, мы обогнули дом и подошли к боковому входу, отделенному цветником от живой изгороди, окаймлявшей дорогу. У двери на кухню дежурил полицейский.

— Распахните дверь, сержант, — приказал Холмс. — Вон на той лестнице стоял молодой Каннингем, и оттуда он видел двух мужчин, дерущихся как раз здесь, где мы стоим. Старый Каннингем смотрел из

---

[1] В битве при Мальплаке (11 сентября 1709 года), во время войны за испанское наследство, англичане и их союзники одержали победу над французами.

того окна — второго налево. Он говорит, что убийца побежал вон туда. За тот куст. То же самое видел и сын. Оба показывают одно направление. Затем мистер Алек выбежал из дома и склонился над раненым. Земля очень твердая, как видите, и не осталось никаких следов, которые могли бы помочь нам.

Пока он говорил, из-за угла дома показались двое мужчин; они шли к нам по садовой дорожке. Один был джентльмен почтенной наружности, с волевым лицом, изрезанным глубокими морщинами, и удрученным взглядом; другой — щеголеватый молодой человек, чья нарядная одежда и веселый, беззаботный вид никак не вязались с делом, которое привело нас сюда.

— Ну как, все на том же месте? — спросил он Холмса. — Я думал, вы, столичные специалисты, шутя решаете любую головоломку. Вы не так уж проворны, как я погляжу.

— О, дайте нам немного времени, — сказал Холмс добродушно.

— Оно вам понадобится, — ответил молодой Алек Каннингем. — У вас пока еще нет в руках ни одной нити.

— Одна есть, — вмешался инспектор, — Мы думаем, что если бы нам только удалось найти… Боже! Мистер Холмс, что с вами?

«Good heavens! What is the matter?»

Мой бедный друг ужасно изменился в лице. Глаза закатились, все черты свело судорогой, и, глухо застонав, он упал ничком на землю. Потрясенные внезапностью и силой припадка, мы перенесли несчастного в кухню, и там, полулежа на большом стуле, он несколько минут тяжело дышал. Наконец он поднялся, сконфуженно извиняясь за свою слабость.

— Уотсон вам объяснит, что я только что поправился после тяжелой болезни. Но я до сих пор подвержен этим внезапным нервным приступам.

— Хотите, я отправлю вас домой в своей двуколке? — спросил старый Каннингем.

— Ну, раз уж я здесь, я хотел бы уточнить один не совсем ясный мне пункт. Нам будет очень легко это сделать.

— Какой именно?

— Мне кажется вполне вероятным, что бедняга Уильям пришел после того, как взломщик побывал в доме. Вы, видимо, считаете само собой разумеющимся, что грабитель не входил в помещение, хотя дверь и была взломана.

— По-моему, это вполне очевидно, — сказал мистер Каннингем внушительно. — Мой сын Алек тогда еще не лег спать, и он, конечно, услышал бы, что кто-то ходит по дому.

— Где он сидел?

— Я сидел в моей туалетной и курил.

— Какое это окно?

— Последнее налево, рядом с окном отца.

— И у вас и у него, конечно, горели лампы?

— Разумеется.

— Как странно, — улыбнулся Холмс. — Не удивительно ли, что взломщик — при этом взломщик, который недавно совершил одну кражу, — умышленно вторгается в дом в такое время, когда он видит по освещенным окнам, что два члена семьи еще бодрствуют?

— Должно быть, это был дерзкий вор.

— Не будь это дело таким необычным, мы, конечно, не обратились бы к вам за разгадкой, — сказал мистер Алек. — Но ваше предположение, что вор успел ограбить дом, по-моему, величайшая нелепость. Мы наверняка заметили бы беспорядок в доме и хватились бы похищенных вещей.

— Это зависит от того, какие были украдены вещи, — сказал Холмс. — Не забывайте, что наш взломщик — большой причудник, и у него своя собственная линия в работе. Чего стоит, например, тот любопытнейший набор, который он унес из дома Эктонов. Позвольте, что там было?.. Клубок бечевки, пресс-папье и Бог знает какая еще чепуха!

— Мы в ваших руках, мистер Холмс, — сказал старый Каннингем. — Все, что предложите вы или инспектор, будет выполнено беспрекословно.

— Прежде всего, — сказал Холмс, — я хотел бы, чтобы вы назначили награду за обнаружение преступника от своего имени, потому что пока в полиции договорятся о сумме, пройдет время, а в таких делах чем скорее, тем лучше. Я набросал текст, подпишите, если вы не возражаете. Пятидесяти фунтов, по-моему, вполне достаточно.

— Я бы с радостью дал пятьсот, — сказал мировой судья, беря из рук Холмса бумагу и карандаш. — Только здесь не совсем правильно написано, — добавил он, пробегая глазами документ.

— Я немного торопился, когда писал.

— Смотрите, вот тут, в начале: «Поскольку во вторник, без четверти час ночи, была совершена попытка...» и т. д. В действительности это случилось без четверти двенадцать.

Меня огорчила эта ошибка, потому что я знал, как болезненно должен переживать Холмс любой подобный промах. Точность во всем, что касалось фактов, была его коньком, но недавняя болезнь подорвала его силы, и один этот маленький случай убедительно показал мне, что мой друг еще далеко не в форме. В первую минуту Холмс заметно смутился, инспектор же поднял брови, а Алек

Каннингем расхохотался. Старый джентльмен, однако, исправил ошибку и вручил бумагу Холмсу.

— Отдайте это в газету как можно скорее, — сказал он, — прекрасная мысль, я нахожу.

Холмс бережно вложил листок в свою записную книжку.

— А теперь, — сказал он, — было бы неплохо пройтись всем вместе по дому и посмотреть, не унес ли чего с собой этот оригинальный грабитель.

До того как войти в дом, Холмс осмотрел взломанную дверь. Очевидно, ее открыли с помощью прочного ножа или стамески, с силой отведя назад язычок замка. В том месте, куда просовывали острие, на дереве остались следы.

— А вы не запираетесь изнутри на засов? — спросил он.

— Мы никогда не видели в этом необходимости.

— Вы держите собаку?

— Да, но она сидит на цепи с другой стороны дома.

— Когда слуги ложатся спать?

— Часов в десять.

— Как я понимаю, Уильям тоже в это время обычно был в постели?

— Да.

— Странно, что именно в эту ночь ему вздумалось не спать. Теперь, мистер Каннингем, я буду вам очень признателен, если вы согласитесь провести нас по дому.

Из выложенной каменными плитами передней, от которой в обе стороны отходили кухни, прямо на второй этаж вела деревянная лестница. Она выходила на площадку напротив другой, парадной лестницы, ведущей наверх из холла. От этой площадки тянулся коридор с дверями в гостиную и в спальни, в том числе в спальни мистера Каннингема и его сына. Холмс шел медленно, внимательно изучая планировку дома. Весь его вид говорил о том, что он идет по горячему следу, хотя я не мог представить себе даже отдаленно, чей это след.

— Любезный мистер Холмс, — сказал старший Каннингем с ноткой нетерпения в голосе. — Уверяю вас, это совершенно лишнее. Вон моя комната, первая от лестницы, а за ней комната сына. Судите сами: возможно ли, чтобы вор поднялся наверх, не потревожив нас?

— Вам бы походить вокруг дома да поискать там свежих следов, — сказал сын с недоброй улыбкой.

— И все же разрешите мне еще немного злоупотребить вашим терпением. Я хотел бы, например, посмотреть, как далеко обозревается из окон спален пространство перед домом. Это, насколько я понимаю, комната вашего сына, — он толкнул дверь, — а там, вероятно, туалетная, в которой он сидел и курил, когда поднялась тревога. Куда выходит ее окно?

Холмс прошел через спальню, раскрыл дверь в туалетную и обвел комнату взглядом.

— Надеюсь, теперь вы удовлетворены? — спросил мистер Каннингем раздраженно.

— Благодарю вас. Кажется, я видел все, что хотел.

— Ну, если это действительно необходимо, мы можем пройти и в мою комнату.

— Если это вас не слишком затруднит.

Мировой судья пожал плечами и повел нас в свою спальню, ничем не примечательную комнату с простой мебелью. Когда мы направились к окну, Холмс отстал, и мы с ним оказались позади всех. В ногах кровати стоял квадратный столик с блюдом апельсинов и графином с водой. Проходя мимо, Холмс, к моему несказанному удивлению, вдруг наклонился и прямо перед моим носом нарочно опрокинул все это на пол. Стекло разбилось вдребезги, а фрукты раскатились по всем углам.

He deliberately knocked the whole thing over.

— Ну и натворили вы дел, Уотсон, — сказал он, нимало не смутившись, — во что вы превратили ковер!

Я в растерянности наклонился и стал собирать фрукты, догадываясь, что по какой-то причине мой друг пожелал, чтобы я взял вину на себя. Остальные присоединились ко мне, и столик снова поставили на ножки.

— Вот те на! — вскричал инспектор. — Куда же он делся?

Холмс исчез.

— Подождите здесь одну минутку, — сказал Алек Каннингем, — по-моему, ваш приятель свихнулся. Пойдемте со мной, отец, посмотрим, куда он в самом деле делся!

Они ринулись вон из комнаты, а мы остались втроем с полковником и инспектором, в недоумении глядя друга на друга.

— Честное слово, я склонен согласиться с мистером Алеком, — сказал сыщик. — Возможно, это — следствие болезни, но мне кажется…

Внезапные громкие вопли: «На помощь! На помощь! Убивают!» — не дали ему договорить. Я с содроганием узнал голос своего друга. Не помня себя, я кинулся из комнаты на площадку. Вопли перешли в хриплые, сдавленные стоны, которые неслись из той комнаты, куда мы заходили сначала. Я ворвался в нее, а оттуда в туалетную. Два Каннингема склонились над распростертым телом Шерлока Холмса; молодой обеими руками душил его за горло, а старый выкручивал ему кисть. В следующее мгновение мы втроем оторвали от него обоих, и Холмс, шатаясь, встал, очень бледный и, видимо, крайне обессиленный.

Behind over the prostrate figure of Sherlock Holmes.

— Арестуйте этих людей, инспектор, — сказал он, задыхаясь.

— На каком основании?

— По обвинению в убийстве их кучера, Уильяма Кервана.

Инспектор уставился на Холмса широко раскрытыми глазами.

— О, помилуйте, мистер Холмс, — промолвил он наконец, — я уверен, что вы, конечно, не думаете в самом деле...

— Довольно, посмотрите на их лица! — приказал Холмс сердито.

Ручаюсь, что никогда мне не приходилось видеть на человеческих физиономиях такого явного признания вины. Старший был ошеломлен и раздавлен. Его суровые, резкие черты выражали угрюмую безнадежность. А сын сбросил с себя развязность и нарочитую беспечность, злобное бешенство опасного зверя вспыхнуло в его черных глазах и исказило красивые черты. Инспектор ничего не сказал, но пошел к двери и дал свисток. Немедленно явились два полицейских.

— У меня нет выбора, мистер Каннингем, — сказал он, — Надеюсь, все это окажется, нелепой ошибкой, но вы же сами видите, что... А-а, вот вы как? Бросьте сейчас же!

Он ударил по руке молодого Каннингема, и револьвер со взведенным курком упал на пол.

— Спрячьте его, — сказал Холмс, проворно наступив на револьвер ногой, — он вам пригодится на суде. Но вот что действительно нам необходимо... — Он показал маленький скомканный листок бумаги.

— Записка! — вскричал инспектор.

— Вы угадали.

— Где она была?

— Там, где она должна была быть, по моим соображениям. Я все объясню вам позже.

Я думаю, полковник, что вы с Уотсоном можете вернуться, я же приду самое большее через час. Нам с инспектором надо поговорить с арестованными, но я непременно буду ко второму завтраку.

Шерлок Холмс сдержал свое слово — около часу дня он присоединился к нам в курительной полковника. Его сопровождал невысокий пожилой джентльмен. Холмс представил его мне. Это был мистер Эктон, дом которого первым подвергся нападению.

— Я хотел, чтобы мистер Эктон присутствовал, когда я буду рассказывать вам о своем расследовании этого пустячного дела, — сказал Холмс, — понятно, что ему будут очень интересны подробности. Боюсь, полковник, что вы жалеете о той минуте, когда приняли под свой кров такого буревестника, как я.

— Напротив, — ответил полковник горячо, — я считаю великой честью познакомиться с вашим методом. Признаюсь, что он далеко превзошел мои ожидания и что я просто не в состоянии постичь, как вам удалось разрешить эту загадку. Я до сих пор ничего не понимаю.

— Боюсь, что мое объяснение вас разочарует, но я никогда ничего не скрываю от моего друга Уотсона, ни от любого другого человека, всерьез интересующегося моим методом. Но прежде всего, полковник, я позволю себе выпить глоток вашего бренди: эта схватка в туалетной у Каннингемов меня порядком обессилила.

— Надеюсь, больше у вас не было этих нервных приступов?

Шерлок Холмс рассмеялся от всей души.

— Об этом в свою очередь. Я расскажу вам все по порядку, задерживаясь на разных пунктах, которые вели меня к решению. Пожалуйста, остановите меня, если какой-нибудь вывод покажется вам не совсем ясным.

В искусстве раскрытия преступлений первостепенное значение имеет способность выделить из огромного количества фактов существенные и отбросить случайные. Иначе ваша энергия и внимание непременно распылятся вместо того, чтобы сосредоточиться на главном. Ну, а в этом деле у меня с самого начала не было ни малейшего сомнения в том, что ключ следует искать в клочке бумаги, найденном в руке убитого.

Прежде чем заняться им, я хотел бы обратить ваше внимание на тот факт, что если рассказ Алека Каннингема верен и если убийца, застрелив Уильяма Кервана, бросился бежать мгновенно, то он, очевидно, не мог вырвать листок из руки мертвеца. Но если это сделал не он, тогда это сделал не кто иной, как Алек Каннингем, так как к тому времени, когда отец спустился вниз, на место происшествия уже сбежались слуги. Соображение очень простое, но инспектору оно не пришло в голову. Он и в мыслях не допускал, что эти почтенные сквайры имеют какое-то отношение к убийству. Ну, а в моих правилах — не иметь предвзятых мнений, а послушно идти за фактами, и поэтому еще на самой первой стадии расследования мистер Алек Каннингем был у меня на подозрении.

«The point in a simple one.»

Итак, я очень внимательно исследовал тот оторванный уголок листка, который предъявил нам инспектор. Мне сразу стало ясно, что он представляет собой часть интереснейшего документа. Вот он, перед вами. Вы не замечаете в нем ничего подозрительного?

— Слова написаны как-то неровно и беспорядочно, — сказал инспектор.

— Милейший полковник! — вскричал Холмс. — Не может быть ни малейшего сомнения в том, что этот документ писали два человека, по очереди, через слово. Если я обращу ваше внимание на энергичное «t» в словах «at» и «to» и попрошу вас сравнить его с вялым «t» в словах «guarter» и «twelve», вы тотчас же признаете этот факт. Самый простой анализ этих четырех слов даст вам возможность сказать с полнейшей уверенностью, что «learn» и «maybe» написаны более сильной рукой, а «what» — более слабой.

— Боже правый! Да это ясно как день! — воскликнул полковник. — Но с какой стати два человека будут писать письмо подобным образом?

— Очевидно, дело было скверное, и один из них, не доверявший другому, решил, что каждый должен принять равное участие. Далее, ясно, что один из двух — тот, кто писал «at» и «to», — был главарем.

— А это откуда вы взяли?

— Мы можем вывести это из простого сравнения одной руки с другой по их характеру. Но у нас есть более веские основания для такого предположения. Если вы внимательно изучите этот клочок, вы придете к выводу, что обладатель более твердой руки писал все свои слова первым, оставляя пропуски, которые должен был заполнить второй. Эти пропуски не всегда было достаточно большими, и вы можете видеть, что второму было трудно уместить свое «guarter» между «at» и «to», из чего следует, что эти слова были уже написаны. Человек, который написал все свои слова первым, был, безусловно, тем человеком, который планировал это преступление.

— Блестяще! — воскликнул мистер Эктон.

— Но все это очевидные вещи, — сказал Холмс. — Теперь, однако, мы подходим к одному важному пункту. Возможно, вам неизвестно, что эксперты относительно точно определяют возраст человека по его почерку. В нормальных случаях они ошибаются не больше чем на три-четыре года. Я говорю, в нормальных случаях, потому что болезнь или физическая слабость порождают признаки старости даже у юноши. В данном случае, глядя на четкое, энергичное письмо одного и на нетвердое, но все еще вполне разборчивое письмо второго, однако уже теряющее поперечные черточки, мы можем сказать, что один из них — молодой человек, а другой — уже в годах, хотя еще не дряхлый.

— Блестяще! — еще раз воскликнул мистер Эктон.

— И есть еще один момент, не такой явный и более интересный. Оба почерка имеют в себе нечто общее. Они принадлежат людям, состоящим в кровном родстве. Для нас это наиболее очевидно проявляется в том, что «а» они пишут как греческое «?», но я вижу много более мелких признаков, говорящих о том же. Для меня нет никакого сомнения в том, что в обоих образцах письма прослеживается фамильное сходство. Разумеется, вам я сообщаю только основные результаты исследования этого документа. Я сделал еще двадцать три заключения, которые интереснее экспертам, чем вам. И все они усиливали мое впечатление, что это письмо написали Каннингемы — отец и сын.

Когда я дошел до этого вывода, моим следующим шагом было изучить подробности преступления и посмотреть, не могут ли они нам помочь. Я отправился в усадьбу Каннингемов с инспектором и увидел все, что требовалось. Рана на теле убитого, как я мог установить с абсолютной уверенностью, была получена в результате револьверного выстрела, сделанного с расстояния примерно около четырех ярдов. На одежде не было никаких следов пороха. Поэтому Алек Каннингем явно солгал, сказав, что двое мужчин боролись друг с другом, когда прогремел выстрел. Далее, отец и сын одинаково показали место, где преступник выскочил на дорогу. Но в этом месте как раз проходит довольно широкая сырая канава. Поскольку в канаве не оказалось никаких следов, я твердо убедился не только в том, что Каннингемы опять солгали, но и в том, что на месте происшествия вообще не было никакого неизвестного человека.

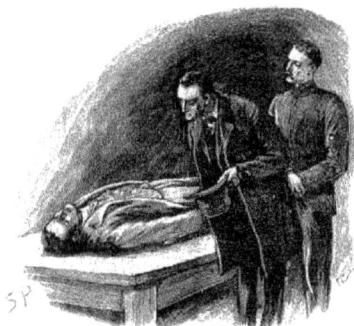

«There was no powder-blackening on the close.»

Теперь мне надо было выяснить мотив этого редкостного преступления. Чтобы добраться до него, я решил прежде всего попробовать узнать, с какой целью была совершена первая кража со взломом у мистера Эктона. Как я понял со слов полковника, между вами, мистер Эктон, и Каннингемами велась тяжба. Разумеется, мне сразу же пришло на ум, что они проникли в вашу библиотеку, чтобы заполучить какой-то документ, который играет важную роль в деле.

— Совершенно верно, — сказал мистер Эктон, — насчет их намерений не может быть никаких сомнений. У меня есть неоспоримое право на половину их имения, и если бы только им удалось выкрасть одну важную бумагу — которая, к счастью, хранится в надежном сейфе моих поверенных, — они, несомненно, выиграли бы тяжбу.

— Вот то-то и оно! — сказал Холмс, улыбаясь. — Это была отчаянная, безрассудная попытка, в которой чувствуется влияние молодого Алека. Ничего не найдя, они попытались отвести подозрение, инсценировав обычную кражу со взломом, и с этой целью унесли что попалось под руку. Все это достаточно ясно, но многое оставалось для меня по-прежнему темным. Больше всего мне хотелось найти недостающую часть записки. Я был уверен, что Алек вырвал ее из рук мертвого, и почти уверен, что он сунул ее в карман своего халата. Куда еще он мог ее деть? Вопрос заключался в том, была ли она все еще там. Стоило приложить усилия, чтобы это выяснить, и ради этого мы все пошли в усадьбу.

Каннингемы присоединились к нам, как вы, несомненно, помните, в саду, около двери, ведущей на кухню. Конечно, было чрезвычайно важно не напомнить им о существовании этого документа, иначе они уничтожили бы его немедля. Инспектор был уже готов посвятить их в то, почему мы придавали такое значение этой бумажке, как благодаря счастливейшему случаю со мной сделалось нечто вроде припадка, и я грохнулся на землю, изменив таким образом тему разговора.

— Боже правый! — воскликнул полковник, смеясь. — Вы хотите сказать, что ваш припадок был ловкий трюк и мы зря вам сочувствовали?

— С профессиональной точки зрения это проделано великолепно! — воскликнул я, с изумлением глядя на Холмса, который не переставал поражать меня все новыми проявлениями своего изобретательного ума.

— Это — искусство, которое часто может оказаться полезным, — сказал он. — Когда я пришел в себя, мне удалось с помощью не такого уж хитрого приема заставить старого Каннингема написать слово «twelve», чтобы я мог сравнить его с тем же словом, написанным на нашем клочке.

— Каким же идиотом я был! — воскликнул я.

— Я видел, какое сочувствие вызвала у вас моя слабость, — сказал Холмс, смеясь. — И мне было очень жаль огорчать вас, — ведь я знаю, как вы беспокоитесь обо мне. Затем мы все вместе отправились на второй этаж, и после того, как мы зашли в комнату младшего Каннингема и я приметил халат, висевший за дверью, я сумел отвлечь их внимание на минуту, перевернул стол и проскользнул обратно, чтобы обыскать карманы.

Но только я успел достать бумажку, которая, как я ожидал, была в одном из них, как оба Каннингема накинулись на меня и убили бы меня на месте, если бы не ваша быстрая и дружная помощь. По правде говоря, я и сейчас чувствую железную хватку этого молодого человека у себя на горле, а отец чуть не вывернул мне кисть, стараясь вырвать у меня бумажку. Они поняли, что я знаю все, и внезапный переход от абсолютной безопасности к полному отчаянию сделал их невменяемыми.

Потом у меня был небольшой разговор со старым Каннингемом по поводу мотива этого преступления. Старик вел себя смирно, зато сын — сущий дьявол, и если бы он только мог добраться до своего револьвера, он пустил бы пулю в лоб себе или кому-нибудь еще. Когда Каннингем понял, что против него имеются такие тяжкие улики, он совсем пал духом и чистосердечно во всем признался. Оказывается, Уильям тайно следовал за своими хозяевами в ту ночь, когда они совершили свой налет на дом Эктона и, приобретя таким образом над ними власть, стал вымогать у них деньги под угрозой выдать их полиции. Однако мистер Алек был слишком опасной личностью, чтобы с ним можно было вести такую игру. В панике, охватившей всю округу после кражи со взломом, он поистине гениально усмотрел возможность отделаться от человека, которого он боялся. Итак, Уильям был завлечен в ловушку и убит, и если бы только они не оставили этого клочка бумаги и внимательнее отнеслись к подробностям своей инсценировки, возможно, на них никогда бы не пало подозрение.

— А записка? — спросил я.

Шерлок Холмс развернул перед нами записку, приложив к ней оторванный уголок:

«Если вы придете без четверти двенадцать к восточному входу, то вы узнаете то, что может вас очень удивить и сослужит большую службу как вам, так и Анни Моррисон. Только об этом никто не должен знать».

— Нечто вроде этого я и ожидал найти. Конечно, мы еще не знаем, в каких отношениях были Алек Каннингем, Уильям Керван и Анни Моррисон. Результат показывает, что ловушка была подстроена искусно. Я уверен, что вам доставит удовольствие проследить родственные черты в буквах «d» и в хвостиках у буквы «g».

Отсутствие точек в написании буквы «i» у Каннингема-отца тоже очень характерно.

Уотсон, наш спокойный отдых в деревне, по-моему, удался как нельзя лучше, и я, несомненно, вернусь завтра на Бейкер-стрит со свежими силами.

☒

Горбун

Однажды летним вечером, спустя несколько месяцев после моей женитьбы, я сидел у камина и, покуривая последнюю трубку, дремал над каким-то романом — весь день я был на ногах и устал до потери сознания. Моя жена поднялась наверх, в спальню, да и прислуга уже отправилась на покой — я слышал, как запирали входную дверь. Я встал и начал было выколачивать трубку, как раздался звонок.

Я взглянул на часы. Было без четверти двенадцать. Поздновато для гостя. Я подумал, что зовут к пациенту и чего доброго придется сидеть всю ночь у его постели. С недовольной гримасой я вышел в переднюю, отворил дверь. И страшно удивился — на пороге стоял Шерлок Холмс.

— Уотсон, — сказал он, — я надеялся, что вы еще не спите.

— Рад вас видеть. Холмс.

— Вы удивлены, и не мудрено! Но, я полагаю, у вас отлегло от сердца! Гм... Вы курите все тот же табак, что и в холостяцкие времена. Ошибки быть не может: на вашем костюме пушистый пепел. И сразу видно, что вы привыкли носить военный мундир, Уотсон. Вам никогда не выдать себя за чистокровного штатского, пока вы не бросите привычки засовывать платок за обшлаг рукава. Вы меня приютите сегодня?

— С удовольствием.

— Вы говорили, что у вас есть комната для одного гостя, и, судя по вешалке для шляп, она сейчас пустует.

— Я буду рад, если вы останетесь у меня.

«I'll fill the vacant peg then.»

— Спасибо. В таком случае я повешу свою шляпу на свободный крючок. Вижу, у вас в доме побывал рабочий. Значит, что-то стряслось. Надеюсь, канализация в порядке?

— Нет, это газ…

— Ага! на вашем линолеуме остались две отметины от гвоздей его башмаков… как раз в том месте, куда падает свет. Нет, спасибо, я уже поужинал в Ватерлоо, но с удовольствием выкурю с вами трубку.

Я вручил ему свой кисет, и он, усевшись напротив, некоторое время молча курил. Я прекрасно знал, что привести его ко мне в столь поздний час могло только очень важное дело, и терпеливо ждал, когда он сам заговорит.

— Вижу, сейчас вам много приходится заниматься вашим прямым делом, — сказал он, бросив на меня проницательный взгляд.

— Да, сегодня был особенно тяжелый день, — ответил я и, подумав, добавил: — Возможно, вы сочтете это глупым, но я не понимаю, как вы об этом догадались.

Холмс усмехнулся.

— Я ведь знаю ваши привычки, мой дорогой Уотсон, — сказал он. — Когда у вас мало визитов, вы ходите пешком, а когда много, —

берете кэб. А так как я вижу, что ваши ботинки не грязные, а лишь немного запылились, то я, ни минуты не колеблясь, делаю вывод, что в настоящее время у вас работы по горло и вы ездите в кэбе.

— Превосходно! — воскликнул я.

— И совсем просто, — добавил он. — Это тот самый случай, когда можно легко поразить воображение собеседника, упускающего из виду какое-нибудь небольшое обстоятельство, на котором, однако, зиждется весь ход рассуждений. То же самое, мой дорогой Уотсон, можно сказать и о ваших рассказиках, интригующих читателя только потому, что вы намеренно умалчиваете о некоторых подробностях. Сейчас я нахожусь в положении этих самых читателей, так как держу в руках несколько нитей одного очень странного дела, объяснить которое можно, только зная все его обстоятельства. И я их узнаю, Уотсон, непременно узнаю!

Глаза его заблестели, впалые щеки слегка зарумянились. На мгновение на лице отразился огонь его беспокойной, страстной натуры. Но тут же погас. И лицо опять стало бесстрастной маской, как у индейца. О Холмсе часто говорили, что он не человек, а машина.

— В этом деле есть интересные особенности, — добавил он. — Я бы даже сказал — исключительно интересные особенности. Мне кажется, я уже близок к его раскрытию. Остается выяснить немногое. Если бы вы согласились поехать со мной, вы оказали бы мне большую услугу.

— С великим удовольствием.

— Могли бы вы отправиться завтра в Олдершот?

— Конечно. Я уверен, что Джексон не откажется посетить моих пациентов.

— Поедем поездом, который отходит от Ватерлоо в десять часов одиннадцать минут.

— Прекрасно. Я как раз успею договориться с Джексоном.

— В таком случае, если вы не очень хотите спать, я коротко расскажу вам, что случилось и что нам предстоит.

— До вашего прихода мне очень хотелось спать. А теперь сна ни в одном глазу.

— Я буду краток, но постараюсь не упустить ничего важного. Возможно, вы читали в газетах об этом происшествии. Я имею в виду предполагаемое убийство полковника Барклея из полка «Роял Мэллоуз», расквартированного в Олдершоте.

— Нет, не читал.

— Значит, оно еще не получило широкой огласки. Не успело. Полковника нашли мертвым всего два дня назад. Факты вкратце таковы.

Как вы знаете, «Роял Мэллоуз» — один из самых славных полков британской армии. Он отличился и в Крымскую кампанию и во время восстания сипаев. До прошлого понедельника им командовал Джеймс Барклей, доблестный ветеран, который начал службу рядовым солдатом, был за храбрость произведен в офицеры и в конце концов стал командиром полка, в который пришел новобранцем.

Полковник Барклей женился, будучи еще сержантом. Его жена, в девичестве мисс Нэнси Дэвой, была дочерью отставного сержанта-знаменщика, когда-то служившего в той же части. Нетрудно себе представить, что в офицерской среде молодую пару приняли не слишком благожелательно. Но они, по-видимому, быстро освоились. Насколько мне известно, миссис Барклей всегда пользовалась расположением полковых дам, а ее супруг — своих сослуживцев-офицеров. Я могу еще добавить, что она была очень красива, и даже теперь, через тридцать лет, она все еще очень привлекательна.

Полковник Барклей бы, по-видимому, всегда счастлив в семейной жизни. Майор Мерфи, которому я обязан большей частью своих сведений, уверяет меня, что он никогда не слышал ни о каких размолвках этой четы. Но, в общем, он считает, что Барклей любил свою жену больше, чем она его. Расставаясь с ней даже на один день, он очень тосковал. Она же, хотя и была нежной и преданной женой, относилась к нему более ровно. В полку их считали образцовой парой.

В их отношениях не было ничего такого, что могло бы хоть отдаленно намекнуть на возможность трагедии.

Характер у полковника Барклея был весьма своеобразный. Обычно веселый и общительный, этот старый служака временами становился вспыльчивым и злопамятным. Однако эта черта его характера, по-видимому, никогда не проявлялась по отношению к жене. Майора Мерфи и других трех офицеров из пяти, с которыми я беседовал, поражало угнетенное состояние, порой овладевавшее полковником. Как выразился майор, средь шумной и веселой застольной беседы нередко будто чья-то невидимая рука вдруг стирала улыбку с его губ. Когда на него находило, он помногу дней пребывал в сквернейшем настроении. Была у него в характере еще одна странность, замеченная сослуживцами, — он боялся оставаться один, и особенно в темноте. Эта ребяческая черта у человека, несомненно обладавшего мужественным характером, вызывала толки и всякого рода догадки.

Первый батальон полка «Роял Мэллоуз» квартировал уже несколько лет в Олдершоте. Женатые офицеры жили не в казармах, и полковник все это время занимал виллу Лэчайн, находящуюся примерно в полумиле от Северного лагеря. Дом стоит в глубине сада, но его западная сторона всего ярдах в тридцати от дороги. Прислуга в доме — кучер, горничная и кухарка. Только они да их господин с госпожой жили в Лэчайн. Детей у Барклеев не было, а гости у них останавливались нечасто.

А теперь я расскажу о событиях, которые произошли в Лэчайн в этот понедельник между девятью и десятью часами вечера.

Миссис Барклей была, как оказалось, католичка и принимала горячее участие в деятельности благотворительного общества «Сент-Джордж», основанного при церкви на Уот-стрит, которое собирало и раздавало беднякам поношенную одежду. Заседание общества было назначено в тот день на восемь часов вечера, и миссис Барклей пообедала наскоро, чтобы не опоздать. Выходя из дому, она, по словам кучера, перекинулась с мужем несколькими ничего не значащими словами и обещала долго не задерживаться. Потом она зашла за мисс Моррисон, молодой женщиной, жившей в соседней вилле, и они вместе отправились на заседание, которое продолжалось минут сорок. В четверть десятого миссис Барклей вернулась домой, расставшись с мисс Моррисон у дверей виллы, в которой та жила.

Гостиная виллы Лэчайн обращена к дороге, и ее большая стеклянная дверь выходит на газон, имеющий в ширину ярдов тридцать и отделенный от дороги невысокой железной оградой на каменном основании. Вернувшись, миссис Барклей прошла именно в эту комнату. Шторы не были опущены, так как в ней редко сидят по вечерам, но миссис Барклей сама зажгла лампу, а затем позвонила и попросила горничную Джейн Стюарт принести ей чашку чаю, что было совершенно не в ее привычках. Полковник был в столовой; услышав, что жена вернулась, он потел к ней. Кучер видел, как он, миновав холл, вошел в комнату. Больше его в живых не видели.

Минут десять спустя чай был готов, и горничная понесла его в гостиную. Подойдя к двери, она с удивлением услышала гневные голоса хозяина и хозяйки. Она постучала, но никто не откликнулся. Тогда она повернула ручку, однако дверь оказалась запертой изнутри. Горничная, разумеется, побежала за кухаркой. Обе женщины, позвав кучера, поднялись в холл и стали слушать. Ссора продолжалась. За дверью, как показывают все трое, раздавались только два голоса — Барклея и его жены. Барклей говорил тихо и отрывисто, так что ничего нельзя было разобрать. Хозяйка же очень гневалась, и, когда повышала голос, слышно ее было хорошо. «Вы трус! — повторяла она снова и снова. — Что же теперь делать? Верните мне жизнь. Я не могу больше дышать с вами одним воздухом! Вы трус, трус!» Вдруг послышался страшный крик, это кричал хозяин, потом грохот и, наконец, душераздирающий вопль хозяйки. Уверенный, что случилась беда, кучер бросился к двери, за которой не утихали рыдания, и попытался высадить ее. Дверь не поддавалась. Служанки от страха совсем потеряли голову, и помощи от них не было никакой. Кучер вдруг сообразил, что в гостиной есть вторая дверь, выходящая в сад. Он бросился из дому. Одна из створок двери были открыта — дело обычное по летнему времени, — и кучер в мгновение ока очутился в комнате. На софе без чувств лежала его госпожа, а рядом с задранными на кресло ногами, с головой в луже крови на полу у каминной решетки распростерлось тело хозяина. Несчастный полковник был мертв.

«*The coachman rushed to the door.*»

Увидев, что хозяину уже ничем не поможешь, кучер решил первым делом отпереть дверь в холл. Но тут перед ним возникло странное и неожиданное препятствие. Ключа в двери не было. Его вообще не было нигде в комнате. Тогда кучер вышел через наружную дверь и отправился за полицейским и врачом. Госпожу, на которую, разумеется, прежде всего пало подозрение, в бессознательном состоянии отнесли в ее спальню. Тело полковника положили на софу, а место происшествия тщательно осмотрели.

На затылке каким-то тупым орудием. Каким — догадаться было нетрудно. На полу, рядом с трупом, валялась необычного вида дубинка, вырезанная из твердого дерева, с костяной ручкой. У полковника была коллекция всевозможного оружия, вывезенного из разных стран, где ему приходилось воевать, и полицейские высказали предположение, что дубинка принадлежит к числу его трофеев. Однако слуги утверждают, что прежде они этой дубинки не видели. Но так как в доме полно всяких диковинных вещей, то возможно, что они проглядели одну из них. Ничего больше полицейским обнаружить в комнате не удалось. Неизвестно было, куда девался ключ: ни в комнате, ни у миссис Барклей, ни у ее несчастного супруга его не нашли. Дверь в конце концов пришлось открывать местному слесарю.

Таково было положение вещей, Уотсон, когда во вторник утром по просьбе майора Мерфи я отправился в Олдершот, чтобы помочь полиции. Думаю, вы согласитесь со мной, что дело уже было весьма интересное, но, ознакомившись с ним подробнее, я увидел, что оно представляет исключительный интерес.

Перед тем, как осмотреть комнату, я допросил слуг, но ничего нового от них не узнал. Только горничная Джейн Стюарт припомнила одну важную подробность. Услышав, что господа ссорятся, она пошла за кухаркой и кучером, если вы помните. Хозяин и хозяйка говорили очень тихо, так что о ссоре она догадалась скорее по их раздраженному тону, чем по тому, что они говорили. Но благодаря моей настойчивости она все-таки вспомнила одно слово из разговора хозяев: миссис Барклей дважды произнесла имя «Давид». Это очень важное обстоятельство — оно дает нам ключ к пониманию причины ссоры. Ведь полковника, как вы знаете, звали Джеймс.

В деле есть также обстоятельство, которое произвело сильнейшее впечатление и на слуг, и на полицейских. Лицо полковника исказил смертельный страх. Гримаса была так ужасна, что мороз продирал по коже. Было ясно, что полковник видел свою судьбу, и это повергло его в неописуемый ужас. Это, в общем, вполне вязалось с версией полиции о виновности жены, если, конечно, допустить, что полковник видел, кто наносит ему удар. А тот факт, что рана оказалась на затылке, легко объяснили тем, что полковник пытался увернуться. Миссис Барклей ничего объяснить не могла: после пережитого потрясения она находилась в состоянии временного беспамятства, вызванного нервной лихорадкой.

От полицейских я узнал еще, что мисс Моррисон, которая, как вы помните, возвращалась в тот вечер домой вместе с миссис Барклей, заявила, что ничего не знает о причине плохого настроения своей приятельницы.

Узнав все это, Уотсон, я выкурил несколько трубок подряд, пытаясь понять, что же главное в этом нагромождении фактов. Прежде всего бросается в глаза странное исчезновение дверного ключа. Самые тщательные поиски в комнате оказались безрезультатными. Значит, нужно предположить, что его унесли. Но ни полковник, ни его супруга не могли этого сделать. Это ясно. Значит, в комнате был кто-то третий. И этот третий мог проникнуть внутрь только через стеклянную дверь. Я сделал вывод, что тщательное обследование комнаты и газона могло бы обнаружить какие-нибудь следы этого таинственного незнакомца. Вы знаете мои методы, Уотсон. Я применил их все и нашел следы, но совсем не те, что ожидал. В комнате действительно был третий — он пересек газон со стороны дороги. Я обнаружил пять отчетливых следов его обуви — один на самой дороге, в том месте, где он перелезал через невысокую ограду, два на газоне и два, очень слабых, на крашеных ступенях лестницы, ведущей к двери, в которую он вошел. По газону он, по всей видимости, бежал, потому что отпечатки носков гораздо более глубокие, чем отпечатки каблуков. Но поразил меня не столько этот человек, сколько его спутник.

— Спутник?

Холмс достал из кармана большой лист папиросной бумаги и тщательно расправил его на колене.

— Как вы думаете, что это такое? — спросил он.

«What do you made off that?»

На бумаге были следы лап какого-то маленького животного. Хорошо заметны были отпечатки пяти пальцев и отметины, сделанные длинными когтями. Каждый след достигал размеров десертной ложки.

— Это собака, — сказал я.

— А вы когда-нибудь слышали, чтобы собака взбиралась вверх по портьерам? Это существо оставило следы и на портьере.

— Тогда обезьяна?

— Но это не обезьяньи следы.

— В таком случае, что бы это могло быть?

— Ни собака, ни кошка, ни обезьяна, ни какое бы то ни было другое известное вам животное! Я пытался представить себе его размеры. Вот видите, расстояние от передних лап до задних не менее пятнадцати дюймов. Добавьте к этому длину шеи и головы — и вы получите зверька длиной около двух футов, а возможно, и больше, если у него есть хвост. Теперь взгляните вот на эти следы. Они дают нам длину его шага, которая, как видите, постоянна и составляет всего три дюйма. А это значит, что у зверька длинное тело и очень короткие лапы. К сожалению, он не позаботился оставить нам где-нибудь хотя бы один волосок. Но, в общем, его внешний вид ясен, он может лазать по портьерам. И, кроме того, наш таинственный зверь — существо плотоядное.

— А это почему?

— А потому, что над дверью, занавешенной портьерой, висит клетка с канарейкой. И зверек, конечно, взобрался по шторе вверх, рассчитывая на добычу.

— Какой же это все-таки зверь?

— Если бы я это знал, дело было бы почти раскрыто. Я думаю, что этот зверек из семейства ласок или горностаев. Но, если память не изменяет мне, он больше и ласки и горностая.

— А в чем заключается его участие в этом деле?

— Пока не могу сказать. Но согласитесь, нам уже многое известно. Мы знаем, во-первых, что какой-то человек стоял на дороге и наблюдал за ссорой Барклеев: ведь шторы были подняты, а комната освещена. Мы знаем также, что он перебежал через газон в сопровождении какого-то странного зверька и либо ударил полковника, либо, тоже вероятно, полковник, увидев нежданного гостя, так испугался, что лишился чувств и упал, ударившись затылком об угол каминной решетки. И, наконец, мы знаем еще одну интересную деталь: незнакомец, побывавший в этой комнате, унес с собой ключ.

— Но ваши наблюдения и выводы, кажется, еще больше запутали дело, — заметил я.

— Совершенно верно. Но они с несомненностью показали, что первоначальные предположения неосновательны. Я продумал все снова и пришел к заключению, что должен рассмотреть это дело с иной точки зрения. Впрочем, Уотсон, вам давно уже пора спать, а все остальное я могу с таким же успехом рассказать вам завтра по пути в Олдершот.

— Покорно благодарю, вы остановились на самом интересном месте.

— Ясно, что когда миссис Барклей уходила в половине восьмого из дому, она не была сердита на мужа. Кажется, я упоминал, что она никогда не питала к нему особенно нежных чувств, но кучер слышал, как она, уходя, вполне дружелюбно болтала с ним. Вернувшись же, она тотчас пошла в комнату, где меньше всего надеялась застать супруга, и попросила чаю, что говорит о расстроенных чувствах. А когда в гостиную вошел полковник, разразилась буря. Следовательно, между половиной восьмого и девятью часами случилось что-то такое, что совершенно переменило ее отношение к нему. Но в течение всего этого времени с нею неотлучно была мисс Моррисон, из чего следует, что мисс Моррисон должна что-то знать, хотя она и отрицает это.

Сначала я предположил, что у молодой женщины были с полковником какие-то отношения, в которых она и призналась его жене. Это объясняло, с одной стороны, почему миссис Барклей вернулась домой разгневанная, а с другой — почему мисс Моррисон отрицает, что ей что-то известно. Это соображение подкреплялось и словами миссис Барклей, сказанными во время ссоры. Но тогда при чем здесь какой-то Давид? Кроме того, полковник любил свою жену, и трудно было предположить существование другой женщины. Да и трагическое появление на сцене еще одного мужчины вряд ли имеет связь с предполагаемым признанием мисс Моррисон. Нелегко было выбрать верное направление. В конце концов я отверг предположение, что между полковником и мисс Моррисон что-то было. Но убеждение, что девушка знает причину внезапной ненависти миссис Барклей к мужу, стало еще сильнее. Тогда я решил пойти прямо к мисс Моррисон и сказать ей, что я не сомневаюсь в ее осведомленности и что ее молчание может дорого обойтись миссис Барклей, которой наверняка предъявят обвинение в убийстве.

Мисс Моррисон оказалась воздушным созданием с белокурыми волосами и застенчивым взглядом, но ей ни в коем случае нельзя было отказать ни в уме, ни в здравом смысле. Выслушав меня, она задумалась, потом повернулась ко мне с решительным видом и сказала мне следующие замечательные слова.

— Я дала миссис Барклей слово никому ничего не говорить. А слово надо держать, — сказала она. — Но, если я могу ей помочь, когда против нее выдвигается такое серьезное обвинение, а она сама, бедняжка, не способна защитить себя из-за болезни, то, я думаю, мне будет простительно нарушить обещание. Я расскажу вам абсолютно все, что случилось с нами в понедельник вечером.

Мы возвращались из церкви на Уот-стрит примерно без четверти девять. Надо было идти по очень пустынной улочке Хадсон-стрит. Там на левой стороне горит всего один фонарь, и, когда мы приближались к нему, я увидела сильно сгорбленного мужчину, который шел нам навстречу с каким-то ящиком, висевшим через плечо. Это был калека, весь скрюченный, с кривыми ногами. Мы поравнялись с ним как раз в том месте, где от фонаря падал свет. Он поднял голову, посмотрел на нас, остановился как вкопанный и закричал душераздирающим голосом: «О, Боже, ведь это же Нэнси!» Миссис Барклей побелела как мел и упала бы, если бы это ужасное существо не подхватило ее. Я уже было хотела позвать полицейского, но, к моему удивлению, они заговорили вполне мирно.

«It's Nancy!»

«Я была уверена, Генри, все эти тридцать лет, что тебя нет в живых», — сказала миссис Барклей дрожащим голосом.

«Так оно и есть».

Эти слова были сказаны таким тоном, что у меня сжалось сердце. У несчастного было очень смуглое и сморщенное, как печеное яблоко, лицо, совсем седые волосы и бакенбарды, а сверкающие его глаза до сих пор преследуют меня по ночам.

«Иди домой, дорогая, я тебя догоню, — сказала миссис Барклей. — Мне надо поговорить с этим человеком наедине. Бояться нечего».

Она бодрилась, но по-прежнему была смертельно бледна, и губы у нее дрожали.

Я пошла вперед, а они остались. Говорили они всего несколько минут. Скоро миссис Барклей догнала меня, глаза ее горели. Я обернулась: несчастный калека стоял под фонарем и яростно потрясал сжатыми кулаками, точно он потерял рассудок. До самого моего дома она не произнесла ни слова и только у калитки взяла меня за руку и стала умолять никому не говорить о встрече.

«Это мой старый знакомый. Ему очень не повезло в жизни», — сказала она.

Я пообещала ей, что не скажу никому ни слова, тогда она поцеловала меня и ушла. С тех пор мы с ней больше не виделись. Я рассказала вам всю правду, и если я скрыла ее от полиции, так только потому, что не понимала, какая опасность грозит миссис Барклей. Теперь я вижу, что ей можно помочь, только рассказав все без утайки.

Вот что я узнал он мисс Моррисон. Как вы понимаете, Уотсон, ее рассказ был для меня лучом света во мраке ночи. Все прежде разрозненные факты стали на свои места, и я уже смутно предугадывал истинный ход событий. Было очевидно, что я должен немедленно разыскать человека, появление которого так потрясло миссис Барклей. Если он все еще в Олдершоте, то сделать это было бы нетрудно. Там живет не так уж много штатских, а калека, конечно, привлекает к себе внимание. Я потратил на поиски день и к вечеру нашел его. Это Генри Вуд. Он снимает квартиру на той самой улице, где его встретили дамы. Живет он там всего пятый день. Под видом служащего регистратуры я зашел к его квартирной хозяйке, и та выболтала мне весьма интересные сведения. По профессии этот человек — фокусник; по вечерам он обходит солдатские кабачки и дает в каждом небольшое представление. Он носит с собой в ящике какое-то животное. Хозяйка очень боится его, потому что никогда не видела подобного существа. По ее словам, это животное участвует в некоторых его трюках. Вот и все, что удалось узнать у хозяйки, которая еще добавила, что удивляется, как он, такой изуродованный, вообще живет на свете, и что по ночам он говорит иногда на каком-то незнакомом языке, а две последние ночи — она слышала — он стонал и рыдал у себя в спальне. Что же касается денег, то они у него водятся, хотя в задаток он дал ей, похоже, фальшивую монету. Она показала мне монету, Уотсон. Это была индийская рупия.

Итак, мой дорогой друг, вы теперь точно знаете, как обстоит дело и почему я просил вас поехать со мной. Очевидно, что после того, как дамы расстались с этим человеком, он пошел за ними следом, что он наблюдал за ссорой между мужем и женой через стеклянную дверь, что он ворвался в комнату и что животное, которое он носит с собой в ящике, каким-то образом очутилось на свободе. Все это не вызывает сомнений. Но самое главное — он единственный человек на свете, который может рассказать нам, что же, собственно, произошло в комнате.

— И вы собираетесь расспросить его?

— Безусловно... но в присутствии свидетеля.

— И этот свидетель я?

— Если вы будете так любезны. Если он все откровенно расскажет, то и хорошо. Если же нет, нам ничего не останется, как требовать его ареста.

— Но почему вы думаете, что он будет еще там, когда мы приедем?

— Можете быть уверены, я принял некоторые меры предосторожности. Возле его дома стоит на часах один из моих мальчишек с Бейкер-стрит. Он вцепился в него, как клещ, и будет следовать за ним, куда бы он не пошел. Так что мы встретимся с ним завтра на Хадсон-стрит, Уотсон. Ну, а теперь... С моей стороны было бы преступлением, если бы я сейчас же не отправил вас спать.

Мы прибыли в городок, где разыгралась трагедия, ровно в полдень, и Шерлок Холмс сразу же повел меня на Хадсон-стрит. Несмотря на его умение скрывать свои чувства, было заметно, что он едва сдерживает волнение, да и сам я испытывал полуспортивный азарт, то захватывающее любопытство, которое я всегда испытывал, участвуя в расследованиях Холмса.

— Это здесь, — сказал он, свернув на короткую улицу, застроенную простыми двухэтажными кирпичными домами. — А вот и Симпсон. Послушаем, что он скажет.

— Он в доме, мистер Холмс! — крикнул, подбежав к нам, мальчишка.

— Прекрасно, Симпсон! — сказал Холмс и погладил его по голове. — Пойдемте, Уотсон. Вот этот дом.

Он послал свою визитную карточку с просьбой принять его по важному делу, и немного спустя мы уже стояли лицом к лицу с тем самым человеком, ради которого приехали сюда. Несмотря на теплую погоду, он льнул к пылавшему камину, а в маленькой комнате было жарко, как в духовке. Весь скрюченный, сгорбленный человек этот сидел на стуле в невообразимой позе, не оставляющей сомнения, что перед нами калека. Но его лицо, обращенное к нам, хотя и было изможденным и загорелым до черноты, носило следы красоты замечательной. Он подозрительно посмотрел на нас желтоватыми, говорящими о больной печени, глазами и, молча, не вставая, показал рукой на два стула.

«Mr. Henry Wood, I believe!»

— Я полагаю, что имею дело с Генри Вудом, недавно прибывшим из Индии? — вежливо осведомился Холмс. — Я пришел по небольшому делу, связанному со смертью полковника Барклея.

— А какое я имею к этому отношение?

— Вот это я и должен установить. Я полагаю, вы знаете, что если истина не откроется, то миссис Барклей, ваш старый друг, предстанет перед судом по обвинению в убийстве?

Человек вздрогнул.

— Я не знаю, кто вы, — закричал он, — и как вам удалось узнать то, что вы знаете, но клянетесь ли вы, что сказали правду?

— Конечно. Ее хотят арестовать, как только к ней вернется разум.

— Господи! А вы сами из полиции?

— Нет.

— Тогда какое же вам дело до всего этого?

— Стараться, чтобы свершилось правосудие, — долг каждого человека.

— Я даю вам слово, что она невиновна.

— В таком случае виновны вы.

— Нет, и я невиновен.

— Тогда кто же убил полковника Барклея?

— Он пал жертвой самого провидения. Но знайте же: если бы я вышиб ему мозги, что, в сущности, я мечтал сделать, то он только получил бы по заслугам. Если бы его не поразил удар от сознания собственной вины, весьма возможно, я бы сам обагрил руки его кровью. Хотите, чтобы я рассказал вам, как все было? А почему бы и не рассказать? Мне стыдиться нечего.

Дело было так, сэр. Вы видите, спина у меня сейчас горбатая, как у верблюда, а ребра все срослись вкривь и вкось, но было время, когда капрал Генри Вуд считался одним из первых красавцев в сто семнадцатом пехотном полку. Мы тогда были в Индии, стояли лагерем возле городка Бзарти. Барклей, который умер на днях, был сержантом в той роте, где служил я, а первой красавицей полка… да и вообще самой чудесной девушкой на свете была Нэнси Дэвой, дочь сержанта-знаменщика. Двое любили ее, а она любила одного; вы улыбнетесь, взглянув на несчастного калеку, скрючившегося у камина, который говорит, что когда-то он был любим за красоту. Но, хотя я и покорил ее сердце, отец хотел, чтобы она вышла замуж за Берклея. Я был ветреный малый, отчаянная голова, а он имел образование и уже был намечен к производству в офицеры. Но Нэнси была верна мне, и мы уже думали пожениться, как вдруг вспыхнул бунт и страна превратилась в ад кромешный.

Нас осадили в Бхарти — наш полк, полубатарею артиллерии, роту сикхов и множество женщин и всяких гражданских. Десять тысяч бунтовщиков стремились добраться до нас с жадностью своры терьеров, окруживших клетку с крысами. Примерно на вторую неделю осады у нас кончилась вода, и было сомнительно, чтобы мы могли снестись с колонной генерала Нилла, которая отступила в глубь страны. В этом было наше единственное спасение, так как надежды пробиться со всеми женщинами и детьми не было никакой. Тогда я вызвался пробраться сквозь осаду и известить генерала Нилла о нашем бедственном положении. Мое предложение было принято; я посоветовался с сержантом Барклеем, который, как считалось, лучше всех знал местность, и он объяснил мне, как лучше пробраться через линии бунтовщиков. В тот же вечер, в десять часов, я отправился в путь. Мне предстояло спасти тысячи жизней, но в тот вечер я думал только об одной.

Мой путь лежал по руслу пересохшей реки, которое, как мы надеялись, скроет меня от часовых противника, но только я ползком одолел первый поворот, как наткнулся на шестерых бунтовщиков, которые, притаившись в темноте, поджидали меня. В то же мгновение удар по голове оглушил меня. Очнулся я у врагов, связанный по рукам и ногам. И тут я получил смертельный удар в самое сердце: прислушавшись к разговору врагов, я понял, что мой товарищ, тот самый, что помог мне выбрать путь через вражеские позиции, предал меня, известив противника через своего слугу-туземца.

«I walked right into six of them.»

Стоит ли говорить, что было дальше? Теперь вы знаете, на что был способен Джеймс Барклей. На следующий день подоспел на выручку генерал Нилл, и осада была снята, но, отступая, бунтовщики захватили меня с собой. И прошло много-много лет, прежде чем я снова увидел белые лица. Меня пытали, я бежал, меня поймали и снова пытали. Вы видите, что они со мной сделали. Потом бунтовщики бежали в Непал и меня потащили с собой. В конце концов я очутился в горах за Дарджилингом. Но горцы перебили бунтовщиков, и я стал пленником горцев, покуда не бежал. Путь оттуда был только один — на север. И я оказался у афганцев. Там я бродил много лет и в конце концов вернулся в Пенджаб, где жил по большей части среди туземцев и зарабатывал на хлеб, показывая фокусы, которым я к тому времени научился. Зачем было мне, жалкому калеке, возвращаться в Англию и искать старых товарищей? Даже жажда мести не могла заставить меня решиться на этот шаг. Я предпочитал, чтобы Нэнси и мои старые друзья думали, что Генри Вуд умер с прямой спиной, я не хотел предстать перед ними похожим на обезьяну. Они не сомневались, что я умер, и мне хотелось, чтобы они так и думали. Я слышал, что Барклей женился на Нэнси и что он сделал блестящую карьеру в полку, но даже это не могло вынудить меня заговорить.

Но когда приходит старость, человек начинает тосковать по родине. Долгие годы я мечтал о ярких зеленых полях и живых изгородях Англии. И я решил перед смертью повидать их еще раз. Я скопил на дорогу денег и вот поселился здесь, среди солдат, — я знаю, что им надо, знаю, чем их позабавить, и заработанного вполне хватает мне на жизнь.

— Ваш рассказ очень интересен, — сказал Шерлок Холмс. — О вашей встрече с миссис Барклей и о том, что вы узнали друг друга, я уже слышал. Как я могу судить, поговорив с миссис Барклей, вы пошли за ней следом и стали свидетелем ссоры между женой и мужем. В тот вечер миссис Барклей бросила в лицо мужу обвинение в совершенной когда-то подлости. Целая буря чувств вскипела в вашем сердце, вы не выдержали, бросились к дому и ворвались в комнату...

— Да, сэр, все именно так и было. Когда он увидел меня, лицо у него исказилось до неузнаваемости. Он покачнулся и тут же упал на спину, ударившись затылком о каминную решетку. Но он умер не от удара, смерть поразила его сразу, как только он увидел меня. Я это прочел на его лице так же просто, как читаю сейчас вон ту надпись над камином. Мое появление было для него выстрелом в сердце.

— А потом?

— Нэнси потеряла сознание, я взял у нее из руки ключ, думая отпереть дверь и позвать на помощь. Вложив ключ в скважину, я вдруг сообразил, что, пожалуй, лучше оставить все как есть и уйти, ведь дело очень легко может обернуться против меня. И уж, во всяком случае, секрет мой, если бы меня арестовали, стал бы известен всем.

В спешке я опустил ключ в карман, а ловя Тедди, который успел взобраться на портьеру, потерял палку. Сунув его в ящик, откуда он каким-то образом улизнул, я бросился вон из этого дома со всей быстротой, на какую были способны мои ноги.

— Кто этот Тедди? — спросил Холмс.

Горбун наклонился и выдвинул переднюю стенку ящика, стоявшего в углу. Тотчас из него показался красивый красновато-коричневый зверек, тонкий и гибкий, с лапками горностая, с длинным, тонким носом и парой самых прелестных глазок, какие я только видел у животных.

— Это же мангуста! — воскликнул я.

— Да, — кивнув головой, сказал горбун. — Одни называют его мангустом, а другие фараоновой мышью. Змеелов — вот как зову его я. Тедди замечательно быстро расправляется с кобрами. У меня здесь есть одна, у которой вырваны ядовитые зубы. Тедди ловит ее каждый вечер, забавляя солдат. Есть еще вопросы, сэр?

— Ну что ж, возможно, мы еще обратимся к вам, но только в том случае, если миссис Барклей придется действительно туго.

— Я всегда к вашим услугам.

— Если же нет, то вряд ли стоит ворошить прошлую жизнь покойного, как бы отвратителен ни был его поступок. У вас по крайней мере есть то удовлетворение, что он тридцать лет мучился угрызениями совести. А это, кажется, майор Мерфи идет по той стороне улицы? До свидания, Вуд. Хочу узнать, нет ли каких новостей со вчерашнего дня.

Мы догнали майора, прежде чем он успел завернуть за угол.

— А, Холмс, — сказал он. — Вы уже, вероятно, слышали, что весь переполох кончился ничем.

— Да? Но что же все-таки выяснилось?

— Медицинская экспертиза показала, что смерть наступила от апоплексии. Как видите, дело оказалось самое простое.

— Да, проще не может быть, — сказал, улыбаясь, Холмс. — Пойдем, Уотсон, домой. Не думаю, чтобы наши услуги еще были нужны в Олдершоте.

«It was quite a simple case after all.»

— Но вот что странно, — сказал я по дороге на станцию. — Если мужа звали Джеймсом, а того несчастного — Генри, то при чем здесь Давид?

— Мой дорогой Уотсон, одно это имя должно было бы раскрыть мне глаза, будь я тем идеальным логиком, каким вы любите меня описывать. Это слово было брошено в упрек.

— В упрек?

— Да. Как вам известно, библейский Давид[1] то и дело сбивался с пути истинного и однажды забрел туда же, куда и сержант Джеймс Барклей. Помните то небольшое дельце с Урией и Вирсавией? Боюсь, я изрядно подзабыл Библию, но, если мне не изменяет память, вы его найдете в первой или второй книге Царств.

✍

---

[1] Согласно библейской легенде, израильско-иудейский царь Давид, чтобы взять себе в жены Вирсавию — жену военачальника Урии, послал его на верную смерть при осаде города Раввы.

Постоянный пациент

Просматривая довольно непоследовательные записки, коими я пытался проиллюстрировать особенности мышления моего друга мистера Шерлока Холмса, я вдруг обратил внимание на то, как трудно было подобрать примеры, которые всесторонне отвечали бы моим целям. Ведь в тех случаях, когда Холмс совершил tour de force[1] аналитического мышления и демонстрировал значение своих особых методов расследования, сами факты часто бывали столь незначительны и заурядны, что я не считал себя вправе опубликовывать их. С другой стороны, нередко случалось, что он занимался расследованиями некоторых дел, имевших по своей сути выдающийся и драматический характер, не роль Холмса в их раскрытии была менее значительная, чем это хотелось бы мне, его биографу. Небольшое дело, которое я описал под заглавием «Этюд в багровых тонах», и еще одно, более позднее, связанное с исчезновением «Глории Скотт», могут послужить примером тех самых сцилл и харибд, которые извечно угрожают историку. Быть может, роль, сыгранная моим другом в деле, к описанию которого я собираюсь приступить, и не очень видна, но все же обстоятельства дела настолько значительны, что я не могу позволить себе исключить его из своих записок.

Был душный пасмурный октябрьский день, к вечеру, однако, повеяло прохладой.

— А что, если нам побродить по Лондону, Уотсон? — сказал мой друг.

Сидеть в нашей маленькой гостиной было невмоготу, и я охотно согласился. Мы гуляли часа три по Флит-стрит и Стрэнду, наблюдая

---

[1] подвиг (фр.)

за калейдоскопом уличных сценок. Беседа с Холмсом, как всегда очень наблюдательным и щедрым на остроумные замечания, была захватывающе интересна.

We strolled about together.

Мы вернулись на Бейкер-стрит часов в десять. У подъезда стоял экипаж.

— Гм! Экипаж врача... — сказал Холмс. — Практикует не очень давно, но уже имеет много пациентов. Полагаю, приехал просить нашего совета! Как хорошо, что мы вернулись!

Я был достаточно сведущ в дедуктивном методе Холмса, чтобы проследить ход его мыслей. Стоило ему заглянуть в плетеную сумку, висевшую в экипаже и освещенную уличным фонарем, как по характеру и состоянию медицинских инструментов он мгновенно сделал вывод, чей это экипаж. А свет в окне одной из наших комнат во втором этаже говорил о том, что этот поздний гость приехал именно к нам. Мне было любопытно, что бы это могло привести моего собрата-медика в столь поздний час, и я проследовал за Холмсом в наш кабинет.

Когда мы вошли, со стула у камина поднялся бледный узколицый человек с рыжеватыми бакенбардами. Ему было не больше тридцати трех-тридцати четырех лет, но выглядел он старше. Судя по ему унылому лицу землистого оттенка, жизнь не баловала его. Как и все легкоранимые люди, он был и порывист и застенчив, а его худая белая рука, которой он, вставая, взялся за каминную доску, казалась скорей рукой художника, а не хирурга. Одежда на нем была спокойных тонов: черный сюртук, темные брюки, цветной, но скромный галстук.

— Добрый вечер, доктор, — любезно сказал Холмс. — Рад, что вам пришлось ждать лишь несколько минут.

— Вы что же, говорили с моим кучером?

— Нет, я определил это по свече, которая стоит на столике. Пожалуйста, садитесь и расскажите, чем могу служить.

— Я доктор Перси Тревельян, — сказал наш гость. — Я живу в доме номер четыреста три, по Брук-стрит.

— Не вы ли автор монографии о редких нервных болезнях? — спросил я.

Когда он услышал, что я знаком с его книгой, бледные его щеки порозовели от удовольствия.

— На эту работу так редко ссылаются, что я уже совсем похоронил ее, — сказал он. Мои издатели говорили мне, что она раскупается убийственно плохо. А вы сами, я полагаю, тоже врач?

— Военный хирург в отставке.

— Я всегда увлекался нервными заболеваниями и хотел бы специализироваться на них, но приходится довольствоваться тем, что есть. Впрочем, мистер Шерлок Холмс, это не относится к делу, и я вполне понимаю, что у вас каждая минута на счету. С некоторых пор у меня в доме на Брук-стрит происходят очень странные вещи, а сегодня вечером дело приняло такой оборот, что я больше не мог ждать ни часа и принужден был приехать к вам, чтобы просить вашего совета и помощи.

Шерлок Холмс сел и раскурил трубку.

— Располагайте мною, — сказал он. — Расскажите подробно, что вас встревожило.

— Сущие пустяки, — сказал доктор Тревельян, — я мне даже стыдно говорить о них. Однако они привели меня в растерянность, а последнее происшествие таково, что я лучше расскажу вам все по порядку, и вы уже сами решите, что существенно, а что нет.

Придется начать с того, как я учился. Видите ли, я закончил Лондонский университет, и не думайте, что я пою себе дифирамбы, но мои профессора возлагали на меня большие надежды. По окончании университета я не бросил исследовательской работы и остался на небольшой должности в клинике при Королевском колледже. Мне посчастливилось привлечь внимание к своей работе о редких случаях каталепсии и в конце концов получить премию Брюса Пинкертона и медаль за свою монографию о нервных болезнях, только что упомянутую вашим другом. Скажу, не преувеличивая, что в то время мне все прочили блестящую будущность.

У меня было одно препятствие: я был беден. Меня нетрудно понять — врачу-специалисту, который метит высоко, надо начинать свою карьеру на одной из улиц, примыкающих к Кавендиш-сквер, где снять и обставить квартиру стоит безумных денег. Не говоря уже об этих издержках, надо еще как-то жить в течение нескольких лет и при этом держать приличный выезд. Все это было мне не по карману, и я решил вести экономную жизнь и копить деньги, чтобы лет через десять можно было заняться частной практикой. И вдруг мне помог случай.

Однажды утром ко мне в комнату ввалился совершенно незнакомый человек, некий господин Блессингтон, и с ходу приступил к делу.

«Вы тот самый Перси Тревельян, который за выдающиеся успехи недавно получил премию?» — спросил он.

Я поклонился.

«Отвечайте мне прямо, — продолжал он, — так как это в ваших же интересах. Чтобы иметь успех, ума у вас хватит. А вот как насчет такта?»

Услышав этот неожиданный вопрос, я не мог не улыбнуться.

«Наверно, я не лишен этого достоинства».

«У вас есть какие-нибудь дурные привычки? Вы выпиваете, а?»

«Да что вы в самом деле, сэр!» — воскликнул я.

«Ладно, ладно! Тогда все в порядке. Но я был обязан спросить. Как же вы с такой головой и не у дел?»

Я пожал плечами.

«Да, ну же! — сказал он со свойственной ему живостью. — Старая история. В голове у вас больше, чем в кармане, а? А чтобы вы сказали, если бы для начала я помог вам обосноваться на Брук-стрит?»

«I stared at him in astonishment.»

Я смотрел на него в изумлении.

«О, это я ради собственной выгоды, не вашей, — сказал он. — Сказать откровенно, — если это подойдет вам, то обо мне и говорить нечего. Видите ли, у меня есть несколько лишних тысяч, и я думаю вложить этот капитал в вас».

«Но почему?» — едва мог вымолвить я.

«Ну, это такое же прибыльное дело, как и всякое другое, только более безопасное».

«И что я должен делать?»

«Сейчас объясню. Я сниму дом, обставлю его, буду платить слугам… Словом, заправлять всем. Вам остается только просиживать штаны в кабинете. Я дам вам денег на мелкие расходы и все прочее. Вы будете отдавать мне три четверти своего заработка, остальное оставлять себе».

— Вот с таким странным предложением, мистер Холмс, и обратился ко мне этот Блессингтон. Я не буду злоупотреблять вашим терпением, излагая подробности наших переговоров. На Благовещенье я переехал и стал принимать больных, рассчитываясь с мистером Блессингтоном почти на тех самых условиях, которые он предложил. Он и сам поселился тут же в доме, став чем-то вроде постоянного пациента, живущего при кабинете врача. Оказалось, что у него слабое сердце и он нуждается в постоянном наблюдении. Две лучшие комнаты на втором этаже он занял под собственные гостиную и спальню. Привычки у него были странные — он избегал общества и очень редко выходил. Не отличаясь особой пунктуальностью, он был сама пунктуальность лишь в одном. Каждый вечер в один и тот же час он заходил в мой кабинет, просматривал книгу приема больных, откладывал пять шиллингов и три пенса из каждой заработанной мною гинеи и забирал все остальные деньги, пряча их в сундук, стоявший в его комнате. Скажу вам откровенно, что у него ни разу не было оснований сожалеть о помещении своего капитала. С самого начала дело оказалось прибыльным. Первые же успехи и репутация, которую я завоевал в клинике, позволили мне быстро выдвинуться, и за последние два года я обогатил его.

Таковы, мистер Холмс, мое прошлое и мои отношения с мистером Блессингтоном. Остается только рассказать, какие события привели меня сегодня к вам.

Несколько недель назад мистер Блессингтон вошел в мой кабинет в очень возбужденном состоянии. Он говорил о каком-то ограблении, которое, по его словам, было совершенно в Вест-Энде. Это, насколько мне помнится, сильно взволновало его, и он заявил, что мы должны поставить дополнительные засовы на двери и окна, не откладывая этого дела ни на день. Целую неделю он пребывал в страшном беспокойстве, то и дело выглядывая из окон и прекратив короткие прогулки, которые обычно совершал перед обедом. Наблюдая его поведение, я вдруг подумал, что он смертельно боится чего-то или кого-то, но, когда я спросил его об этом прямо, он стал так ругаться, что я принужден был прекратить разговор. Со временем его страхи постепенно рассеялись, и он вернулся было к прежним привычкам, как вдруг новое событие повергло его в такое состояние, что на него просто жалко было смотреть. В нем он пребывает и по сей день.

А случилось вот что. Два дня назад я получил письмо, которое я сейчас прочту вам. На нем нет ни обратного адреса, ни даты отправления.

«Русский дворянин, живущий в настоящее время в Англии — говорится в нем, — был бы весьма признателен, если бы доктор Перси Тревельян согласился принять его. Вот уже несколько лет он страдает припадками каталепсии, а, как известно, доктор Тревельян — знаток этой болезни. Он предполагает зайти завтра в четверть седьмого вечера, если доктор Тревельян сочтет для себя удобным находиться дома в это время».

Это письмо меня заинтересовало, так как каталепсия — заболевание очень редкое. Ровно в назначенный час я был у себя в кабинете. Слуга ввел пациента.

Это был пожилой человек, худой, серьезный, обладающий самой заурядной внешностью, — русского дворянина я представлял себе совсем другим. Гораздо больше меня поразила наружность его товарища — высокого молодого человека, удивительно красивого, со смуглым злым лицом и руками, ногами и грудью Геркулеса. Он поддерживал своего спутника под локоть и помог ему сесть на стул с такой заботливостью, какой вряд ли можно было ожидать от человека его внешности.

«Helped him to a chair.»

«Простите, доктор, что я вошел тоже, — сказал он мне по-английски, но несколько пришепетывая. — Это мой отец, и его здоровье для меня все».

Я был тронут сыновьей тревогой.

«Может быть, вы хотите остаться с отцом во время приема?» — спросил я.

«Боже упаси! — воскликнул он, в ужасе всплеснув руками. — Я не могу выразить, как больно мне смотреть на отца. Если с ним случится один из его ужасных припадков, я не переживу. У меня самого исключительно чувствительная нервная система. С вашего позволения, пока вы будете заниматься отцом, я подожду в приемной.

Я, разумеется, согласился, и молодой человек вышел. Я стал расспрашивать пациента о его болезни и вел подробные записи. Он не отличался умом, и ответы его часто были невразумительны, что я относил за счет плохого владения языком. Вдруг он вообще перестал отвечать на мои вопросы, и, обернувшись к нему, я с удивлением увидел, что он сидит на стуле очень прямо, с неподвижным лицом и смотрит на меня в упор бессмысленным взглядом. У него снова начался приступ его загадочной болезни.

Сначала я почувствовал жалость и страх. Но потом, как ни стыдно признаться, профессиональный интерес взял верх. Я записывал температуру и пульс своего пациента, проверял неподвижность его мышц, обследовал рефлексы. Никаких отклонений от моих прежних наблюдений не было. В подобных случаях я получал хорошие результаты путем ингаляции нитрита амила, и сейчас, кажется, представилась превосходная возможность еще раз проверить эффективность этого лекарства. Бутыль с лекарством была в моей лаборатории на первом этаже. Оставив пациента на стуле, я побежал за ней. Ища бутыль, я замешкался и вернулся… скажем, минут через пять. Представьте мое изумление, когда я обнаружил, что комната пуста, а моего пациента и след простыл!

Первым делом я, разумеется, выбежал в приемную. Сын ушел тоже. Дверь в прихожую была закрыта, но не заперта. Мой слуга-мальчик, который пускает пациентов еще неопытен и далеко не отличается расторопностью. Он ждет внизу и бежит наверх, чтобы проводить пациентов к двери, когда я звоню из кабинета. Он ничего не слышал, и все это оставалось для меня полнейшей загадкой. Немного погодя пришел с прогулки мистер Блессингтон. Я ему ничего не сказал, потому что последнее время, по правде говоря, старался общаться с ним как можно меньше.

Я никогда не думал, что мне придется увидеть русского и его сына еще раз, и поэтому можете представить себе мое удивление, когда сегодня вечером они оба явились ко мне в кабинет в тот же час.

«Я очень прошу вас извинить меня за вчерашний неожиданный уход, доктор», — сказал мой пациент.

«Признаться, я очень удивился», — сказал я.

«Видите ли, дело в том, — пояснил он, — что когда я прихожу в себя после припадков, то почти ничего не помню, что со мной было до этого. Я очнулся, как мне показалось, в незнакомой комнате и в изумлении поспешил выйти на улицу».

«А я, — добавил сын, — увидев, что отец прошел через приемную, естественно, подумал, что прием закончился. И только когда мы пришли домой, я стал понимать, что произошло».

«Ну, что ж, — сказал я, рассмеявшись, — ничего серьезного не случилось, разве что вы заставили меня поломать голову. Итак, не соблаговолите ли, сэр, пройти в приемную, а я снова займусь вашим отцом».

Примерно полчаса старый джентльмен рассказывал мне о симптомах болезни, а потом, выписав рецепт, я проводил его к сыну.

Я уже говорил вам, что в этот час мистер Блессингтон обычно прогуливался. Вскоре он пришел и поднялся наверх. И тотчас я услышал, как он сбегает вниз. Мистер Блессингтон ворвался ко мне в кабинет в паническом страхе.

«He burst into my consulting-room.»

«Кто заходил в мою комнату?» — крикнул он.

«Никто», — ответил я.

«Вы врете! — вопил он. — Поднимитесь и посмотрите».

Я решил не обращать внимания на его грубость — он был вне себя от ужаса. Мы поднялись наверх, и он показал мне следы, отпечатавшиеся на пушистом ковре.

«Вы думаете, это мои?» — кричал он.

Таких больших следов он, конечно, оставить не мог, и они были явно свежие. Сегодня днем, как вы знаете, шел сильный дождь, и у меня побывали только отец с сыном. Значит, пока я занимался с отцом, сын, ожидавший в приемной, с какой-то неизвестной мне целью входил в комнату моего постоянного пациента. Из комнаты ничего не пропало, но следы, несомненно, свидетельствовали, что там кто-то побывал.

Мне показалось, что мистер Блессингтон волнуется как-то чрезмерно, впрочем, тут бы всякий потерял покой. Опустившись в кресло, он буквально рыдал, и мне стоило великих трудов привести его в чувство. Это он предложил мне отправиться к вам, и я счел его предложение вполне уместным, так как происшествие действительно очень странное, хотя и не такое ужасное, как это померещилось мистеру Блессингтону. Если бы вы поехали сейчас со мной, то мне бы хоть удалось успокоить его. Впрочем, по-моему, он вряд ли способен объяснить, что его так взволновало.

Шерлок Холмс слушал этот длинный рассказ очень внимательно, и я понял, что дело его увлекло. Как всегда, на лице его ничего не отражалось, только веки набрякли, да, пыхтя трубкой, он выпускал более густые клубы дыма всякий раз, когда доктор рассказывал очередной странный эпизод. Как только наш гость кончил держать речь, Холмс молча вскочил, сунул мне мою шляпу, взял со стола собственную и пошел следом за Тревельяном к двери. Не прошло и четверти часа, как мы подъехали к дому врача на Брук-стрит. Это был скромный, ничем не выделяющийся дом, в каких живут врачи, имеющие практику в Вест-Энде. Мальчик-слуга открыл нам дверь, и мы тотчас стали подниматься наверх по широкой лестнице, покрытой хорошим ковром.

Но тут случилось нечто странное… Свет наверху внезапно погас, и из темноты донесся пронзительный, дрожащий голос:

— У меня пистолет. Еще шаг, и я буду стрелять.

— Это уже выходит за всякие рамки, мистер Блессингтон! — возмутился доктор Тревельян.

— А, это вы, доктор? — проговорили из темноты, и послышался вздох облегчения. — А джентльмены, что с вами, — они и в самом деле те, за кого себя выдают?

Мы чувствовали, что из темноты нас изучающе рассматривают.

— Да, это те самые.

— Ладно, можете подняться, и если вас раздражают меры предосторожности, которые я принял, то прошу прощения.

Говоря это, он снова зажег газ на лестнице, и мы увидели перед собой странного человека, вид которого, как и голос, свидетельствовал о расстроенных нервах. Он был очень толст, но когда-то, видно, был еще толще, потому что щеки у него висели, как у гончей, большими складками. Он был болезненно бледен, а редкие рыжеватые волосы от пережитого страха стояли дыбом. Рука его сжимала пистолет, который он сунул в карман, когда мы приблизились.

In his hand he held a pistol.

— Добрый вечер, мистер Холмс, — сказал он. — Большое спасибо, что приехали. Еще никто так не нуждался в вашем совете, как я сейчас. Наверно, доктор Тревельян уже рассказал вам о совершенно недопустимом вторжении в мою комнату?

— Совершенно верно, — сказал Шерлок Холмс. — Мистер Блессингтон, кто эти два человека и почему они вам досаждают?

— Видите ли, понимаете ли, — суетливо заговорил постоянный пациент, — мне трудно сказать что-либо определенное. Да и почем мне знать, мистер Холмс?

— Значит, не знаете?

— Входите, пожалуйста. Ну, сделайте одолжение, войдите.

Он провел нас в свою спальню, большую и обставленную удобной мебелью.

— Вы видите это? — спросил он, показывая на большой черный сундук, стоявший у спинки кровати. — Я никогда не был особенно богатым человеком, мистер Холмс... За всю жизнь я только раз вложил деньги в дело... вот доктор Тревельян не даст мне соврать. И банкирам я не верю. Я бы не доверил свои деньги банкиру ни за что на свете, мистер Холмс. Между нами, все свое маленькое состояние я храню в этом сундуке, и вы теперь понимаете, что я пережил, когда в комнату ко мне вломились незнакомые люди.

Холмс изучающе посмотрел на Блессингтона и покачал головой.

— Если вы будете обманывать меня, я ничего не смогу вам посоветовать, — сказал он.

— Но я же вам все рассказал.

Досадливо махнув рукой. Холмс резко повернулся к нему спиной.

— Спокойной ночи, доктор Тревельян, — сказал он.

— И вы не дадите никакого совета? — дрогнувшим голосом воскликнул Блессингтон.

— Мой совет вам, сэр, говорить только правду.

Через минуту мы были уже на улице и зашагали домой. Мы пересекли Оксфорд-стрит, прошли половину Харли-стрит, и только тогда мой друг наконец заговорил.

— Простите, что напрасно вытащил вас из дому, Уотсон. Но если покопаться, дело это интересное.

— А я не вижу здесь ничего серьезного, — признался я.

— Вполне очевидно, что двое... может, их больше, но будем считать, что двое... по какой-то причине решили добраться до этого человека, этого Блессингтона. В глубине души я не сомневаюсь, что как в первом, так и во втором случае тот молодой человек проникал в комнату Блессингтона, а его сообщник весьма нехитрым способом отвлекал доктора.

— А каталепсия?

— Злостная симуляция, Уотсон, хотя мне и не хотелось говорить об этом нашему специалисту. Симулировать эту болезнь очень легко. Я и сам это проделывал.

— Что же было потом?

По чистой случайности оба раза Блессингтон отсутствовал. Столь необычный час для своего визита к врачу они выбрали только потому, что в это время в приемной нет других пациентов. Но так уж совпало, что Блессингтон совершает свой моцион именно в этот час — они, видно, не очень хорошо знакомы с его привычками. Разумеется, если бы замышлялся простой грабеж, они бы по крайней мере попытались обшарить комнату. Кроме того, я прочел в глазах этого человека, что страх пробрал его до мозга костей. Трудно поверить, что, имея двух таких мстительных врагов, он ничего не знает об их существовании. Он, разумеется, отлично знает, кто эти люди, но у него есть причины скрывать это. Возможно даже, завтра он станет более разговорчивым.

— А нельзя ли допустить иное предположение, — сказал я, — без сомнения, совершенно невероятное, но все же убедительное? Может быть, всю эти историю с каталептиком-русским и его сыном измыслил сам доктор Тревельян, которому надо было забраться в комнату к Блессингтону?

При свете газового фонаря я увидел, что моя блестящая версия вызвала у Холмса улыбку.

— Дорогой Уотсон, — сказал он, — это было первое, что пришло мне в голову, но рассказу доктора есть подтверждение. Этот молодой человек оставил следы не только в комнате, но и на лестничном ковре. Молодой человек существует. Он носит ботинки с тупыми носами, а не остроносые, как Блессингтон, и они на дюйм с третью побольше размером, чем докторские. Ну, а теперь сразу в постель, ибо я буду удивлен, если поутру мы не получим каких-нибудь новостей с Брук-стрит.

Предсказание Шерлока Холмса сбылось, и новость была трагическая. В половине восьмого утра, когда хмурый день еще только занимался, Холмс уже стоял в халате у моей постели.

— Уотсон, — сказал он, — нас ждет экипаж.

— А что такое?

— Дело Брук-стрит.

— Есть новости?

— Трагические, но какие-то невнятные, — сказал он, поднимая занавеску. — Поглядите… вот листок из записной книжки, и на нем накарябано карандашом: «Ради Бога, приезжайте немедленно. П. Т.».

Наш друг доктор и сам, кажется, потерял голову. Поторопитесь, дорогой Уотсон, нас срочно ждут.

Примерно через четверть часа мы уже были в доме врача. Он выбежал нам навстречу с лицом, перекосившимся от ужаса.

— Такая беда! — воскликнул он, сдавливая пальцами виски.

— Что случилось?

— Блессингтон покончил с собой.

Холмс присвистнул.

— Да, этой ночью он повесился.

Мы вошли, и доктор повел нас в комнату, которая по виду была его приемной.

— Я даже не соображаю, что делаю, — говорил он. — Полиция уже наверху. Я потрясен до глубины души.

— Когда вы узнали об этом?

— Каждый день рано утром ему относили чашку чая. Горничная вошла примерно в семь, и несчастный уже висел посередине комнаты. Он привязал веревку к крюку, на котором обычно висела тяжелая лампа, и спрыгнул с того самого сундука, что показал нам вчера.

Холмс стоял, глубоко задумавшись.

— С вашего позволения, — сказал он наконец, — я бы поднялся наверх и взглянул на все сам.

Мы оба в сопровождении доктора пошли наверх.

За дверью спальни нас ожидало ужасное зрелище. Я уже говорил о том впечатлении дряблости, которое производил этот Блессингтон. Теперь, когда он висел на крюке, оно еще усилилось. В лице не осталось почти ничего человеческого. Шея вытянулась, как у ощипанной курицы, и по контрасту с ней тело казалось еще более тучным и неестественным. На нем была лишь длинная ночная рубаха, из-под которой окоченело торчали распухшие лодыжки и нескладные ступни. Рядом стоял щеголеватый инспектор, делавший заметки в записной книжке.

— А, мистер Холмс, — сказал он, когда мой друг вошел. — Рад видеть вас.

— Доброе утро, Лэннер, — откликнулся Холмс. — Надеюсь, вы не против моего вмешательства. Вы уже слышали о событиях, предшествовавших этому происшествию?

— Да, кое-что слышал.

— Ну, и каково ваше мнение?

— Насколько я могу судить, Блессингтон обезумел от страха. Посмотрите на постель — он провел беспокойную ночь. Вот довольно глубокий отпечаток его тела. Вы знаете, что самоубийства чаще всего совершаются часов в пять утра. Примерно в это время он и повесился. И, наверно, заранее все обдумал.

— Судя по тому, как затвердели его мышцы, он умер часа три назад, — сказал я.

— Что-нибудь особенное в комнате обнаружили? — спросил Холмс.

— Нашли на подставке для умывальника отвертку и несколько винтов. И ночью здесь, видно, много курили. Вот четыре сигарных окурка, которые я подобрал в камине.

— Г-м! — произнес Холмс. — Нашли вы его мундштук?

— Нет.

— А портсигар?

— Да, он был у него в кармане пальто.

Холмс открыл портсигар и понюхал единственную оставшуюся в нем сигару.

Holmes opened it and smelled the single cigar which it contaned.

— Это гаванская сигара, а это окурки сигар особого сорта, который импортируется голландцами из их ост-индских колоний. Их обычно заворачивают в солому, как вы знаете, и они потоньше и подлиннее, чем сигары других сортов.

Он взял четыре окурка и стал рассматривать их в свою карманную лупу.

— Две сигары выкурены через мундштук, а две просто так, — продолжал он. — Две были обрезаны не очень острым ножом, а концы двух других — откушены набором великолепных зубов. Это не самоубийство, мастер Лэннер. Это тщательно продуманное и хладнокровно совершенное убийство.

— Не может быть! — воскликнул инспектор.

— Почему же это не может быть?

— А зачем убивать человека таким неудобным способом — вешать?

— Вот это мы и должны узнать.

— Как убийцы могли проникнуть сюда?

— Через парадную дверь.

— Но она была заперта на засов.

— Ее заперли после того, как они вошли.

— Почем вы знаете?

— Я видел следы. Простите, через минуту я, возможно, сообщу вам еще кое-какие сведения.

Он подошел к двери и, повернув ключ в замке, со свойственной ему методичностью осмотрел ее. Затем он вынул ключ, который торчал с внутренней стороны, и тоже обследовал его. Постель, ковер, стулья, камин, труп и веревка — все было по очереди осмотрено, пока, наконец, Холмс не заявил, что удовлетворен, после чего он, призвав на помощь меня и инспектора, отрезал веревку, на которой висел труп несчастного Блессингтона, и почтительно прикрыл его простыней.

— Откуда взялась веревка? — спросил я.

— Ее отрезали отсюда, — сказал доктор Тревельян, вытягивая из-под кровати веревку, уложенную в большой круг. — Он ужасно боялся пожаров и всегда держал ее поблизости, чтобы бежать через окно, если лестница загорится.

— Это, должно быть, избавило убийц от лишних хлопот, — задумчиво сказал Холмс. — Да, все свершилось очень просто, и я сам буду удивлен, если к полудню не сообщу вам причины преступления. Я возьму фотографию Блессингтона, ту, что на камине. Она может помочь мне в моем расследовании.

— Но, ради Бога, объясните нам, что же здесь произошло, — взмолился доктор.

— Последовательность событий ясна для меня, как будто я сам здесь присутствовал, — сказал Холмс. — Преступников было трое: один — молодой, другой — пожилой, а каков был третий, я пока определить не могу. Вряд ли надо говорить, что первые два — те самые, что выдавали себя за русского дворянина и его сына, и, следовательно, у нас есть их полный словесный портрет. Они были впущены сообщником, находившимся в доме. Примите мой совет, инспектор, и арестуйте слугу-мальчишку, который, как помнится, поступил к вам, доктор, на службу совсем недавно.

— Этого постреленка нигде не могут найти, — сказал доктор Тревельян. — Горничная и кухарка только что искали его.

Холмс пожал плечами.

— Он сыграл в этой драме немаловажную роль, — сказал он.

— Три преступника поднялись по лестнице на цыпочках — пожилой шел первым, молодой — вторым, а неизвестный замыкал шествие…

— Это уж слишком, дорогой Холмс! — воскликнул я.

— Судя по тому, как накладываются друг на друга следы, сомнений быть не может. Я имел возможность изучить, кому какие принадлежат следы, когда побывал здесь вчера вечером. Затем все трое подошли к комнате мистера Блессингтона, дверь в которую была заперта. Ключ они повернули с помощью куска проволоки. Даже без лупы видно по царапинам на бородке, что они действовали отмычкой. Войдя в комнату, они первым делом вставили мистеру Блессингтону кляп. Он, наверно, спал или был так парализован страхом, что не мог кричать. Стены здесь толстые, и понятно, что крик его, если даже он успел крикнуть, никто не слышал. Затем — это мне совершенно ясно — злоумышленники устроили совет, что-то вроде суда. Тогда-то они и выкурили эти сигары. Пожилой сидел на том плетеном стуле — это он курил через мундштук. Молодой сидел там — он стряхивал пепел на комод. Третий ходил по комнате. Блессингтон, по-моему, сидел на постели, но в этом я не совсем уверен. Ну, и все кончилось тем, что они повесили Блессингтона. Они так хорошо подготовились к этому, что, наверно, принесли с собой какой-нибудь блок или шкив, который мог бы служить виселицей. Эта отвертка и винты были нужны им, как я полагаю, для закрепления блока. Но, увидев крюк, они, естественно, воспользовались им. Покончив с Блессингтоном, они вышли, а их сообщник запер за ними дверь.

Все мы с глубоким интересом слушали этот рассказ о ночных событиях, которые Холмс восстановил по приметам столь незаметным и малозначительным, что, даже видя их воочию, мы едва могли следить за ходом его рассуждений. Инспектор тотчас вышел, чтобы принять меры по розыску слуги, а мы с Холмсом вернулись завтракать на Бейкер-стрит.

— Я вернусь к трем, — сказал он, кончив завтракать. — Инспектор с доктором уже будут здесь к этому времени, и я надеюсь окончательно прояснить для них это дело.

Наши гости пришли в назначенный срок, но мой друг появился только без четверти четыре. Однако, когда он вошел, по выражению его лица я увидел, что ему сопутствовал полный успех.

«You have got them!» we cried.

— Какие новости, инспектор?

— Мы нашли мальчишку, сэр.

— Превосходно, а я нашел взрослых.

— Вы нашли их! — воскликнули мы в один голос.

— Ну, по крайней мере, я узнал, кто они. Ваш Блессингтон, как я и ожидал, хорошо известен в полицейском управлении. Да и его убийцы тоже. Это Биддл, Хэйуорд и Моффат.

— Банда, ограбившая Уортингдонский банк! — воскликнул инспектор.

— Совершенно верно, — сказал Холмс.

— Значит, Блессингтон, должно быть, Сатон?

— Да, — сказал Холмс.

— Ну, тогда все встает на свои места, — сказал инспектор.

Но мы с Тревельяном смотрели друг на друга, ничего не понимая.

— Вы, наверно, помните знаменитое ограбление Уордингдонского банка, — сказал Холмс. — В банде было пять человек — четверо нам знакомы, а пятого звали Картрайт. Был убит сторож Тобин, и воры скрылись с семью тысячами фунтов. Это было в тысяча восемьсот пятом году. Все пятеро были арестованы, но убедительных улик против них не имелось. Блессингтон, или Сатон, самый гнусный тип в этой пятерке бандитов, стал доносчиком. Картрайта повесили, а трем остальным дали по пятнадцать лет. Не отсидев нескольких лет до полного срока, они вышли на свободу на днях и решили, как вы догадываетесь, выследить предателя и отомстить ему за смерть товарища. Дважды они пытались добраться до него и терпели неудачу; на третий раз, как видите, получилось. Теперь вам все ясно, доктор Тревельян?

— Мне кажется, что лучше уж объяснить нельзя, — сказал доктор. — И, конечно, в первый раз он был сильно встревожен именно в тот день, когда прочел в газетах, что их выпускают на свободу.

— Совершенно верно. А все его страхи, что его могут ограбить, для отвода глаз.

— Но почему он не сказал всей правды вам?

— Ну, видите ли, уважаемый сэр, он знал мстительный характер своих бывших сообщников и пытался как можно дольше скрывать ото всех, кто он на самом деле. Это была постыдная тайна, и он не мог заставить себя признаться мне. Однако, каким бы негодяем он ни был, он все же жил под защитой английских законов, и я не сомневаюсь, что вы, инспектор, примете надлежащие меры. Щит правосудия на этот раз не помог, но меч его по-прежнему обязан карать.

Таковы были странные обстоятельства, связанные с делом постоянного пациента и его врача с Брук-стрит. Полиция так и не нашла убийц, и в Скотленд-Ярде решили, что они уплыли из Англии на злополучном пароходе «Норма Крейна», который исчез несколько лет назад со всей командой у берегов Португалии, в нескольких лигах[1] севернее Опорто. Судебное дело против мальчика-слуги было прекращено за недостатком улик. В газетах «тайна Брук-стрит» до настоящего времени полностью не освещалась.

---

[1] Лига — мера длины. Морская лига равна 5,56 км.

Морской договор

Июль того года, когда я женился, памятен мне по трем интересным делам. Я имел честь присутствовать при их расследовании. В моих дневниках они называются: «Второе пятно», «Морской договор» и «Усталый капитан». Первое из этих дел связано с интересами высокопоставленных лиц, в нем замешаны самые знатные семейства королевства, так что долгие годы было невозможно предать его гласности. Но именно оно наиболее ясно иллюстрирует аналитический метод Холмса, который произвел глубочайшее впечатление на всех, кто принимал участие в расследовании. У меня до сих пор хранится почти дословная запись беседы, во время которой Холмс рассказал все, что доподлинно произошло, месье Дюбюку из парижской полиции и Фрицу фон Вальдбауму, известному специалисту из Данцига, которые потратили немало энергии, распутывая нити, оказавшиеся второстепенными. Но только когда наступит новый век, рассказать этот случай можно будет безо всякого ущерба для кого бы то ни было. А сейчас мне хотелось бы рассказать историю с морским договором. Это дело в свое время тоже имело государственное значение, и в нем есть несколько моментов, придающих ему совершенно уникальный характер.

Еще в школьные годы я сдружился с Перси Фелпсом, который был почти что моим ровесником, но опередил меня на два класса. У него были блестящие способности — он получал почти все школьные премии и за выдающиеся успехи был удостоен стипендии, которая позволила ему добиться триумфа и в Кембридже. Помнится, у него были большие родственные связи. Еще в школе мы знали, что брат его матери лорд Холдхэрст — крупный деятель консервативной партии. Но тогда это знатное родство приносило ему мало пользы; напротив, было очень забавно вывалять его в пыли на спортивной площадке или ударить ракеткой ниже спины. Другое дело, когда он ступил на путь самостоятельной жизни. Краем уха я слышал, что благодаря своим способностям и влиянию дяди он получил хорошее место в министерстве иностранных дел. Но затем я совершенно забыл о нем, пока не получил следующего письма:

Брайарбрэ, Уокинг.

Дорогой Уотсон, я не сомневаюсь, что вы помните «Головастика» Фелпса, который учился в пятом классе, когда вы были в третьем. Возможно даже вы слышали, что благодаря влиянию моего дяди я получил хорошую должность в министерстве иностранных дел и был в доверии и чести, пока на меня не обрушилось ужасное несчастье, погубившее мою карьеру.

Нет надобности писать обо всех подробностях этого кошмарного происшествия. Если вы снизойдете до моей просьбы, мне все равно придется вам рассказать все от начала до конца.

Я только что оправился от нервной горячки, которая длилась два месяца, и я все еще слаб. Не могли бы вы навестить меня вместе с вашим другом, мистером Холмсом? Мне бы хотелось услышать его мнение об этом деле, хотя авторитетные лица утверждают, что ничего больше поделать нельзя. Пожалуйста, приезжайте с ним как можно скорее. Пока я живу в этом ужасном неведении, мне каждая минута кажется часом.

Объясните ему, что если я не обратится к нему прежде, то не потому, что я не ценил его таланта, а потому, что, с тех пор как на меня обрушился этот удар, я все время находился в беспамятстве. Теперь сознание вернулось ко мне, хотя я и не слишком уверенно чувствую себя, так как боюсь рецидива. Я еще так слаб, что могу, как вы видите, только диктовать. Прошу вас, приходите вместе с вашим другом.

Ваш школьный товарищ Перси Фелпс.

Что-то в его письме тронуло меня, было что-то жалостное в его повторяющихся просьбах привезти Холмса. Попроси он что-нибудь неисполнимое, я и тогда постарался бы все для него сделать, но я знал, как Холмс любит свое искусство, знал, что он всегда готов прийти на помощь тому, кто в нем нуждается. Моя жена согласилась со мной, что нельзя терять ни минуты, и вот я тотчас после завтрака оказался еще раз в моей старой квартире на Бейкер-стрит.

Холмс сидел в халате за приставным столом и усердно занимался какими-то химическими исследованиями. Над голубоватым пламенем бунзеновской горелки в большой изогнутой реторте неистово кипела какая-то жидкость, дистиллированные капли которой падали в двухлитровую мензурку. Когда я вошел, мой друг даже не поднял головы, и я, видя, что он занят важным делом, сел в кресло и принялся ждать.

Holmes was working hard over a chemical investigation.

Он окунал стеклянную пипетку то в одну бутылку, то в другую, набирая по нескольку капель жидкости из каждой, и наконец перенес пробирку со смесью на письменный стол. В правой руке он держал полоску лакмусовой бумаги.

— Вы пришли в самый ответственный момент, Уотсон, — сказал Холмс. — Если эта бумага останется синей, все хорошо. Если она станет красной, то это будет стоить человеку жизни.

Он окунул полоску в пробирку, и она мгновенно окрасилась в ровный грязновато-алый цвет.

— Гм, я так и думал! — воскликнул он. — Уотсон, я буду к вашим услугам через минуту. Табак вы найдете в персидской туфле.

Он повернулся к столу и написал несколько телеграмм, которые тут же вручил мальчику-слуге. Затем сел на стул, стоявший против моего кресла, поднял колени и, сцепив длинные пальцы, обхватил руками худые, длинные ноги.

— Самое обыкновенное убийство, — сказал он. — Догадываюсь, что вы принесли кое-что получше. Вы вестник преступлений, Уотсон. Что у вас?

Я дал ему письмо, которое он прочел самым внимательным образом.

— В нем сообщается не слишком много, верно? — заметил он, отдавая письмо. — Почти ничего. — И все же почерк интересный. — Но это не его почерк. — Верно. Писала женщина!

— Да нет, это мужской почерк!

— Нет, писала женщина, и притом обладающая редким характером. Видите ли, знать в начале расследования, что ваш клиент, к счастью или на свою беду, тесно общается с незаурядной личностью, — это уже много. Если вы готовы, то мы тотчас отправимся в Уокинг и встретимся с этим попавшим в беду дипломатом и с дамой, которой он диктует свои письма.

На Ватерлоо мы удачно сели на ранний поезд и меньше чем через час оказались среди хвойных лесов и вересковых зарослей Уокинга. Усадьба Брайарбрэ находилась в нескольких минутах ходу от станции. Мы послали свои визитные карточки, и нас провели в гостиную, обставленную элегантной мебелью, куда через несколько минут вошел довольно полный человек, принявший нас очень радушно. Ему было уже лет за тридцать пять, но из-за очень румяных щек и веселых глаз он производил впечатление пухлого, озорного мальчугана.

— Я рад, что вы приехали, — сказал он, экспансивно пожимая наши руки. — Перси все утро спрашивает о вас. Бедняга, он цепляется за любую соломинку. Его отец с матерью просили меня встретить вас, потому что им больно даже упоминание об этом деле.

— Мы пока еще ничего не знаем, — заметил Холмс. — Как я догадываюсь, вы не член этой семьи.

Наш новый знакомый удивился, но, посмотрев вниз, рассмеялся. — Вы, разумеется, увидели монограмму «Дж. Г.» у меня на брелоке, — сказал он. — А я уже было поразился вашей проницательности. Я Джозеф Гаррисон, и так как Перси собирается жениться на моей сестре Энни, то буду его родственником по крайней мере со стороны жены. Сестру мою вы увидите в его комнате — последние два месяца она нянчит его, как ребенка. Пожалуй, нам лучше пройти к нему тотчас: он ждет вас с нетерпением.

Комната, в которую нас провели, была на том же этаже, что и гостиная. Это была полугостиная-полуспальня, в ней было много цветов. Теплый летний воздух, напоенный садовыми ароматами, вливался в раскрытое окно, у которого на кушетке лежал очень бледный и изможденный молодой человек.

Когда мы вошли, сидевшая рядом с ним женщина встала.

— Я пойду, Перси? — спросила она.

Он схватил ее за руку, чтобы удержать.

— Здравствуйте, Уотсон, — сказал он сердечно. — Вы отпустили усы — я бы ни за что не узнал вас, да и меня узнать мудрено. А это, наверно, ваш знаменитый друг — мистер Шерлок Холмс?

Я коротко представил Холмса, и мы оба сели. Толстый молодой человек вышел, но его сестра осталась с больным, который не выпускал ее руки. Это была женщина примечательной внешности — с красивым смугловатым цветом лица, большими черными миндалевидными глазами и копной иссиня-черных волос, но для своего небольшого роста она была, пожалуй, несколько полновата. По контрасту с ее яркими красками бледное лицо ее жениха казалось еще более осунувшимся, изможденным.

«I won't wastle your time,» said he.

— Я не хочу, чтобы вы теряли время, — сказал он, приподнявшись на кушетке, — и сразу перейду к делу. Я был счастливым и преуспевающим человеком, мистер Холмс. Уже готовилась моя свадьба, как вдруг ужасная беда разрушила все мои жизненные планы.

Уотсон, наверно, говорил вам, что я служил в министерстве иностранных дел и благодаря влиянию моего дяди, лорда Холдхэрста, быстро получил ответственную должность. Когда дядюшка стал министром иностранных дел в нынешнем правительстве, он стал давать мне ответственные поручения, и, так как я выполнял их с неизменным успехом, он в конце концов совершенно уверился в моих способностях н дипломатическом такте.

Примерно десять недель назад, а точнее, двадцать третьего мая, он вызвал меня к себе в кабинет н, похвалив за старание, сказал, что хочет поручить мне новое ответственное дело.

«Вот это, — сказал он, беря серый свиток бумаги со стола, — оригинал тайного договора между Англией и Италией, сведения о котором уже просочились, к сожалению, в печать. Чрезвычайно важно, чтобы в дальнейшем никакой утечки информации не было. Французское или русское посольства заплатили бы огромные деньги, чтобы узнать содержание этого документа. Я бы предпочел не вынимать его из ящика моего письменного стола, если бы не было настоятельной необходимостью снять с него копию. В вашем кабинете есть сейф?»

«Да, сэр».

«Тогда возьмите договор и заприте его в сейфе. Я дам указание, чтобы вам разрешили остаться, когда все уйдут, и вы сможете снять копию, не спеша и не боясь, что за вами будут подглядывать. Когда вы все кончите, заприте и оригинал и копию в сейф и завтра утром вручите их мне лично». Я взял документ и…

«Then take the treaty.»

— Простите, — перебил его Холмс, — вы были один во время разговора?

— Совершенно один.

— В большой комнате?

— Футов тридцать на тридцать.

— Посередине ее?

— Да, примерно.

— И говорили тихо?

— Дядя всегда говорит очень тихо. А я почти ничего не говорил.

— Спасибо, — сказал Холмс, закрывая глаза. — Пожалуйста, продолжайте.

— Я сделал точно так, как он мне велел, и подождал, пока уйдут клерки. Один из клерков, работавших со мной в одной комнате, Чарльз Горо, не управился вовремя со всей работой, и поэтому я решил сходить пообедать. Когда я вернулся, он уже ушел. Мне не терпелось поскорее закончить работу: я знал, что Джозеф — мистер Гаррисон, которого вы только что видели, — в городе и что он поедет в Уокинг одиннадцатичасовым поездом. И я тоже хотел поспеть на этот поезд.

С первого же взгляда я понял, что дядя нисколько не преувеличил значения договора. Не вдаваясь в подробности, могу сказать, что им определялась позиция Великобритании по отношению к Тройственному союзу и предопределялась будущая политика нашей страны па тот случай, если французский флот по своей боевой мощи превзойдет в Средиземном море итальянский флот. В договоре трактовались вопросы, имеющие отношение только к военно-морским делам. В конце стояли подписи высоких договаривающихся сторон. Я пробежал глазами договор и стал переписывать его.

Это был пространный документ, написанный на французском языке и насчитывающий двадцать шесть статей. Я писал очень быстро, но к девяти часам одолел всего лишь девять статей и уже потерял надежду попасть на поезд. Я хотел спать и плохо соображал, потому что плотно пообедал, да и сказывался целый день работы. Чашка кофе взбодрила бы меня. Швейцар у нас дежурит всю ночь в маленькой комнате возле лестницы и обычно варит на спиртовке кофе для тех сотрудников, которые остаются работать в неурочное время. И я звонком вызвал его.

К моему удивлению, на звонок пришла высокая, плотная, пожилая женщина в фартуке. Это была жена швейцара, работающая у нас уборщицей, и я попросил ее сварить кофе.

Переписав еще две статьи, я почувствовал, что совсем засыпаю, встал и прошелся по комнате, чтобы размять ноги. Кофе мне еще не принесли, и я решил узнать, в чем там дело. Открыв дверь, я вышел в коридор. Из комнаты, где я работал, можно пройти к выходу только плохо освещенным коридором. Он кончается изогнутой лестницей, спускающейся в вестибюль, где находится к комнатка швейцара. Посередине лестницы есть площадка, от которой под прямым углом отходит еще один коридор. По нему, минуя небольшую лестницу, можно пройти к боковому входу, которым пользуются слуги и клерки, когда они идут со стороны Чарльз-стрит и хотят сократить путь. Вот примерный план помещения:

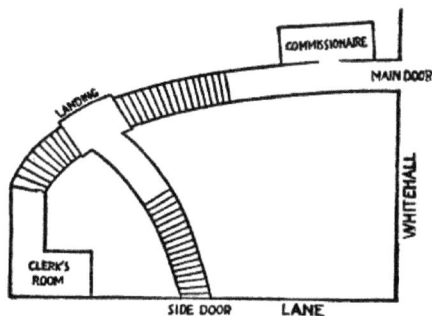

— Спасибо. Я внимательно слушаю вас, — сказал Шерлок Холмс.

— Вот что очень важно. Я спустился по лестнице в вестибюль, где нашел швейцара, который крепко спал. На спиртовке, брызгая водой на пол, бешено кипел чайник. Я протянул было руку, чтобы разбудить швейцара, который все еще крепко спал, как вдруг над его головой громко зазвонил звонок. Швейцар, вздрогнув, проснулся.

Fast asleep in his box.

«Это вы, мистер Фелпс!» — сказал он, смущенно глядя на меня.

«Я сошел вниз, чтобы узнать, готов ли кофе».

«Я варил кофе и уснул, сэр, — сказал он, взглянул на меня и уставился на все еще раскачивающийся звонок. Лицо его выражало крайнее изумление. — Сэр, если вы здесь, то кто же тогда звонил?» — спросил он.

«Звонил? — переспросил я. — Что вы имели в виду? Что это значит?»

«Этот звонок из той комнаты, где вы работаете».

Мое сердце словно сжала ледяная рука. Значит, сейчас кто-то есть в комнате, где лежит на столе мой драгоценный договор. Что было духу я понесся вверх по лестнице, по коридору. В коридоре не было никого, мистер Холмс. Не было никого и в комнате. Все лежало на своих местах, кроме доверенного мне документа, — он исчез со стола. Копия была на столе, а оригинал пропал.

Холмс откинулся на спинку стула и потер руки. Я видел, что дело это захватило его.

— Скажите, пожалуйста, а что вы сделали потом? — спросил он.

— Я мигом сообразил, что похититель, по-видимому, поднялся наверх, войдя в дом с переулка. Я бы, наверно, встретился с ним, если бы он шел другим путем.

— А вы убеждены, что он не прятался все это время в комнате или в коридоре, который, по вашим словам, был плохо освещен?

— Это совершенно исключено. В комнате или коридоре не спрячется и мышь. Там просто негде прятаться.

— Благодарю вас. Пожалуйста, продолжайте.

— Швейцар, увидев по моему побледневшему лицу, что случилась какая-то беда, тоже поднялся наверх. Мы оба бросились вон из комнаты, побежали по коридору, а затем по крутой лесенке, которая вела на Чарльз-стрит. Дверь внизу была закрыта, но не заперта. Мы распахнули ее и выбежали на улицу. Я отчетливо помню, что со стороны соседней церкви донеслось три удара колоколов. Было без четверти десять.

— Это очень важно, — сказал Холмс, записав что-то на манжете сорочки.

— Вечер был очень темный, шел мелкий теплый дождик. На Чарльз-стрит не было никого, на Уайтхолл, как всегда, движение продолжалось самое бойкое. В чем были, без головных уборов, мы побежали по тротуару и нашли на углу полицейского.

«Совершена кража, — задыхаясь, сказал я. — Из министерства иностранных дел украден чрезвычайно важный документ. Здесь кто-нибудь проходил?»

«Я стою здесь уже четверть часа, сэр, — ответил полицейский, — за все это время прошел только один человек — высокая пожилая женщина, закутанная в шаль».

«А, это моя жена, — сказал швейцар. — А кто-нибудь еще не проходил?»

«Никто».

«Значит, вор, наверно, пошел в другую сторону», — сказал швейцар и потянул меня за рукав.

Но его попытка увести меня отсюда только усилила возникшее у меня подозрение. «Куда пошла женщина?» — спросил я. «Не знаю, сэр. Я только заметил, как она прошла мимо, но причин следить за ней у меня не было. Кажется, она торопилась». «Как давно это было?» «Несколько минут назад». «Сколько? Пять?» «Ну, не больше пяти».

«Мы напрасно тратим время, сэр, а сейчас дорога каждая минуту, — уговаривал меня швейцар. — Поверьте мне, моя старуха никакого отношения к этому не имеет. Пойдемте скорее в другую сторону от входной двери. И если вы не пойдете, то я пойду один».

С этими словами он бросился в противоположную сторону. Но я догнал его и схватил за рукав. «Где вы живете?» — спросил я.

«В Брикстоне. Айви-лейн, 16, — ответил он, — но вы на ложном следу, мистер Фелпс. Пойдем лучше в ту сторону улицы и посмотрим, нет ли там чего!»

Терять было нечего. Вместе с полицейским мы поспешили в противоположную сторону и вышли на улицу, где было большое движение и масса прохожих. Но все они в этот сырой вечер только и мечтали поскорее добраться до крова. Не нашлось ни одного праздношатающегося, который бы мог сказать нам, кто здесь проходил. Потом мы вернулись в здание, поискали на лестнице и в коридоре, но ничего не нашли. Пол в коридоре покрыт кремовым линолеумом, на котором заметен всякий след. Мы тщательно осмотрели его, но не обнаружили никаких следов.

— Дождь шел весь вечер?

— Примерно с семи.

— Как же в таком случае женщина, заходившая в комнату около девяти, не наследила своими грязными башмаками?

— Я рад, что вы обратили внимание на это обстоятельство. То же самое пришло в голову и мне. Но оказалось, что уборщицы обычно снимают башмаки в швейцарской и надевают матерчатые туфли.

— Понятно. Значит, хотя на улице в тот вечер шел дождь, никаких следов не оказалось? Дело принимает чрезвычайно интересный оборот. Что вы сделали затем?

— Мы осмотрели и комнату. Потайной двери там быть не могло, а от окон до земли добрых футов тридцать. Оба окна защелкнуты изнутри. На полу ковер, так что люк исключается, а потолок обыкновенный, беленый. Кладу голову на отсечение, что украсть документ могли, только войдя в дверь.

— А через камин?

— Камина нет. Только печка. Шнур от звонка висит справа от моего стола. Значит, тот, кто звонил, стоял по правую руку. Но зачем понадобилось преступнику звонить? Это неразрешимая загадка.

— Происшествие, разумеется, необычайное. Но что вы делали дальше? Вы осмотрели комнату, я полагаю, чтобы убедиться, не оставил ли незваный гость каких-нибудь следов своего пребывания — окурков, например, потерянной перчатки, шпильки или другого пустяка?

— Ничего не было.

— А как насчет запахов?

— Об этом мы не подумали.

— Запах табака оказал бы нам величайшую услугу при расследовании.

— Я сам не курю и поэтому заметил бы табачный запах. Нет. Зацепиться там было совершенно не за что. Одно только существенно — жена швейцара миссис Танджи спешно покинула здание. Сам швейцар объяснил, что его жена всегда в это время уходит домой. Мы с полицейским решили, что лучше всего было бы немедленно арестовать женщину, чтобы она не успела избавиться от документа, если, конечно, похитила его она.

Мы тут же дали знать в Скотленд-Ярд, и оттуда тотчас прибыл сыщик мистер Форбс, энергично взявшийся за дело. Наняв кеб, мы через полчаса уже стучались в дверь дома, где жил швейцар. Нам отворила девушка, оказавшаяся старшей дочерью миссис Танджи. Ее мать еще не вернулась, и нас провели в комнату.

Минут десять спустя раздался стук. И тут мы совершили серьезный промах, в котором я виню только себя. Вместо того чтобы открыть дверь самим, мы позволили сделать это девушке. Мы услышали, как она сказала: «Мама, тебя ждут двое мужчин», — и тотчас услышали в коридоре быстрый топот. Форбс распахнул дверь, и мы оба бросились за женщиной в заднюю комнату или кухню. Она вбежала туда первая и вызывающе взглянула на нас, но потом вдруг, узнав меня, от изумления даже переменилась в лице.

«Why, if it isn't Mr. Phelps!»

«Да это же мистер Фелпс из министерства!» — воскликнула она.

«А вы за кого нас приняли? Почему бросились бежать от нас?» — спросил мой спутник.

«Я думала, пришли описывать имущество, — сказала она. — Мы задолжали лавочнику».

«Придумано не так уж ловко, — парировал Форбс. — У нас есть причины подозревать вас в краже важного документа из министерства иностранных дел. И я думаю, что вы бросились в кухню, чтобы спрятать его. Вы должны поехать с нами в Скотленд-Ярд, где вас обыщут».

Напрасно она протестовала и сопротивлялась. Подъехал кеб, и мы все трое сели в него. Но перед тем мы все-таки осмотрели кухню и особенно очаг, предположив, что она успела сжечь бумаги за то короткое время, пока была в кухне одна. Однако ни пепла, ни обрывков мы не нашли. Приехав в Скотленд-Ярд, мы сразу передали ее в руки одной из сотрудниц. Я ждал ее доклада, сгорая от нетерпения. Но никакого документа не нашли.

Тут только я понял весь ужас моего положения. До сих пор я действовал и, действуя, забывался. Я был совершенно уверен, что договор найдется немедленно, и не смел даже думать о том, какие последствия меня ожидают, если этого не случится. Но теперь, когда розыски окончились, я мог подумать о своем положении. Оно было поистине ужасно! Уотсон вам скажет, что в школе я был нервным, чувствительным ребенком. Я подумал о дяде и его коллегах по кабинету министров, о позоре, который я навлек на него, на себя, на всех, кто был связан со мной. А что, если я стал жертвой какого-то невероятного случая? Никакая случайность не допустима, когда на карту становятся дипломатические интересы. Я потерпел крах, постыдный, безнадежный крах. Не помню, что я потом делал. Наверно, со мной была истерика. Смутно припоминаю столпившихся вокруг и старающихся утешить меня служащих Скотланд-Ярда. Один из них поехал со мной до Ватерлоо и посадил меня в поезд на Уокинг. Наверно, он проводил бы меня до самого дома, если бы не подвернулся доктор Ферьер, живущий по соседству от нас и ехавший тем же поездом. Доктор любезно взял на себя заботу обо мне, и как раз вовремя, потому что на станции у меня начался припадок, и мы еще не добрались до дому, как я превратился в буйнопомешанного.

Можете представить себе, что здесь было, когда после звонка доктора все поднялись с постелей и увидели меня в таком состоянии. Бедняжка Энни, сидящая здесь, и моя мать были в отчаянии. Доктор Ферьер рассказал родным то, что ему сообщил на вокзале сыщик, и только подлил масла в огонь. Всем было ясно, что я заболел надолго, а посему Джозефа выпроводили из этой веселой комнаты и обратили ее в больничную палату. Здесь я и провалялся более девяти недель в полном беспамятстве и бреду. Если бы не мисс Гаррисон и не заботы доктора, я бы еще и сейчас не был способен здраво рассуждать. Энни ходила за мной днем, а ночью дежурила сиделка, так как в приступе безумия я мог сделать что угодно. Постепенно сознание мое прояснилось, но память ко мне вернулась только три дня назад. Порой мне хочется вовсе лишиться ее. В первую очередь я попросил телеграфировать мистеру Форбсу, который расследует дело. Он приехал и заверил меня, что делается все возможное, хотя на след преступника еще не напали. Швейцара и его жену проверили самым тщательным образом и ничего не обнаружили. Тогда полиция стала подозревать Горо, который, как вы помните, оставался в тот вечер работать дольше других. Подозрение могла вызвать только его французская фамилия и тот факт, что он тогда задержался в министерстве; но я приступил к работе лишь после его ухода, а он сам и его семья — предки Горо были гугенотами — по своим симпатиям и образу жизни такие же англичане, как вы и я. Как бы там ни было, инкриминировать ему ничего не могли, и пришлось отказаться и от этой версии. Вы, мистер Холмс, — моя последняя надежда. Если вы не спасете меня, моя честь и мое положение — все погибло безвозвратно.

Устав от длинного рассказа, больной опустился на подушки, а его сиделка налила ему в стакан какую-то успокаивающую микстуру. Холмс сидел, запрокинув голову и закрыв глаза, и молчал. Стороннему человеку показалось бы, что им овладело безразличие, но я-то знал, что эта его поза означает напряженнейшую работу мысли.

— Ваш рассказ был настолько исчерпывающим, — сказал он наконец, — что мне почти нечего спрашивать.

Но один вопрос, имеющий первостепенное значение, я вам все-таки задам. Говорили вы кому-нибудь о том, что получили специальное задание?

— Никому.

— Хотя бы вот… мисс Гаррисон?

— Нет. Я не был в Уокинге после того, как мне дали это задание.

— И ни с кем из ваших вы тогда случайно не виделись?

— Ни с кем.

— Кто-нибудь из них знает, где расположена ваша комната в министерстве?

— О да, у меня там бывали все.

— Конечно, этот последний вопрос излишен, если вы никому ничего не говорили.

— Никому ничего.

— Что вы знаете о швейцаре?

— Ничего, кроме того, что он отставной солдат.

— Какого полка?

— Я слышал, как будто… Коулдстрим-Гардз.

— Спасибо. Я не сомневаюсь, что узнаю подробности у Форбса. Следователи Скотланд-Ярда отлично умеют собирать факты, но не всегда умеют объяснить их. Ах, какая прелестная роза!

Холмс прошел мимо кушетки к открытому окну, приподнял опустившийся стебель розы и полюбовался тончайшими оттенками розового и зеленого. Эта сторона его характера мне еще не была знакома — я до сих пор ни разу не видел, чтобы он проявлял интерес к живой природе.

«What a lovely thing a rose is!»

— Нигде так не нужна дедукция, как в религии, — сказал он, прислонившись к ставням. — Логик может поднять ее до уровня точной науки. Мне кажется, что своей верой в божественное провидение мы обязаны цветам. Все остальное — наши способности, наши желания, наша пища — необходимо нам в первую очередь для существования. Но роза дана нам сверх всего. Запах и цвет розы украшают жизнь, а не являются условием ее существования. Только божественное провидение может быть источником прекрасного. Вот почему я и говорю: пока есть цветы, человек может надеяться.

Перси Фелпс и его невеста с удивлением слушали разглагольствования Холмса, и на их лицах появилось разочарование. Держа розу в пальцах, он замечтался. Это продолжалось несколько минут, пока голос молодой женщины не заставил его очнуться.

— Вы уже видите, как можно решить эту загадку? — резковато сказала она.

— О, загадку! — откликнулся он, опускаясь с небес на землю. — Было бы нелепо отрицать, что дело это весьма трудное и запутанное, но я обещаю заняться им серьезно и держать вас в курсе дела.

— У вас уже есть какая-нибудь версия?

— У меня их есть уже семь, но я, разумеется, должен все проверить, прежде чем высказать их вслух.

— Вы кого-нибудь подозреваете?

— Я подозреваю себя…

— Что?

— В том, что делаю слишком поспешные выводы.

— В таком случае поезжайте в Лондон и проверьте их.

— Вы дали прекрасный совет, мисс Гаррисон, — вставая, сказал Холмс. — Думаю, Уотсон, это лучшее, что мы можем предпринять. Не позволяйте себе тешиться слишком радужными надеждами, мистер Фелпс. Дело очень запутанное.

— Я места себе не найду, пока снова не увижу вас, — взмолился дипломат.

— Хорошо, я приеду завтра тем же поездом, хотя более чем вероятно, что не сообщу вам ничего нового.

— Благослови вас бог за ваше обещание приехать, — сказал наш клиент. — Я знаю теперь, что дело в надежных руках, и это придает мне силы. Кстати, я получил письмо от лорда Холдхэрста.

— Так. Что он пишет?

— Он холоден, но не резок. Думаю, что он щадит меня только из-за моего состояния. Он пишет, что дело чрезвычайно серьезное, но что в отношении моего будущего ничего не будет предприниматься — он, конечно, имеет в виду увольнение, — пока я не встану на ноги и не получу возможности исправить положение.

— Ну, это все очень разумно и деликатно, — сказал Холмс.

— Пойдемте, Уотсон, у нас в городе работы на целый день.

Мистер Джозеф Гаррисон отвез нас на станцию, и вскоре мы уже мчались в портсмутском поезде. Холмс глубоко задумался и не проронил ни слова, пока мы не проехали узловой станции Клэпем.

— Очень интересно подъезжать к Лондону по высокому месту и смотреть на дома внизу.

The view was sordid enough.

Я подумал, что он шутит, потому что вид был совсем непривлекательный, но он тут же пояснил:

— Посмотрите вон на те большие дома, громоздящиеся над шиферными крышами, как кирпичные острова в свинцово-сером море.

— Это казенные школы.

— Маяки, друг мой! Бакены будущего! Коробочки с сотнями светлых маленьких семян в каждой. Из них вырастет просвещенная Англия будущего. Кажется, этот Фелпс не пьет?

— Думаю, что нет.

— И я так тоже думаю. Но мы обязаны предусмотреть все. Бедняга увяз по уши, а вытащим ли мы его из этой трясины — еще вопрос. Что вы думаете о мисс Гаррисон?

— Девушка с сильным характером. — И к тому же неплохой человек, если я не ошибаюсь. Они с братом — единственные дети фабриканта железных изделий, живущего где-то на севере, в Нортумбер-ленде. Фелпс обручился с ней этой зимой, во время своего путешествия, и она в сопровождении брата приехала познакомиться с родными жениха. Затем произошла катастрофа, и она осталась, чтобы ухаживать за возлюбленным. Ее брат Джозеф, найдя, что тут довольно неплохо, остался тоже. Я уже, как видите, навел кое-какие справки. И сегодня нам придется заниматься этим весь день.

— Мои пациенты... — начал было я.

— О, если вы находите, что ваши дела интереснее моих... — сердито перебил меня Холмс.

— Я хотел сказать, что мои пациенты проживут без меня денек-другой, тем более что в это время года болеют мало.

— Превосходно, — сказал он, снова приходя в хорошее настроение. — В таком случае займемся этой историей вдвоем. Думается мне, что в первую очередь нам надо повидать Форбса. Вероятно, он может рассказать нам много интересного. Тогда нам будет легче решить, с какой стороны браться за дело.

— Вы сказали, что у вас уже есть версия.

— Даже несколько, но только дальнейшее расследование может показать, что они стоят. Труднее всего раскрыть преступление, совершенное без всякой цели. Это преступление не бесцельное. Кому оно выгодно? Либо французскому послу, либо русскому послу, либо тому, кто может продать документ одному из этих послов, либо, наконец, лорду Холдхэрсту.

— Лорду Холдхэрсту?!

— Можно же представить себе государственного деятеля в таком положении, когда он не пожалеет, если некий документ будет случайно уничтожен.

— Но только не лорд Холдхэрст. У этого государственного деятеля безупречная репутация.

— А все-таки мы не можем позволить себе пренебречь и такой версией. Сегодня мы навестим благородного лорда и послушаем, что он нам скажет. Между прочим, расследование уже идет полным ходом.

— Уже?

— Да, я послал до станции Уокинг телеграммы в вечерние лондонские газеты. Это объявление появится сразу во всех газетах.

Он дал мне листок, вырванный из записной книжки. Там было написано карандашом:

«10 фунтов стерлингов вознаграждения всякому, кто сообщит номер кеба, с которого седок сошел на Чарльз-стрит возле подъезда министерства иностранных дел без четверти десять вечера 23 мая. Обращаться по адресу: Бейкер-стрит, 221-б».

— Вы уверены, что похититель приехал в кебе?

— Если и не в кебе, то вреда никакого не будет. Но если верить мистеру Фелпсу, что ни в комнате, ни в коридоре спрятаться нельзя, значит, человек должен был прийти с улицы. Если он пришел с улицы в такой дождливый вечер и не оставил мокрых следов на линолеуме, который тут же тщательно осмотрели, более чем вероятно, что он приехал в кебе. Да, я думаю, можно смело предположить, что он приехал в кебе.

— Это выглядит правдоподобно.

— Такова одна из версий, о которых я говорил. Возможно, она приведет к чему-нибудь. Потом, разумеется, надо выяснить, почему зазвенел звонок, — это самая приметная деталь. Что это: бравада похитителя? Или кто-то хотел помешать преступнику? Или просто случайность?

Холмс замолчал и снова стал напряженно думать, и мне, знакомому со всеми его настроениями, показалось, что мысли его вдруг устремились по новому руслу.

Мы были на городском вокзале в двадцать минут четвертого и, наскоро закусив в буфете, сразу отправились в Скотленд-Ярд. Холмс уже телеграфировал Форбсу, и он нас ждал. Это был коротышка с решительным, но отнюдь не дружелюбным выражением лисьей физиономии. Он принял нас очень холодно, особенно когда узнал, по какому делу мы пришли.

«I've heard of your methods before now, Mr. Holmes.»

— Я уже слышал о ваших методах, мистер Холмс, — сказал он с кислым видом. — Вы пользуетесь всей информацией, какую может предоставить в ваше распоряжение полиция, легко находите преступника и лишаете наших сыщиков заслуженных Лавров.

— Напротив, — возразил Холмс, — из последних пятидесяти трех преступлений, мною раскрытых, только о четырех стало известно, что это сделал я, а остальные же сорок девять на счету полиции. Я не виню вас за то, что вы не знаете этого: вы еще молоды и неопытны, но если вы хотите преуспеть в своей новой должности, вы станете работать со мной, а не против меня.

— Я был бы рад, если бы вы мне дали несколько советов по этому делу, — сказал сыщик, сменив гнев на милость. — Мне пока еще нечем похвастаться.

— Что вы предприняли?

— Мы следили за Танджи, швейцаром. Он ушел в отставку из гвардии с хорошей характеристикой, никаких компрометирующих данных у нас о нем нет, но у жены его дурная слава. Думается мне, она знает больше, чем это кажется.

— За ней вы следили?

— Мы подставили к ней одну из наших сотрудниц. Миссис Танджи пьет, наша сотрудница провела с ней два вечера, но ничего не могла вытянуть из нее.

— Кажется, к ним наведывались судебные исполнители?

— Да, но им заплатили.

— А откуда взялись деньги?

— Здесь все в порядке. Швейцар как раз получил пенсию. Нет никаких признаков, что у них стали водиться деньги.

— Как она объяснила, что в тот вечер на звонок мистера Фелпса поднялась она?

— Она сказала, что муж очень устал и она хотела помочь ему.

— Что ж, это согласуется с тем, что немного позже его нашли спящим на стуле. Значит, против них нет никаких улик, разве что у женщины плохая репутация. Вы спросили, почему она так спешила в тот вечер? Ее поспешность привлекла внимание постового полицейского.

— Она задержалась против обычного и хотела поскорее добраться домой.

— Вы указали ей на то, что вы с мистером Фелпсом, выйдя из министерства по крайней мере минут на двадцать позже нее, добрались до ее дома раньше?

— Она объясняет это разницей в скорости омнибуса и кеба.

— А сказала она, почему, придя домой, она бегом бросилась в кухню?

— У нее там были приготовлены деньги для судебных исполнителей.

— У нее, я вижу, есть ответ на любой вопрос. А спросили вы ее, не встретила ли она кого-нибудь на Чарльз-стрит, когда выходила из министерства?

— Она не видела никого, кроме постового.

— Допросили вы ее тщательно. А что еще вы сделали?

— Следили все эти десять недель за клерком Горо, но безрезультатно. Против него нет никаких улик...

— Что еще?

— Вот и все... и ни следов, ни улик.

— Вы думали над тем, почему звонил звонок?

— Должен признаться, что я в полном недоумении. Кто бы он ни был, но у этого человека железные нервы... Взять и самому поднять тревогу!

— Да, очень странный поступок. Большое спасибо за сведения. Если я найду преступника, я дам вам знать. Пойдем, Уотсон!

— Куда теперь? — спросил я, когда мы вышли из кабинета.

— Теперь мы пойдем и побеседуем с лордом Холдхэрстом, членом кабинета министров и будущим премьером Англии.

К счастью, лорд Холдхэрст был еще в своем служебном кабинете. Холмс послал свою визитную карточку, и нас тотчас привели к нему. Государственный деятель принял нас со старомодной учтивостью, которой он отличался, и усадил в роскошные удобные кресла, стоящие по обе стороны камина. Он стоял перед нами на ковре, высокий, худощавый, с резкими чертами одухотворенного лица, с вьющимися, рано тронутыми сединой волосами. Живое воплощение так редко встречающегося истинного благородства.

A nobleman.

— Ваше имя мне очень хорошо знакомо, мистер Холмс, — улыбаясь, сказал он. — И, разумеется, я не буду притворяться, что не знаю о цели вашего визита. Только одно происшествие, случившееся в этом учреждении, могло привлечь ваше внимание. Могу ли я спросить, чьи интересы вы представляете?

— Мистера Перси Фелпса, — ответил Холмс.

— О, моего несчастного племянника! Вы понимаете, что из-за нашего родства мне гораздо труднее защищать его. Боюсь, что это происшествие скажется губительно на его карьере.

— А если документ будет найден?

— Тогда, разумеется, все будет иначе.

— Позвольте задать вам несколько вопросов, лорд Холдхэрст.

— Я буду рад дать вам любые сведения, которыми я располагаю.

— В этом кабинете вы дали указание переписать документ?

— Да.

— Следовательно, вас вряд ли могли подслушать?

— Это исключается.

— Говорили вы кому-нибудь, что хотите отдать договор для переписки?

— Не говорил.

— Вы уверены в этом?

— Совершенно уверен.

— Но если ни вы, ни мистер Фелпс никому ничего не говорили, то, значит, похититель оказался в комнате клерков совершенно случайно. Он увидел документ и решил воспользоваться счастливым случаем.

Государственный деятель улыбнулся.

— Это уже вне моей компетенции, — сказал он.

Холмс минуту помолчал.

— Есть еще одно важное обстоятельство, которое я хотел бы обсудить с вами, — сказал Холмс. — Насколько я понимаю, вы опасаетесь очень серьезных последствий, если станет известно содержание договора.

По выразительному лицу министра пробежала тень.

— Да, очень серьезных.

— Сейчас уже заметно что-нибудь?

— Пока нет.

— Если бы договор попал в руки, скажем, французского или русского министерства иностранных дел, вы бы узнали об этом?

— Мне следовало бы знать, — поморщившись, сказал лорд Холдхэрст.

— Но прошло уже десять недель, а ничего еще не произошло. Значит, есть основания полагать, что по какой-то причине договор еще не попал к тому, кто в нем заинтересован.

Лорд Холдхэрст пожал плечами.

— Вряд ли можно полагать, мистер Холмс, что похититель унес договор, чтобы вставить его в рамку и повесить на стену.

— Может быть, он ждет, чтобы ему предложили побольше.

— Еще немного — и он вообще ничего не получит. Через несколько месяцев договор уже ни для кого не будет секретом.

— Это очень важно, — сказал Холмс. — Разумеется, можно еще предположить, что похититель внезапно заболел...

— Нервной горячкой, например? — спросил министр, бросив на Холмса быстрый взгляд.

— Я этого не говорил, — невозмутимо сказал Холмс. — А теперь, лорд Холдхэрст, позвольте откланяться, мы и так отняли у вас столько драгоценного времени.

— Желаю успеха в вашем расследовании, кто бы ни оказался преступником, — сказан учтиво министр, и мы, откланявшись, вышли.

— Прекрасный человек, — сказал Холмс, когда мы оказались на Уайтхолл. — Но и ему знакома жизненная борьба. Он далеко не богат, а у него много расходов. Вы, разумеется, заметили, что его ботинки побывали в починке? Но я больше не стану, Уотсон, отвлекать вас от ваших прямых обязанностей. Сегодня мне больше нечего делать, разве что пойти и узнать, кто откликнулся на мое объявление о кебе. Но я был бы вам весьма признателен, если бы вы завтра поехали со мной в Уокинг тем же поездом, что и сегодня.

Мы встретились на следующее утро, как договорились, и поехали в Уокинг. Холмс сказал, что на объявление никто не откликнулся и ничего нового по делу нет. При этом лицо у него стало совершенно бесстрастным, как у краснокожего, и я никак не мог определить по его виду, доволен ли он ходом расследования или нет. Помнится, он завел разговор о бертильоновской системе измерений и бурно восхищался этим французским ученым.

Наш клиент все еще находился под надзором своей заботливой сиделки, но вид у него был уже лучше. Когда мы вошли, он без труда встал с кушетки и приветствовал нас.

«Any news!» he asked.

— Какие новости? — нетерпеливо спросил он.

— Как я и думал, пока никаких, — сказал Холмс. — Я встретился с Форбсом, потом с вашим дядей и начал расследование сразу по нескольким каналам, которые, возможно, и приведут к чему-нибудь.

— Значит, ваш интерес к делу еще не остыл?

— Конечно, нет!

— Благослови вас бог за эти слова! — воскликнула мисс Гаррисон. — Если мы будем мужественны и терпеливы, правда непременно откроется.

— А у нас новостей побольше, чем у вас, — сказал Фелпс, снова садясь на кушетку.

— Я ожидал этого.

— Да, ночью у нас было происшествие, и, кажется, весьма серьезное. — Он нахмурился, и в его глазах мелькнул страх. — Знаете, я уже начинаю подозревать, что стал нечаянной жертвой чудовищного заговора и что заговорщики посягают не только на мою честь, но и на мою жизнь!

— Ого! — воскликнул Холмс.

— Это кажется невероятным, потому что, как я раньше считал, у меня нет в целом мире ни одного врага. Но прошлой ночью я убедился в обратном.

— Продолжайте, пожалуйста.

— К вашему сведению, я прошлую ночь впервые провел без сиделки. Мне стало гораздо лучше, и я думал, что смогу обойтись без нее. В комнате горел ночник. Часа в два ночи я забылся тревожным сном, как вдруг меня разбудил негромкий шорох, похожий на то, как скребется мышь. Некоторое время я лежал прислушиваясь. Мышь, решил я, но тут шум усилился, и вдруг со стороны окна донесся резкий металлический скрежет. Я сразу догадался, в чем дело. Слабый шум производился инструментом, который кто-то старался просунуть в щель между оконными створками, а скрежет — отодвигаемым шпингалетом.

Потом наступила примерно десятиминутная пауза — словно человек хотел убедиться, не проснулся ли я от шума. Затем я услышал легкое поскрипывание, и окно стало медленно раскрываться. Я не выдержал — нервы у меня теперь не те. Соскочил с постели и распахнул ставни. Под окном на корточках сидел какой-то человек. На нем было что-то вроде плаща, скрывавшего и нижнюю часть лица. В одном только я уверен: рука его сжимала какое-то оружие. Мне показалось, что это длинный нож. Я отчетливо видел, как блеснул металл, когда человек бросился бежать.

— Очень интересно, — сказал Холмс. — И что же вы сделали?

— Если бы я не был так слаб, я бы выскочил в раскрытое окно и побежал за ним. Но я мог только позвонить и поднял на ноги весь дом. Сделать это удалось не сразу: звонок звенит на кухне, а все слуги спят наверху. На мой крик сверху прибежал Джозеф, он и разбудил остальных. На клумбе под окном Джозеф с конюхом нашли следы, но земля была настолько сухая, что дальше, в траве, следы затерялись.

Но на деревянном заборе, отделяющем сад от дороги, осталась отметина — ее нашли Джозеф с конюхом, — кто-то перелезал через забор и надломил доску. Я еще ничего не говорил местным полицейским, потому что хотел сперва выслушать ваше мнение.

Рассказ нашего клиента произвел на Шерлока Холмса сильное впечатление. Он вскочил со стула и, не скрывая волнения, стал быстро ходить по комнате.

— Беда никогда не приходит одна, — сказал Фелпс, улыбаясь, хотя было видно, что происшествие его потрясло.

— К вам — во всяком случае, — сказал Холмс. — Не могли бы вы обойти со мной вокруг дома?

— Погреться немного на солнышке мне бы не повредило. Джозеф тоже пойдет.

— И я, — сказала мисс Гаррисон.

— Боюсь, что вам лучше остаться здесь, — покачал головой Холмс. — Сидите в этой комнате и никуда не отлучайтесь.

Девушка с недовольным видом села. Ее брат, однако, пошел с нами. Мы все четверо обогнули газон и приблизились к окну комнаты молодого дипломата. На клумбе, как он и говорил, были следы, но безнадежно затоптанные. Холмс склонился над ними, тут же выпрямился и пожал плечами.

— Ну, здесь немногое можно увидеть, — сказал он. — Давайте вернемся к дому и поглядим, почему взломщик выбрал именно эту комнату. Мне кажется, большие окна гостиной и столовой должны были показаться ему более привлекательными.

— Их лучше видно с дороги, — предположил мистер Джозеф Гаррисон.

— Да, разумеется. А эта дверь куда ведет? Он мог бы ее попытаться взломать.

— Это вход для лавочников. На ночь она запирается.

— А раньше когда-нибудь случалось подобное?

— Никогда, — ответил наш клиент.

— У вас есть столовое серебро или еще что-нибудь, что может привлечь грабителя?

— В доме нет ничего ценного.

Засунув руки в карманы. Холмс с необычным для него беспечным видом завернул за угол.

— Кстати, — обратился он к Джозефу Гаррисону, — вы, помнится, обнаружили место, где вор сломал забор. Пойдемте туда, посмотрим.

Молодой человек привел нас к забору, — у одной тесины верхушка была надломлена, и кусок ее торчал. Холмс совсем отломал ее и с сомнением осмотрел.

Holmes examined it critically.

— Думаете, это сделано вчера вечером? Судя по излому, здесь лезли уже давно.

— Может быть.

— И по другую сторону забора нет никаких следов, не видно, чтобы кто-то прыгал. Нет, нам здесь делать нечего. Пойдемте-ка обратно в спальню и поговорим.

Перси Фелпс шел очень медленно, опираясь на руку своего будущего шурина. Холмс быстро пересек газон, и мы оказались у открытого окна гораздо раньше, чем они.

— Мисс Гаррисон, — очень серьезно сказал Холмс, — вы должны оставаться на этом месте в течение всего дня. Ни в коем случае не уходите отсюда. Это необычайно важно.

— Я, разумеется, сделаю так, как вы хотите, мистер Холмс, — сказала удивленно девушка.

— Когда пойдете спать, заприте дверь этой комнаты снаружи и возьмите ключ с собой. Обещаете?

— А как же Перси?

— Он поедет с нами в Лондон.

— А я должна остаться здесь?

— Ради его блага. Этим вы окажете ему большую услугу! Обещайте мне! Хорошо?

Едва девушка успела кивнуть, как вошли ее жених с братом.

— Что ты загрустила, Энни? — спросил ее брат. — Ступай на солнышко.

— Нет, Джозеф, не хочу. У меня немного болит голова, а в этой комнате так прохладно и тихо.

— Что вы теперь намереваетесь делать, мистер Холмс? — спросил наш клиент.

— Видите ли, расследуя это небольшое дело, мы не должны упускать из виду главную цель. И вы бы мне очень помогли, если бы поехали со мной в Лондон.

— Мы едем сейчас же?

— И как можно скорей. Скажем, через час.

— Я чувствую себя довольно хорошо, но будет, ли от меня какой-нибудь толк?

— Самый большой.

— Наверно, вы захотите, чтобы я остался ночевать в Лондоне?

— Именно это я и хотел предложить вам.

— Значит, если мой ночной приятель вздумает посетить меня еще раз, он обнаружит, что клетка пуста. Все мы в полном вашем распоряжении, мистер Холмс. Вы только должны дать нам точные инструкции, что делать. Вероятно, вы хотите, чтобы Джозеф поехал с нами и приглядывал за мной?

— Это необязательно. Мой друг Уотсон, как вы знаете, — врач, и он позаботится о вас. С вашего позволения, мы поедим и втроем отправимся в город.

Мы так и сделали, а мисс Гаррисон, согласно уговору с Холмсом, под каким-то предлогом осталась в спальне. Я не представлял себе, какова цель этих маневров моего друга, разве что он хотел разлучить зачем-то девушку с Фелпсом, который, оживившись от прилива сил и возможности действовать, завтракал вместе с нами в столовой. Однако у Холмса в запасе был еще более поразительный сюрприз: дойдя с нами до станции и проводив нас до вагона, он спокойно объявил, что не собирается уезжать из Уокинга.

— Мне еще тут надо кое-что выяснить, я приеду позже, — сказал он. — Ваше отсутствие, мистер Фелпс, будет мне своеобразной подмогой. Уотсон, вы меня очень обяжете, если по приезде в Лондон тотчас отправитесь с нашим другом на Бейкер-стрит и будете ждать меня там. К счастью, вы старые школьные товарищи — вам будет о чем поговорить. Мистер Фелпс пусть расположится на ночь в моей спальне. Я буду к завтраку — поезд приходит на вокзал Ватерлоо в восемь.

— А как же с нашим расследованием в Лондоне? — уныло спросил Фелпс.

— Мы займемся этим завтра. Мне кажется, что мое присутствие необходимо сейчас именно здесь.

— Скажите в Брайарбрэ, что я надеюсь вернуться завтра к вечеру! — крикнул Фелпс, когда поезд тронулся.

«I hardly expect to go back to Briarbrae.»

— Я вряд ли вернусь в Брайарбрэ, — ответил Холмс и весело помахал вслед поезду, уносившему нас в Лондон.

По пути мы с Фелпсом долго обсуждали этот неожиданный маневр Холмса, но так и не могли ничего понять.

— Наверно, он хочет выяснить кое-что в связи с сегодняшним ночным происшествием. Был ли это действительно взломщик? Лично я не верю, что это был обыкновенный вор.

— А кто же это, по-вашему?

— Можете считать, что это следствие нервной горячки, но у меня такое чувство, будто вокруг меня плетется какая-то сложная политическая интрига, заговорщики покушаются на мою жизнь. Хотя зачем это им, я, хоть убейте, не понимаю. Можно подумать, что у меня мания величия, так нелепо мое предположение. Но скажите: зачем было вору взламывать окно спальни, где совершенно нечем поживиться, и зачем ему такой длинный нож?

— А может, это простая отмычка?

— О нет! Это был нож. Я отчетливо видел, как блестело лезвие.

— Но скажите ради бога, кто может питать к вам такую вражду?

— Если бы я знал!

— Если то же думает Холмс, то тогда понятно, почему он остался. Предположим, что ваша догадка правильная. Тогда Холмс сегодня ночью выследит покушавшегося на вас человека, а это значительно облегчит поиски морского договора. Ведь нелепо предполагать, что у вас есть сразу два врага — один ворует у вас документ, а другой покушается на вашу жизнь.

— Но мистер Холмс сказал, что он не собирается возвращаться в Брайарбрэ.

— Я знаю его не первый день, — сказал я. — Холмс никогда ничего не делает, не имея веских оснований. И мы заговорили о другом.

Но день для меня выдался утомительный. Фелпс еще не совсем оправился после своей болезни, обрушившееся на него несчастье сделало его нервным и раздражительным. Тщетно я старался развлечь его рассказами об Афганистане, Индии, занимал его разговорами о последних политических новостях, делал все, чтобы развеять его хандру.

Он то и дело возвращался к своему пропавшему договору, высказывал предположения, что бы такое мог делать сейчас Холмс, какие шаги предпринимает лорд Холдхэрст, гадал, что нового мы узнаем завтра утром. Словом, к концу дня на него было жалко смотреть, так он себя измучил.

— Вы очень верите в Холмса? — то и дело спрашивал он.

— Он на моих глазах распутал не одно сложное дело.

— Но такого сложного у него еще не бывало?

— Бывали и посложнее.

— Но тогда не ставились на карту государственные интересы?

— Этого я не знаю. Но мне достоверно известно, что услугами Шерлока Холмса для расследования очень важных дел пользовались три королевских дома Европы.

— Вы-то знаете его хорошо, Уотсон. Но для меня он совершенно непостижимый человек, и я ума не приложу, как ему удастся найти разгадку этого дела. Вы считаете, что на него можно надеяться? Вы думаете, что он уверен в успешном разрешении этого дела?

— Он мне ничего не сказал.

— Это плохой признак.

— Напротив. Я давно заметил, что, потеряв след, Холмс обычно говорит об этом. А вот когда он вышел на след, но еще не совсем уверен, что след ведет его правильно, он становится особенно сдержанным. Ну, полноте, дорогой мой, не терзайте себя, этим делу не поможешь. Идите лучше спать — утро вечера мудренее.

Наконец мне удалось уговорить Фелпса, и он лег, но я не думаю, чтобы он спал в ту ночь, — в таком он был возбуждении. Его настроение передалось и мне, и я ворочался в постели до глубокой ночи, вдумываясь в это странное дело, сочиняя сотни версий, одну невероятнее другой. Почему Холмс остался в Уокинге? Почему он попросил мисс Гаррисон не уходить из «больничной палаты» весь день? Почему он так старался скрыть от обитателей Брайарбрэ, что не едет в Лондон, а остается поблизости? Я ломал себе голову, стараясь найти всем этим фактам объяснение, пока наконец не уснул.

Проснулся я в семь часов и тотчас пошел к Фелпсу. Бедняга очень осунулся после бессонной ночи и выглядел усталым. Первым делом он спросил меня, не приехал ли Холмс.

— Он будет, когда обещал, — ответил я. — Ни минутой раньше, ни минутой позже.

И я не ошибся: едва пробило восемь, как к подъезду подкатил кеб, и из него вышел наш друг. Мы стояли у окна и видели, что его левая рука перевязана бинтами, а лицо очень мрачное и бледное. Он вошел в дом, но наверх поднялся не сразу.

— У него вид человека, потерпевшего поражение, — уныло сказал Фелпс. Мне пришлось признать, что он прав.

— Но, может быть, — сказал я, — ключ к делу следует искать здесь, в городе. Фелпс застонал.

— Я не знаю, с чем он приехал, — сказал он, — но я так надеялся на его возвращение! А что у него с рукой? Ведь вчера она не была завязана?

— Вы не ранены. Холмс? — спросил я, когда мой друг вошел в комнату.

— А, пустяки! Из-за собственной неосторожности получил царапину, — ответил он, поклонившись. — Должен сказать, мистер Фелпс, более сложного дела у меня еще не было.

— Я боялся, что вы найдете его неразрешимым.

— Да, с таким я еще не сталкивался.

— Судя по забинтованной руке, вы попали в переделку, — сказал я. — Вы не расскажете, что случилось?

— После завтрака, дорогой Уотсон, после завтрака! Не забывайте, что я проделал немалый путь, добрых тридцать миль, и нагулял на свежем воздухе аппетит. Наверно, по моему объявлению о кебе никто не являлся? Ну да ладно, подряд несколько удач не бывает.

Стол был накрыт, и только я собирался позвонить, как миссис Хадсон вошла с чаем и кофе. Еще через несколько минут она принесла приборы, и мы все сели за стол: проголодавшийся Холмс, совершенно подавленный Фелпс и я, преисполненный любопытства.

— Миссис Хадсон на высоте положения, — сказал Холмс, снимая крышку с курицы, приправленной кэрри. — Она не слишком разнообразит стол, но для шотландки завтрак задуман недурно. Что у вас там, Уотсон?

— Яичница с ветчиной, — ответил я.

— Превосходно! Что вам предложить, мистер Фелпс: курицу с приправой, яичницу?

— Благодарю вас, я ничего не могу есть, — сказал Фелпс.

— Полноте! Вот попробуйте это блюдо.

— Спасибо, но я и в самом деле не хочу.

— Что ж, — сказал Холмс, озорно подмигнув, — надеюсь, вы не откажете в любезности и поухаживаете за мной.

Phelps raised the cover.

Фелпс поднял крышку и вскрикнул. Он побелел, как тарелка, на которую он уставился. На ней лежал свиток синевато-серой бумаги. Фелпс схватил его, жадно пробежал глазами и пустился в пляс по комнате, прижимая свиток к груди и вопя от восторга. Обессиленный таким бурным проявлением чувств, он вдруг упал в кресло, и мы, опасаясь, как бы он не потерял сознание, заставили его выпить бренди.

— Ну, будет вам! Будет! — успокаивал его Холмс, похлопывая по плечу. — С моей стороны, конечно, нехорошо так внезапно обрушивать на человека радость, но Уотсон скажет вам: я не могу удержаться от театральных жестов.

Фелпс схватил его руку и поцеловал ее.

— Да благословит вас бог! — вскричал он. — Вы спасли мне честь!

— Ну, положим, моя честь тоже была поставлена на карту, — сказал Холмс. — Уверяю вас, мне так же неприятно не раскрыть преступления, как вам не справиться с дипломатическим поручением.

Фелпс положил драгоценный документ во внутренний карман сюртука.

— Я не осмеливаюсь больше отвлекать вас от завтрака, но умираю от любопытства: как вам удалось добыть этот документ и где он был?

Шерлок Холмс выпил чашку кофе, затем отдал должное яичнице с ветчиной. Потом он встал, закурил трубку и уселся поудобнее в кресло.

— Я буду рассказывать вам все по порядку, — начал Холмс. — Проводив вас на станцию, я совершил прелестную прогулку по восхитительному уголку Суррея к красивой деревеньке, под названием Рипли, где выпил в гостинице чаю и на всякий случай наполнил свою флягу и положил в карман сверток с бутербродами. Там я оставался до вечера, а потом направился в сторону Уокинга и после захода солнца оказался на дороге, ведущей в Брайарбрэ. Дойдя до усадьбы и подождав, пока дорога не опустеет — по-моему, там вообще прохожих бывает не слишком много, — я перелез через забор в сад.

— Но ведь калитка была не заперта! — воскликнул Фелпс.

— Да. Но в таких случаях я люблю быть оригинальным. Я выбрал место, где стоят три елки, и под этим прикрытием перелез через забор незаметно для обитателей дома. В саду, прячась за кустами, я пополз — чему свидетельство печальное состоящие моих брюк — к зарослям рододендронов, откуда очень удобно наблюдать за окнами спальни. Здесь я присел на корточки и стал ждать, как будут развиваться события.

Портьера в комнате не была опущена, и я видел, как мисс Гаррисон сидела за столом и читала. В четверть одиннадцатого она закрыла книгу, заперла ставни и удалилась. Я слышал, как она захлопнула дверь, а потом повернула ключ в замке.

— Ключ? — удивился Фелпс.

— Да, я посоветовал мисс Гаррисон, когда она пойдет спать, запереть дверь снаружи и взять ключ с собой. Она точно выполнила мои указания, и, разумеется, без ее содействия документ не лежал бы сейчас в кармане вашего сюртука. Потом она ушла, огни погасли, а я продолжал сидеть на корточках под рододендроновым кустом.

Ночь была прекрасна, но тем не менее сидеть в засаде было очень утомительно. Конечно, в этом было что-то от ощущений охотника, который лежит у источника, поджидая крупную дичь. Впрочем, ждать мне пришлось очень долго… почти столько же, Уотсон, сколько мы с вами ждали в той комнате смерти, когда расследовали историю с «пестрой лентой». Часы на церкви в Уокинге били каждую четверть часа, и мне не раз казалось, что они остановились. Но вот наконец часа в два ночи я вдруг услышал, как кто-то тихо-тихо отодвинул засов и повернул в замке ключ. Через секунду дверь для прислуги отворилась, и на пороге, освещенный лунным светом, показался мистер Джозеф Гаррисон.

«Joseph Harrison stepped out.»

— Джозеф! — воскликнул Фелпс.

— Он был без шляпы, но запахнут в черный плащ, которым мог при малейшей тревоге мгновенно прикрыть лицо. Он пошел на цыпочках в тени стены, а дойдя до окна, просунул нож с длинным лезвием в щель и поднял шпингалет. Затем он распахнул окно, сунул нож в щель между ставнями, сбросил крючок и открыл их.

Со своего места я прекрасно видел, что делается внутри комнаты, каждое его движение. Он зажег две свечи, которые стояли на камине, подошел к двери и завернул угол ковра. Потом наклонился и поднял квадратную планку, которой прикрывается доступ к стыку газовых труб, — здесь от магистрали ответвляется труба, снабжающая газом кухню, которая находится в нижнем этаже. Сунув руку в тайник, Джозеф достал оттуда небольшой бумажный сверток, вставил планку на место, отвернул ковер, задул свечи и, спрыгнув с подоконника, попал прямо в мои объятия, так как я уже ждал его у окна.

Я не представлял себе, что господин Джозеф может оказаться таким злобным. Он бросился на меня с ножом, и мне пришлось дважды сбить его с ног и порезаться о его нож, прежде чем я взял верх. Хоть он и смотрел на меня «убийственным» взглядом единственного глаза, который еще мог открыть после того, как кончилась потасовка, но уговорам моим все-таки внял и документ отдал. Овладев документом, я отпустил Гаррисона, но сегодня же утром телеграфировал Форбсу все подробности этой ночи. Если он окажется расторопным и схватит эту птицу, честь ему и хвала! Но если он явится к опустевшему уже гнезду — а я подозреваю, что так оно и случится, — то правительство от этого еще и выиграет. Я полагаю, что ни лорду Холдхэрсту, ни мистеру Перси Фелпсу совсем не хотелось бы, чтобы это дело разбиралось в полицейском суде.

— Господи! — задыхаясь, проговорил наш клиент. — Скажите мне, неужели украденный документ в течение всех этих долгих десяти недель, когда я находился между жизнью и смертью, был все время со мной в одной комнате?

— Именно так и было.

— А Джозеф! Подумать только — Джозеф оказался негодяем и вором!

— Гм! Боюсь, что Джозеф — человек гораздо более сложный и опасный, чем об этом можно судить по его внешности. Из его слов, сказанных мне ночью, я понял, что он по неопытности сильно запутался в игре на бирже и готов был пойти на все, чтобы поправить дела. Как только представился случай, он, будучи эгоистом до мозга костей, не пощадил ни счастья своей сестры, ни вашей репутации.

Перси Фелпс поник в своем кресле.

— Голова идет кругом! — сказал он. — От ваших слов мне становится дурно.

— Раскрыть это дело было трудно главным образом потому, — заметил своим менторским тоном Холмс, — что скопилось слишком много улик. Важные улики были погребены под кучей второстепенных. Из всех имеющихся фактов надо было отобрать те, которые имели отношение к преступлению, и составить из них картину подлинных событий. Я начал подозревать Джозефа еще тогда, когда вы сказали, что он в тот вечер собирался ехать домой вместе с вами и, следовательно, мог, зная хорошо расположение комнат в здании министерства иностранных дел, зайти за вами по пути. Когда я услышал, что кто-то горит желанием забраться в вашу спальню, в которой спрятать что-нибудь мог только Джозеф (вы в самом начале рассказывали, как Джозефа выдворили из нее, когда вернулись домой с доктором), мое подозрение перешло в уверенность. Особенно когда я узнал о попытке забраться в спальню в первую же ночь, которую вы провели без сиделки. Это означало, что непрошеный гость хорошо знаком с расположением дома.

— Как я был слеп!

— Я подумал и решил, что дело обстояло так: этот Джозеф Гаррисон вошел в министерство со стороны Чарльз-стрит и, зная дорогу, прошел прямо в вашу комнату тотчас после того, как вы из нее вышли. Не застав никого, он быстро позвонил, и в то же мгновение на глаза ему попался документ, лежавший на столе. Достаточно было одного взгляда, чтобы понять, что случай дает ему в руки документ огромной государственной важности. В мгновенье ока он сунул документ в карман и вышел. Как вы помните, прежде чем сонный швейцар обратил ваше внимание на звонок, прошло несколько минут, и этого было достаточно, чтобы вор успел скрыться.

Он уехал в Уокинг первым же поездом и, приглядевшись к своей добыче и уверившись, что она в самом деле чрезвычайно ценна, спрятал ее, как ему показалось, в очень надежное место. Дня через два он намеревался взять ее оттуда и отвести во французское

посольство или в другое место, где, по его мнению, ему дали бы большие деньги. Но дело получило неожиданный оборот. Его без предупреждения выпроводили из собственной комнаты, и с тех пор в ней всегда находились по крайней мере два человека, что мешало ему забрать свое сокровище. Это, по-видимому, страшно бесило его. И вот наконец удобный случай представился. Он попытался забраться в комнату, но ваша бессонница расстроила его планы. Наверно, вы помните, что в тот вечер вы не выпили своего успокоительного лекарства.

— Помню.

— Я полагаю, что Джозеф принял меры, чтобы лекарство стало особенно эффективным, и вполне полагался на ваш глубокий сон. Я, разумеется, понял, что он повторит попытку, как только будет возможность сделать это без риска. И тут вы покинули комнату. Чтобы он не упредил нас, я целый день продержал в ней мисс Гаррисон. Затем, внушив ему мысль, что путь свободен, я занял свой пост. Я уже знал, что документ скорее всего находится в комнате, но не имел никакого желания срывать в поисках его всю обшивку и плинтусы. Я позволил ему взять документ из тайника и таким образом избавил себя от неимоверных хлопот. Есть еще какие-нибудь неясности?

«Is there any point which I can make clear!»

— Почему в первый раз он полез в окно, — спросил я, — когда мог проникнуть через дверь?

— До двери ему надо было идти мимо семи спален. Легче было пройти по газону. Что еще?

— Но не думаете же вы, — спросил Фелпс, — что он намеревался убить меня? Нож ему нужен был только как инструмент.

— Возможно, — пожав плечами, ответил Холмс. — Одно могу сказать определенно: мистер Гаррисон — такой джентльмен, на милосердие которого я не стал бы рассчитывать ни в коем случае.

Случай с переводчиком

За все мое долгое и близкое знакомство с мистером Шерлоком Холмсом я не слышал от него ни слова о его родне и едва ли хоть что-нибудь о его детских и отроческих годах. От такого умалчивания еще больше усиливалось впечатление чего-то нечеловеческого, которое он на меня производил, и временами я ловил себя на том, что вижу в нем некое обособленное явление, мозг без сердца, человека, настолько же чуждого человеческих чувств, насколько он выделялся силой интеллекта. И нелюбовь его к женщинам и несклонность завязывать новую дружбу были достаточно характерны для этой чуждой эмоциям натуры, но не в большей мере, чем это полное забвение родственных связей. Я уже склонялся к мысли, что у моего друга не осталось в живых никого из родни, когда однажды, к моему большому удивлению, он заговорил со мной о своем брате.

Был летний вечер, мы пили чай, и разговор, беспорядочно перескакивая с гольфа на причины изменений в наклонности эклиптики к экватору, завертелся под конец вокруг вопросов атавизма и наследственных свойств. Мы заспорили, в какой мере человек обязан тем или другим своим необычным дарованием предкам, а в какой — самостоятельному упражнению с юных лет.

— В вашем собственном случае, — сказал я, — из всего, что я слышал от вас, по-видимому, явствует, что вашей наблюдательностью и редким искусством в построении выводов вы обязаны систематическому упражнению.

— В какой-то степени, — ответил он задумчиво. — Мои предки были захолустными помещиками и жили, наверно, точно такою жизнью, какая естественна для их сословия. Тем не менее эта склонность у меня в крови, и идет она, должно быть, от бабушки, которая была сестрой Верне[1] французского художника. Артистичность, когда она в крови, закономерно принимает самые удивительные формы.

— Но почему вы считаете, что это свойство у вас наследственное?

— Потому что мой брат Майкрофт наделен им в большей степени, чем я.

Новость явилась для меня поистине неожиданной. Если в Англии живет еще один человек такого же редкостного дарования, как могло случиться, что о нем до сих пор никто не слышал — ни публика, ни полиция? Задавая свой вопрос, я выразил уверенность, что мой товарищ только из скромности поставил брата выше себя самого. Холмс рассмеялся.

— Мой дорогой Уотсон, — сказал он, — я не согласен с теми, кто причисляет скромность к добродетелям. Логик обязан видеть вещи в точности такими, каковы они есть, а недооценивать себя — такое же отклонение от истины, как преувеличивать свои способности. Следовательно, если я говорю, что Майкрофт обладает большей наблюдательностью, чем я, то так оно и есть, и вы можете понимать мои слова в прямом и точном смысле.

— Он моложе вас?

— Семью годами старше.

— Как же это он никому не известен?

— О, в своем кругу он очень известен.

— В каком же?

— Да хотя бы в клубе «Диоген».

Я никогда не слышал о таком клубе, и, должно быть, недоумение ясно выразилось на моем лице, так как Шерлок Холмс, достав из кармана часы, добавил:

---

[1] Верне — семья французских художников. Холмс, очевидно, имеет в виду Ораса Верне (1789 — 1863) — баталиста и автора ряда картин из восточной жизни.

— Клуб «Диоген» — самый чудной клуб в Лондоне, а Майкрофт — из чудаков чудак. Он там ежедневно с без четверти пять до сорока минут восьмого. Сейчас ровно шесть, и вечер прекрасный, так что, если вы не прочь пройтись, я буду рад познакомить вас с двумя диковинками сразу.

Holmes pulled out his watches.

Пять минут спустя мы были уже на улице и шли к площади Риджент-серкес.

— Вас удивляет, — заметил мой спутник, — почему Майкрофт не применяет свои дарования в сыскной работе? Он к ней неспособен.

— Но вы, кажется, сказали…

— Я сказал, что он превосходит меня в наблюдательности и владении дедуктивным методом. Если бы искусство сыщика начиналось и кончалось размышлением в покойном кресле, мой брат Майкрофт стал бы величайшим в мире деятелем по раскрытию преступлений. Но у него нет честолюбия и нет энергии. Он бы лишнего шагу не сделал, чтобы проверить собственные умозаключения, и, чем брать на себя труд доказывать свою правоту, он предпочтет, чтобы его считали неправым. Я не раз приходил к нему с какой-нибудь своей задачей, и всегда предложенное им решение впоследствии оказывалось правильным. Но если требовалось предпринять какие-то конкретные меры, чтобы можно было передать дело в суд, — тут он становился совершенно беспомощен.

— Значит, он не сделал из этого профессии?

— Никоим образом. То, что дает мне средства к жизни, для него не более как любимый конек дилетанта. У него необыкновенные способности к вычислениям, и он проверяет финансовую отчетность в одном министерстве. Майкрофт снимает комнаты на Пэл-Мэл, так что ему только за угол завернуть, и он в Уайтхолле — утром туда, вечером назад и так изо дня в день, из года в год. Больше он никуда не ходит, и нигде его не увидишь, кроме как в клубе «Диоген», прямо напротив его дома.

— Я не припомню такого названия.

— Вполне понятно. В Лондоне, знаете, немало таких людей, которые — кто из робости, а кто по мизантропии — избегают общества себе подобных. Но при том они не прочь просидеть в покойном кресле и просмотреть свежие журналы и газеты. Для их удобства и создан был в свое время клуб «Диоген», и сейчас он объединяет в себе самых необщительных, самых «антиклубных» людей нашего города. Членам клуба не дозволяется обращать друг на друга хоть какое-то внимание. Кроме как в комнате для посторонних посетителей, в клубе ни под каким видом не допускаются никакие разговоры, и после трех нарушений этого правила, если о них донесено в клубный комитет, болтун подлежит исключению. Мой брат — один из членов-учредителей, и я убедился лично, что обстановка там самая успокаивающая.

В таких разговорах мы дошли до Сент-Джеймса и свернули на Пэл-Мэл. Немного не доходя до Карлотона, Шерлок Холмс остановился у подъезда и, напомнив мне, что говорить воспрещается, вошел в вестибюль. Сквозь стеклянную дверь моим глазам открылся на мгновение большой и роскошный зал, где сидели, читая газеты, какие-то мужчины, каждый в своем обособленном уголке. Холмс провел меня в маленький кабинет, смотревший окнами на Пэл-Мэл, и, оставив меня здесь на минутку, вернулся со спутником, который, как я знал, не мог быть не кем иным, как только его братом.

Mycroft Holmes.

Майкрофт Холмс был много выше и толще Шерлока. Он был, что называется, грузным человеком, и только в его лице, хоть и тяжелом, сохранилось что-то от той острой выразительности, которой так поражало лицо его брата. Его глаза, водянисто-серые и до странности светлые, как будто навсегда удержали тот устремленный в себя и вместе с тем отрешенный взгляд, какой я подмечал у Шерлока только в те минуты, когда он напрягал всю силу своей мысли.

— Рад познакомиться с вами, сэр, — сказал он, протянув широкую, толстую руку, похожую на ласт моржа. — С тех пор, как вы стали биографом Шерлока, я слышу о нем повсюду. Кстати, Шерлок, я ждал, что ты покажешься еще на прошлой неделе — придешь обсудить со мною случай в Мэнор-Хаусе. Мне казалось, что он должен поставить тебя в тупик.

— Нет, я его разрешил, — улыбнулся мой друг.

— Адамс, конечно?

— Да, Адамс.

— Я был уверен в этом с самого начала. — Они сели рядом в фонаре окна. — Самое подходящее место для всякого, кто хочет изучать человека, — сказал Майкрофт. — Посмотри, какие великолепные типы! Вот, например, эти двое, идущие прямо на нас.

— Маркер и тот другой, что с ним?

— Именно. Кто, по-твоему, второй?

Двое прохожих остановились напротив окна. Следы мела над жилетным карманом у одного были единственным, на мой взгляд, что наводило на мысль о бильярде. Второй был небольшого роста смуглый человек в съехавшей на затылок шляпе и с кучей свертков под мышкой.

— Бывший военный, как я погляжу, — сказал Шерлок.

— И очень недавно оставивший службу, — заметил брат.

— Служил он, я вижу, в Индии.

— Офицер по выслуге, ниже лейтенанта.

— Я думаю, артиллерист, — сказал Шерлок.

— И вдовец.

— Но имеет ребенка.

— Детей, мои мальчик, детей.

— Постойте, — рассмеялся я, — для меня это многовато.

— Ведь нетрудно же понять, — ответил Холмс, — что мужчина с такой выправкой, властным выражением лица и такой загорелый — солдат, что он не рядовой и недавно из Индии.

— Что службу он оставил лишь недавно, показывают его, как их называют, «амуничные» башмаки, — заметил Майкрофт.

— Походка не кавалерийская, а пробковый шлем он все же носил надвинутым на бровь, о чем говорит более светлый загар с одной стороны лба. Сапером он быть не мог — слишком тяжел. Значит, артиллерист.

— Далее, глубокий траур показывает, конечно, что он недавно потерял близкого человека. Тот факт, что он сам делает закупки, позволяет думать, что умерла жена. А накупил он, как видите, массу детских вещей. В том числе погремушку, откуда видно, что один из детей — грудной младенец. Возможно, мать умерла родами. Из того, что он держит под мышкой книжку с картинками, заключаем, что есть и второй ребенок.

Мне стало понятно, почему мой друг сказал, что его брат обладает еще более острой наблюдательностью, чем он сам. Шерлок поглядывал на меня украдкой и улыбался. Майкрофт взял понюшку из черепаховой табакерки и отряхнул с пиджака табачные крошки большим красным шелковым платком.

— Кстати, Шерлок, — сказал он, — у меня как раз кое-что есть в твоем вкусе — довольно необычная задача, которую я пытался разрешить. У меня, правда, не хватило энергии довести дело до конца, я предпринял только кое-какие шаги, но она мне дала приятный случай пораскинуть мозгами. Если ты склонен прослушать данные…

— Милый Майкрофт, я буду очень рад.

Брат настрочил записку на листке блокнота и, позвонив, вручил ее лакею.

— Я пригласил сюда мистера Мэласа, — сказал Майкрофт. — Он живет через улицу, прямо надо мной, и мы с ним немного знакомы, почему он и надумал прийти ко мне со своим затруднением. Мистер Мэлас, как я понимаю, родом грек и замечательный полиглот. Он зарабатывает на жизнь отчасти как переводчик в суде, отчасти работая гидом у разных богачей с Востока, когда они останавливаются в отелях на Нортумберленд-авеню. Я думаю, мы лучше предоставим ему самому рассказать о своем необыкновенном приключении.

Через несколько минут в кабинет вошел низенький толстый человек, чье оливковое лицо и черные, как уголь, волосы выдавали его южное происхождение, хотя по разговору это был образованный англичанин. Он горячо пожал руку Шерлоку Холмсу, и его темные глаза загорелись радостью, когда он услышал, что его историю готов послушать такой знаток.

— Я думаю, в полиции мне не поверили, поручусь вам, что нет, — начал он с возмущением в голосе, — Раз до сих пор они такого не слыхивали, они полагают, что подобная вещь невозможна. У меня не будет спокойно на душе, пока я не узнаю, чем это кончилось для того несчастного человека с пластырем на лице.

— Я весь внимание, — сказал Шерлок Холмс.

— Сегодня у нас среда, — продолжал мистер Мэлас. — Так вот, все это случилось в понедельник поздно вечером, не далее как два дня тому назад. Я переводчик, как вы уже, может быть, слышали от моего соседа. Перевожу я со всех и на все языки или почти со всех, но так как я по рождению грек и ношу греческое имя, то с этим языком мне и приходится работать больше всего. Я много лет являюсь главным греческим переводчиком в Лондоне, и мое имя хорошо знают в гостиницах.

Случается, и нередко, что меня в самое несуразное время вызывают к какому-нибудь иностранцу, попавшему в затруднение, или к путешественникам, приехавшим поздно ночью и нуждающимся в моих услугах. Так что я не удивился, когда в понедельник поздно вечером явился ко мне на квартиру элегантно одетый молодой человек, некто Латимер, и пригласил меня в свой кэб, ждавший у подъезда. К нему, сказал он, приехал по делу его приятель — грек, и так как тот говорит только на своем родном языке, без переводчика не обойтись. Мистер Латимер дал мне понять, что ехать к нему довольно далеко — в Кенсингтон, и он явно очень спешил: как только мы вышли на улицу, он быстрехонько втолкнул меня в кэб.

Я говорю — кэб, но у меня тут возникло подозрение, не сижу ли я скорей в карете. Экипаж был, во всяком случае, куда просторней этого лондонского позорища — четырехколесного кэба, и обивка, хотя и потертая, была из дорогого материала. Мистер Латимер сел против меня, и мы покатили на Чаринг-Кросс и затем вверх по Шефтсбери-авеню. Мы выехали на Оксфорд-стрит, и я уже хотел сказать, что мы как будто едем в Кенсингтон кружным путем, когда меня остановило на полуслове чрезвычайно странное поведение спутника.

Для начала он вытащил из кармана самого грозного вида дубинку, налитую свинцом, и помахал ею, как бы проверяя ее вес. Потом, ни слова не сказав, он положил ее рядом с собой на сиденье. Проделав это, он поднял с обеих сторон оконца, и я, к своему удивлению, увидел, что стекла их затянуты бумагой, как будто нарочно для того, чтобы мне через них ничего не было видно.

«He drew up the window.»

— Извините, что лишаю вас удовольствия смотреть в окно, мистер Мэлас, — сказал он. — Дело в том, понимаете, что в мои намерения не входит, чтобы вы видели куда мы с вами едем. Для меня может оказаться неудобным, если вы сможете потом сами найти ко мне дорогу.

Как вы легко себе представите, мне стало не по себе: мой спутник был молодой парень, крепкий и плечистый, так что, и не будь при нем дубинки, я все равно с ним не сладил бы.

— Вы очень странно себя ведете, мистер Латимер, — сказал я, запинаясь. — Неужели вы не понимаете, что творите беззаконие?

— Спору нет, я позволил себе некоторую вольность, — отвечал он, — когда я стану расплачиваться с вами, все будет учтено. Должен, однако, вас предупредить, мистер Мэлас, что если вы сегодня вздумаете поднять тревогу или предпринять что-нибудь, идущее вразрез с моими интересами, то дело для вас обернется не шуткой. Прошу вас не забывать, что, как здесь в карете, так и у меня дома, вы все равно в моей власти.

Он говорил спокойно, но с хрипотцой, отчего его слова звучали особенно угрожающе. Я сидел молча и недоумевал, что на свете могло послужить причиной, чтобы похитить меня таким необычайным образом. Но в чем бы не заключалась причина, было ясно, что сопротивляться бесполезно и что мне оставалось одно: ждать, а уж там будет видно.

Мы были в пути почти что два часа, но я все же не мог уяснить себе, куда мы едем. Временами грохот колес говорил, что мы катим по булыжной мостовой, а потом их ровный и бесшумный ход наводил на мысль об асфальте, но, кроме этой смены звука, не было ничего, что хотя бы самым далеким намеком подсказало мне, где мы находимся. Бумага на обоих окнах не пропускала света, а стекло передо мной было задернуто синей занавеской. С Пэл-Мэл мы выехали в четверть восьмого, и на моих часах было уже без десяти девять, когда мы наконец остановились. Мой спутник опустил оконце, и я увидел низкий сводчатый подъезд с горящим над ним фонарем. Меня быстро высадили из кареты, в подъезде распахнулась дверь, причем, когда я входил, у меня создалось смутное впечатление газона и деревьев по обе стороны от меня. Но был ли это уединенный городской особняк в собственном саду или bona fidel[1] загородный дом, не берусь утверждать.

В холле горел цветной газовый рожок, но пламя было так сильно привернуто, что я мало что мог разглядеть — только, что холл довольно велик и увешан картинами. В тусклом свете я различил, что дверь нам открыл маленький, невзрачный человек средних лет с сутулыми плечами. Когда он повернулся к нам, отблеск света показал мне, что он в очках.

— Это мистер Мэлас, Гарольд? — спросил он.

---

[1] Здесь: настоящий (лат.)

— Да.

— Хорошо сработано! Очень хорошо! Надеюсь, вы на нас не в обиде, мистер Мэлас, — нам без вас никак не обойтись. Если вы будете вести себя с нами честно, вы не пожалеете, но если попробуете выкинуть какой-нибудь фокус, тогда... да поможет вам Бог!

Он говорил отрывисто, нервно перемежая речь смешком, но почему-то наводил на меня больше страха, чем тот, молодой.

— Что вам нужно от меня? — спросил я.

— Только, чтобы вы задали несколько вопросов одному джентльмену из Греции, нашему гостю, и перевели бы нам его ответы. Но ни полслова сверх того, что вам прикажут сказать, или... — снова нервный смешок, — ...лучше б вам и вовсе не родиться на свет!

С этими словами он открыл дверь и провел нас в комнату, освещенную опять-таки только одной лампой с приспущенным огнем. Комната была, безусловно, очень большая, и то, как ноги мои утонули в ковре, едва я вступил в нее, говорило о ее богатом убранстве. Я видел урывками крытые бархатом кресла, высокий с белой мраморной доской камин и по одну его сторону — то, что показалось мне комплектом японских доспехов. Одно кресло стояло прямо под лампой, и пожилой господин молча указал мне на него. Молодой оставил нас, но тут же появился из другой двери, ведя с собой джентльмена в каком-то балахоне, медленно подвигавшегося к нам. Когда он вступил в круг тусклого света, я смог разглядеть его, и меня затрясло от ужаса, такой у него был вид. Он был мертвенно бледен и крайне истощен, его выкаченные глаза горели, как у человека, чей дух сильней его немощного тела. Но что потрясло меня даже больше, чем все признаки физического изнурения, — это то, что его лицо вдоль и поперек уродливо пересекали полосы пластыря и широкая наклейка из того же пластыря закрывала его рот.

«I was trilled with horror.»

— Есть у тебя грифельная доска, Гарольд? — крикнул старший, когда это странное существо не село, а скорее упало в кресло. — Руки ему развязали? Хорошо, дай ему карандаш. Вы будете задавать вопросы, мистер Мэлас, а он писать ответы. Спросите прежде всего, готов ли он подписать бумаги.

Глаза человека метнули огонь.

«Никогда», — написал он по-гречески на грифельной доске.

— Ни на каких условиях? — спросил я по приказу нашего тирана.

«Только если ее обвенчает в моем присутствии знакомый мне греческий священник».

Тот пожилой захихикал своим ядовитым смешком.

— Вы знаете, что вас ждет в таком случае?

«О себе я не думаю».

Я привожу вам образцы вопросов и ответов, составлявших наш полуустный-полуписьменный разговор. Снова и снова я должен был спрашивать, сдастся ли он и подпишет ли документ. Снова и снова я получал тот же негодующий ответ. Но вскоре мне пришла на ум счастливая мысль. Я стал к каждому вопросу прибавлять коротенькие фразы от себя — сперва совсем невинные, чтобы проверить, понимают ли хоть слово наши два свидетеля, а потом, убедившись, что на лицах у них ничего не отразилось, я повел более опасную игру. Наш разговор пошел примерно так:

— От такого упрямства вам добра не будет. Кто вы?!

— Мне все равно. В Лондоне я чужой.

— Вина за вашу судьбу падет на вашу собственную голову. Давно вы здесь?

— Пусть так. Три недели.

— Вашей эта собственность уже никогда не будет. Что они с вами делают?

— Но и негодяям она не достанется. Морят голодом.

— Подпишите бумаги, и вас выпустят на свободу. Что это за дом?

— Не подпишу никогда. Не знаю.

— Этим вы ей не оказываете услуги. Как вас зовут?

— Пусть она скажет мне это сама. Кратидес.

— Вы увидите ее, если подпишете. Откуда вы?

— Значит, я не увижу ее никогда. Из Афин.

Еще бы пять минут. Мистер Холмс, и я бы выведал всю историю у них под носом. Уже на моем следующем вопросе, возможно, дело разъяснилось бы, но в это мгновение открылась дверь, и в комнату вошла женщина. Я не мог ясно ее разглядеть и знаю только, что она высокая, изящная, с черными волосами и что на ней было что-то вроде широкого белого халата.

— Гарольд! — заговорила она по-английски, но с заметным акцентом. — Я здесь больше не выдержу. Так скучно, когда никого с тобой нет, кроме... Боже, это Паулос!

Последние слова она сказала по-гречески, и в тот же миг несчастный судорожным усилием сорвал пластырь с губ и с криком: «София! София!» — бросился ей на грудь. Однако их объятие длилось лишь одну секунду, потому что младший схватил женщину и вытолкнул из комнаты, в то время как старший без труда одолел свою изнуренную голодом жертву и уволок несчастного в другую дверь. На короткий миг я остался в комнате один. Я вскочил на ноги со смутной надеждой, что, возможно, как-нибудь, по каким-то признакам мне удастся разгадать, куда я попал. Но, к счастью, я еще ничего не предпринял, потому что, подняв голову, я увидел, что старший стоит в дверях и не сводит с меня глаз.

«*Sophy! Sophy!*»

— Вот и все, мистер Мэлас, — сказал он. — Вы видите, мы оказали вам доверие в некоем сугубо личном деле. Мы бы вас не побеспокоили, если бы не случилось так, что один наш друг, который знает по-гречески и начал вести для нас эти переговоры, не был вынужден вернуться на Восток. Мы оказались перед необходимостью найти кого-нибудь ему в замену и были счастливы узнать о таком одаренном переводчике, как вы.

Я поклонился.

— Здесь пять соверенов, — сказал он, подойдя ко мне, — гонорар, надеюсь, достаточный. Но запомните, — добавил он, и со смешком легонько похлопал меня по груди, — если вы хоть одной душе обмолвитесь о том, что увидели — хоть одной душе! — тогда... да помилует Бог вашу душу!

Не могу вам передать, какое отвращение и ужас внушал мне этот человек, такой жалкий с виду. Свет лампы падал теперь прямо на него, и я мог разглядеть его лучше. Желто-серое остренькое лицо и жидкая бороденка клином, точно из мочалы. Когда он говорил, то вытягивал шею вперед, и при этом губы и веки у него непрерывно подергивались, как если б он страдал пляской святого Витта. Мне невольно подумалось, что и этот странный, прерывистый смешок — тоже проявление какой-то нервной болезни. И все же лицо его было страшно — из-за серых, жестких, с холодным блеском глаз, затаивших в своей глубине злобную, неумолимую жестокость.

— Нам будет известно, если вы проговоритесь, — сказал он. — У нас есть свои каналы осведомления. А сейчас вас ждет внизу карета, и мой друг вас отвезет.

Меня быстро провели через холл, запихали в экипаж, и опять у меня перед глазами мелькнули деревья и сад. Мистер Латимер шел за мной по пятам и, не обронив ни слова, сел против меня. Опять мы ехали куда-то в нескончаемую даль, в полном молчании и при закрытых оконцах, пока наконец, уже в первом часу ночи, карета не остановилась.

— Вы сойдете здесь, мистер Мэлас, — сказал мой спутник. — Извините, что я вас покидаю так далеко от вашего дома, но ничего другого нам не оставалось. Всякая попытка с вашей стороны проследить обратный путь кареты окажется вам же во вред.

С этими словами он открыл дверцу, и не успел я соскочить, как кучер взмахнул кнутом, и карета, громыхая, покатила прочь. В недоумении смотрел я вокруг. Я стоял посреди какого-то выгона, поросшего вереском и черневшими здесь и там кустами дрока. Вдалеке тянулся ряд домов, и там кое-где в окнах под крышей горел свет. По другую сторону я видел красные сигнальные фонари железной дороги.

«I saw some one coming towards me.»

Привезшая меня карета уже скрылась из виду. Я стоял, озираясь, и гадал, куда же меня занесло, как вдруг увидел, что в темноте прямо на меня идет какой-то человек. Когда он поравнялся со мной, я распознал в нем железнодорожного грузчика.

— Вы мне не скажете, что это за место? — спросил я.

— Уондсуэрт-Коммон, — сказал он.

— Могу я поспеть на поезд в город?

— Если пройдете пешочком до Клэпемского разъезда — это примерно в миле отсюда, — то как раз захватите последний поезд на Викторию.

На том и закончилось мое приключение, мистер Холмс. Я не знаю, ни где я был, ни кто со мной разговаривал — ничего, кроме того, что вы от меня услышали. Но я знаю, что ведется подлая игра, и хотел бы, если сумею, помочь этому несчастному. Наутро я рассказал обо всем мистеру Майкрофту Холмсу, а затем сообщил в полицию.

Выслушав этот необычайный рассказ, мы короткое время сидели молча. Потом Шерлок посмотрел через всю комнату на брата.

— Предприняты шаги? — спросил он.

Майкрофт взял лежавший на столе сбоку номер «Дейли ньюс».

— «Всякий, кто что-нибудь сообщит о местопребывании господина Паулоса Кратидеса из Афин, грека, не говорящего по-английски, получит вознаграждение. Равная награда будет выплачена также всякому, кто доставит сведения о гречанке, носящей имя София. X 2473». Объявление появилось во всех газетах. Пока никто не откликнулся.

— Как насчет греческого посольства?

— Я справлялся. Там ничего не знают.

— Так! Дать телеграмму главе афинской полиции!

— Вся энергия нашей семьи досталась Шерлоку, — сказал, обратясь ко мне, Майкрофт. — Что ж, берись за этот случай, приложи все свое умение и, если добьешься толку, дай мне знать.

— Непременно, — ответил мой друг, поднявшись с кресла. — Дам знать и тебе, и мистеру Мэласу. А до тех пор, мистер Мэлас, я бы на вашем месте очень остерегался, потому что по этим объявлениям они, конечно, узнали, что вы их выдали.

Мы отправились домой. По дороге Холмс зашел на телеграф и послал несколько депеш.

— Видите, Уотсон, — сказал он, — мы не потеряли даром вечер. Многие мои случаи — самые интересные — попали ко мне таким же путем, через Майкрофта. Заданная нам задача может иметь, конечно, только одно решение, но тем не менее она отмечена своими особенными чертами.

— Вы надеетесь ее решить?

— Знать столько, сколько знаем мы, и не раскрыть остальное — это будет поистине странно. Вы, наверно, и сами уже построили гипотезу, которая могла бы объяснить сообщенные нам факты.

— Да, но лишь в общих чертах.

— Какова же ваша идея?

— Мне представляется очевидным, что эта девушка-гречанка была увезена молодым англичанином, который называет себя Гарольдом Латимером.

— Увезена — откуда?

— Возможно, из Афин.

Шерлок Холмс покачал головой.

— Молодой человек не знает ни слова по-гречески. Девица довольно свободно говорит по-английски. Вывод: она прожила некоторое время в Англии, он же в Греции не бывал никогда.

— Хорошо. Тогда мы можем предположить, что она приехала в Англию погостить, и этот Гарольд уговорил ее бежать с ним.

— Это более вероятно.

— Затем ее брат (думаю, они именно брат с сестрой) решил вмешаться и приехал из Греции. По неосмотрительности он попал в руки молодого человека и его старшего сообщника. Теперь злоумышленники силой вынуждают его подписать какие-то бумаги и этим перевести на них имущество девушки, состоящее, возможно, под его опекой. Он отказывается. Для переговоров с ним необходим переводчик. Они находят мистера Мэласа, сперва воспользовавшись услугами другого. Девушке не сообщали, что приехал брат, и она открывает это по чистой случайности.

— Превосходно, Уотсон, — воскликнул Холмс, — мне кажется, говорю это искренне, что вы недалеки от истины. Вы видите сами, все карты у нас в руках, и теперь нам надо спешить, пока не случилось непоправимое. Если время позволит, мы захватим их непременно.

— А как мы узнаем, где этот дом?

— Ну, если наше рассуждение правильно и девушку действительно зовут — или звали — Софией Кратидес, то мы без труда нападем на ее след. На нее вся надежда, так как брата никто, конечно, в городе не знает. Ясно, что с тех пор как у них Гарольдом и девицей завязались какие-то отношения, должен был пройти некоторый срок — по меньшей мере несколько недель: пока известие достигло Греции, пока брат приехал сюда из-за моря. Если все это время они жили в одном определенном месте, мы, вероятно, получим какой-нибудь ответ на объявление Майкрофта.

В таких разговорах мы пришли к себе на Бейкер-стрит. Холмс поднялся наверх по лестнице первым и, отворив дверь в нашу комнату, ахнул от удивления. Заглянув через его плечо, я удивился не меньше. Майкрофт, его брат, сидел в кресле и курил.

«*Come in,*» *said he blandly.*

— Заходи, Шерлок! Заходите, сэр, — приглашал он учтиво, глядя с улыбкой в наши изумленные лица. — Ты не ожидал от меня такой прыти, а, Шерлок? Но этот случай почему-то не выходит у меня из головы.

— Но как ты сюда попал?

— Я обогнал вас в кэбе.

— Дело получило дальнейшее развитие?

— Пришел ответ на мое объявление.

— Вот как!

— Да, через пять минут после вашего ухода.

— Что сообщают?

Майкрофт развернул листок бумаги.

— Вот, — сказал он. — Писано тупым пером на желтоватой бумаге стандартного размера человеком средних лет, слабого сложения.

«Сэр, — говорит он, — в ответ на ваше объявление от сегодняшнего числа разрешите сообщить вам, что я отлично знаю названную молодую особу. Если вы соизволите навестить меня, я смогу вам дать некоторые подробности относительно ее печальной истории. Она проживает в настоящее время на вилле „Мирты" в Бэккенхэме.

Готовый к услугам Дж. Дэвенпорт».

— Пишет он из Лоуэр-Брикстона, — добавил Майкрофт Холмс. — Как ты думаешь, Шерлок, не следует ли нам съездить к нему сейчас же и узнать упомянутые подробности?

— Мой милый Майкрофт, спасти брата важней, чем узнать историю сестры. Думаю, нам нужно поехать в Скотленд-Ярд за инспектором Грегсоном и двинуть прямо в Бэккенхэм. Мы знаем, что человек приговорен, и каждый час промедления может стоить ему жизни.

— Хорошо бы прихватить по дороге и мистера Мэласа, — предложил я, — нам может потребоваться переводчик.

— Превосходно! — сказал Шерлок Холмс. — Пошлите лакея за кэбом, и мы поедем немедленно.

С этими словами он открыл ящик стола, и я заметил, как он сунул в карман револьвер.

— Да, — ответил он на мой вопросительный взгляд. — По всему, что мы слышали, нам, я сказал бы, предстоит иметь дело с крайне опасной шайкой.

Уже почти стемнело, когда мы достигли Пэл-Мэл и поднялись к мистеру Мэласу. За ним, узнали мы, заходил какой-то джентльмен, и он уехал.

— Вы нам не скажете, куда? — спросил Майкрофт Холмс.

— Не знаю, сэр, — отвечала женщина, открывшая нам дверь. — Знаю только, что тот господин увез его в карете.

— Он назвал вам свое имя?

— Нет, сэр.

— Это не был высокий молодой человек, красивый, с темным волосами?

— Ах, нет, сэр; он был маленький, в очках, с худым лицом, но очень приятный в обращении: когда говорил, все время посмеивался.

— Едем! — оборвал Шерлок Холмс. — Дело принимает серьезный оборот! — заметил он, когда мы подъезжали к Скотленд-Ярду. — Эти люди опять завладели Мэласом. Он не из храбрых, как они убедились в ту ночь. Негодяй, наверно, навел на него ужас уже одним своим появлением. Им, несомненно, опять нужны от него профессиональные услуги; но потом они пожелают наказать его за предательство: как иначе могут они расценивать его поведение?

Мы надеялись, поехав поездом, прибыть на место, если не раньше кареты, то хотя бы одновременно с ней. Но в Скотленд-Ярде мы прождали больше часа, пока нас провели к инспектору Грегсону и пока там выполняли все формальности, которые позволили бы нам именем закона проникнуть в дом. Было без четверти десять, когда мы подъехали к Лондонскому мосту, и больше половины одиннадцатого, когда сошли вчетвером на Бэккенхэмской платформе. От станции было с полмили до виллы «Мирты» — большого, мрачного дома, стоявшего на некотором расстоянии от дороги в глубине участка. Здесь мы отпустили кэб и пошли по аллее.

— Во всех окнах темно, — заметил инспектор. — В доме, видать, никого нет.

— Гнездо пусто, птички улетели, — сказал Холмс.

— Почему вы так думаете?

— Не позже, как час назад, отсюда уехала карета с тяжелой поклажей.

Инспектор рассмеялся.

— Я и сам при свете фонаря над воротами видел свежую колею, но откуда у вас взялась еще поклажа?

— Вы могли бы заметить и вторую колею, идущую к дому. Обратная колея глубже — много глубже. Вот почему можем с несомненностью утверждать, что карета взяла весьма основательный груз.

— Ничего не скажешь. Очко в вашу пользу, — сказал инспектор и пожал плечами. — Эге, взломать эту дверь будет не так-то легко. Попробуем — может быть, нас кто-нибудь услышит.

Он громко стучал молотком и звонил в звонок, однако безуспешно. — Холмс тем временем тихонько ускользнул, но через две-три минуты вернулся.

— Я открыл окно, — сказал он.

— Слава Богу, что вы действуете на стороне полиции, а не против нее, мистер Холмс, — заметил инспектор, когда разглядел, каким остроумным способом мой друг оттянул щеколду. — Так! Полагаю, при сложившихся обстоятельствах можно войти, не дожидаясь приглашения.

Мы один за другим прошли в большую залу — по-видимому, ту самую, в которой побывал мистер Мэлас. Инспектор зажег свой фонарь, и мы увидели две двери, портьеры, лампу и комплект японских доспехов, как нам их описали. На столе стояли два стакана, пустая бутылка из-под коньяка и остатки еды.

— Что такое? — вдруг спросил Шерлок Холмс.

Мы все остановились, прислушиваясь. Где-то наверху, над нашими головами, раздавались как будто стоны. Холмс бросился к дверям и прямо в холл. Вдруг сверху отчетливо донесся вопль. Холмс стремглав взбежал по лестнице, а я с инспектором — за ним по пятам. Брат его Майкрофт поспешил, насколько позволяло его грузное сложение.

Три двери встретили нас на площадке второго этажа, и эти страшные стоны раздавались за средней; они то затихали до глухого бормотания, то опять переходили в пронзительный вопль. Дверь была заперта, но снаружи торчал ключ. Холмс распахнул створки, кинулся вперед и мгновенно выбежал вон, схватившись рукой за горло.

«It's charcoal,» he cried.

— Угарный газ! — вскричал он. — Подождите немного. Сейчас он уйдет.

Заглянув в дверь, мы увидели, что комнату освещает только тусклое синее пламя, мерцающее в маленькой медной жаровне посередине. Оно отбрасывало на пол круг неестественного, мертвенного света, а в темной глубине мы различили две смутные тени, скорчившиеся у стены. В раскрытую дверь тянуло страшным ядовитым чадом, от которого мы задыхались и кашляли. Холмс взбежал по лестнице на самый верх, чтобы вдохнуть свежего воздуха, и затем, ринувшись в комнату, распахнул окно и вышвырнул горящую жаровню в сад.

— Через минуту нам можно будет войти, — прохрипел он, выскочив опять на площадку. — Где свеча? Вряд ли мы сможем зажечь спичку в таком угаре. Ты, Майкрофт, будешь стоять у дверей и светить, а мы их вытащим. Ну, идем, теперь можно!

Мы бросились к отравленным и выволокли их на площадку. Оба были без чувств, с посиневшими губами, с распухшими, налитыми кровью лицами, с глазами навыкате. Лица их были до того искажены, что только черная бородка и плотная короткая фигура позволили нам опознать в одном из них грека-переводчика, с которым мы расстались только несколько часов тому назад в «Диогене». Он был крепко связан по рукам и ногам, и над глазом у него был заметен след от сильного удара. Второй оказался высоким человеком на последней стадии истощения; он тоже был связан, и несколько лент лейкопластыря исчертили его лицо причудливым узором. Когда мы его положили, он перестал стонать, и я с одного взгляда понял, что здесь помощь наша опоздала. Но мистер Мэлас был еще жив, и, прибегнув к нашатырю и бренди, я менее чем через час с удовлетворением убедился, увидев, как он открывает глаза, что моя рука исторгла его из темной долины, где сходятся все стези.

То, что он рассказал нам, было просто и только подтвердило наши собственные выводы. Посетитель, едва войдя в его комнату на Пэл-Мэл, вытащил из рукава налитую свинцом дубинку и под угрозой немедленной и неизбежной смерти сумел вторично похитить его. Этот негодяй с его смешком производил на злосчастного полиглота какое-то почти магнетическое действие; даже и сейчас, едва он заговаривал о нем, у него начинали трястись руки, и кровь отливала от щек. Его привезли в Бэккенхэм и заставили переводить на втором допросе, еще более трагическом, чем тот, первый: англичане грозились немедленно прикончить своего узника, если он не уступит их требованиям. В конце концов, убедившись, что никакими угрозами его не сломить, они уволокли его назад в его тюрьму, а затем, выбранив Мэласа за его измену, раскрывшуюся через объявления, оглушили его ударом дубинки, и больше он ничего не помнил, пока не увидел наши лица, склоненные над ним.

Такова необычайная история с греком-переводчиком, в которой еще и сейчас многое покрыто тайной. Снесшись с джентльменом, отозвавшимся на объявление, мы выяснили, что несчастная девица происходила из богатой греческой семьи и приехала в Англию погостить у своих друзей. В их доме она познакомилась с молодым человеком по имени Гарольд Латимер, который приобрел над ней власть и в конце концов склонил ее на побег. Друзья, возмущенные ее поведением, дали знать о случившемся в Афины ее брату, но тем и ограничились. Брат, прибыв в Англию, по неосторожности очутился в руках Латимера и его сообщника по имени Уилсон Кэмп — человека с самым грязным прошлым. Эти двое, увидев, что, не зная языка, он перед ними совершенно беспомощен, пытались истязаниями и голодом принудить его перевести на них все свое и сестрино состояние. Они держали его в доме тайно от девушки, а пластырь на лице предназначался для того, чтобы сестра, случайно увидев его, не могла бы узнать. Но хитрость не помогла: острым женским глазом она сразу узнала брата, когда впервые увидела его — при том первом визите переводчика. Однако несчастная девушка была и сама на положении узницы, так как в доме не держали никакой прислуги, кроме кучера и его жены, которые были оба послушным орудием в руках злоумышленников. Убедившись, что их тайна раскрыта и что им от пленника ничего не добиться, два негодяя бежали вместе с девушкой, отказавшись за два-три часа до отъезда от снятого ими дома с полной обстановкой и успев, как они полагали, отомстить обоим: человеку, который не склонился перед ними, и тому, который посмел их выдать.

Несколько месяцев спустя мы получили любопытную газетную вырезку из Будапешта. В ней рассказывалось о трагическом конце двух англичан, которые путешествовали в обществе какой-то женщины. Оба были найдены заколотыми, и венгерская полиция держалась того мнения, что они, поссорившись, смертельно ранили друг друга. Но Холмс, как мне кажется, склонен был думать иначе. Он и по сей день считает, что если б разыскать ту девушку-гречанку, можно было б узнать от нее, как она отомстила за себя и за брата.

∅

ПОСЛЕДНЕЕ ДЕЛО ХОЛМСА

С тяжелым сердцем приступаю я к последним строкам этих воспоминаний, повествующих о необыкновенных талантах моего друга Шерлока Холмса. В бессвязной и — я сам это чувствую — в совершенно неподходящей манере я пытался рассказать об удивительных приключениях, которые мне довелось пережить бок о бок с ним, начиная с того случая, который я в своих записках назвал «Этюд в багровых тонах», и вплоть до истории с «Морским договором», когда вмешательство моего друга, безусловно, предотвратило серьезные международные осложнения. Признаться, я хотел поставить здесь точку и умолчать о событии, оставившем такую пустоту в моей жизни, что даже двухлетний промежуток оказался бессильным ее заполнить. Однако недавно опубликованные письма полковника Джеймса Мориарти, в которых он защищает память своего покойного брата, вынуждают меня взяться за перо, и теперь я считаю своим долгом открыть людям глаза на то, что произошло. Ведь одному мне известна вся правда, и я рад, что настало время, когда уже нет причин ее скрывать.

Насколько мне известно, в газеты попали только три сообщения: заметка в «Журналь де Женев» от 6 мая 1891 года, телеграмма агентства Рейтер в английской прессе от 7 мая и, наконец, недавние письма, о которых упомянуто выше. Из этих писем первое и второе чрезвычайно сокращены, а последнее, как я сейчас докажу, совершенно искажает факты. Моя обязанность — поведать наконец миру о том, что на самом деле произошло между профессором Мориарти и мистером Шерлоком Холмсом.

Читатель, может быть, помнит, что после моей женитьбы тесная дружба, связывавшая меня и Холмса, приобрела несколько иной характер. Я занялся частной врачебной практикой. Он продолжал время от времени заходить ко мне, когда нуждался в спутнике для своих расследований, но это случалось все реже и реже, а в 1890 году было только три случая, о которых у меня сохранились какие-то записи.

Зимой этого года и в начале весны 1891-го газеты писали о том, что Холмс приглашен французским правительством по чрезвычайно важному делу, и из полученных от него двух писем — из Нарбонна и Нима — я заключил, что, по-видимому, его пребывание во Франции сильно затянется. Поэтому я был несколько удивлен, когда вечером 24 апреля он внезапно появился у меня в кабинете. Мне сразу бросилось в глаза, что он еще более бледен и худ, чем обычно.

— Да, я порядком истощил свои силы, — сказал он, отвечая скорее на мой взгляд, чем на слова. — В последнее время мне приходилось трудновато... Что, если я закрою ставни?

Комната была освещена только настольной лампой, при которой я обычно читал. Осторожно двигаясь вдоль стены, Холмс обошел всю комнату, захлопывая ставни и тщательно замыкая их засовами.

— Вы чего-нибудь боитесь? — спросил я.

— Да, боюсь.

— Чего же?

— Духового ружья.

— Дорогой мой Холмс, что вы хотите этим сказать?

— Мне кажется, Уотсон, вы достаточно хорошо меня знаете, и вам известно, что я не робкого десятка. Однако не считаться с угрожающей тебе опасностью — это скорее глупость, чем храбрость. Дайте мне, пожалуйста, спичку.

Он закурил папиросу, и, казалось, табачный дым благотворно подействовал на него.

— Во-первых, я должен извиниться за свой поздний визит, — сказал он. — И, кроме того, мне придется попросить у вас позволения совершить второй бесцеремонный поступок — перелезть через заднюю стену вашего сада, ибо я намерен уйти от вас именно таким путем.

— Но что все это значит? — спросил я.

Two of his knuckles were burst and bleeding.

Он протянул руку ближе к лампе, и я увидел, что суставы двух его пальцев изранены и в крови.

— Как видите, это не совсем пустяки, — сказал он с улыбкой. — Пожалуй, этак можно потерять и всю руку. А где миссис Уотсон? Дома?

— Нет, она уехала погостить к знакомым.

— Ага! Так, значит, вы один?

— Совершенно один.

— Если так, мне легче будет предложить вам поехать со мной на недельку на континент.

— Куда именно?

— Куда угодно. Мне решительно все равно.

Все это показалось мне как нельзя более странным. Холмс не имел обыкновения праздно проводить время, и что-то в его бледном, изнуренном лице говорило о дошедшем до предела нервном напряжении. Он заметил недоумение в моем взгляде и, опершись локтями о колени и сомкнув кончики пальцев, стал объяснять мне положение дел.

— Вы, я думаю, ничего не слышали о профессоре Мориарти? — спросил он.

— Нет.

— Гениально и непостижимо. Человек опутал своими сетями весь Лондон, и никто даже не слышал о нем. Это-то и поднимает его на недосягаемую высоту в уголовном мире. Уверяю вас, Уотсон, что если бы мне удалось победить этого человека, если бы я мог избавить от него общество, это было бы венцом моей деятельности, я считал бы свою карьеру законченной и готов был бы перейти к более спокойным занятиям. Между нами говоря, Уотсон, благодаря последним двум делам, которые позволили мне оказать кое-какие услуги королевскому дому Скандинавии и республике Франции, я имею возможность вести образ жизни, более соответствующий моим наклонностям, и серьезно заняться химией. Но я еще не могу спокойно сидеть в своем кресле, пока такой человек, как профессор Мориарти, свободно разгуливает по улицам Лондона.

— Что же он сделал?

— О, у него необычная биография! Он происходит из хорошей семьи, получил блестящее образование и от природы наделен феноменальными математическими способностями. Когда ему исполнился двадцать один год, он написал трактат о биноме Ньютона, завоевавший ему европейскую известность. После этого он получил кафедру математики в одном из наших провинциальных университетов, и, по всей вероятности, его ожидала блестящая будущность. Но в его жилах течет кровь преступника. У него наследственная склонность к жестокости. И его необыкновенный ум не только не умеряет, но даже усиливает эту склонность и делает ее еще более опасной. Темные слухи поползли о нем в том университетском городке, где он преподавал, и в конце концов он был вынужден оставить кафедру и перебраться в Лондон, где стал готовить молодых людей к экзамену на офицерский чин… Вот то, что знают о нем все, а вот что узнал о нем я.

Мне не надо вам говорить, Уотсон, что никто не знает лондонского уголовного мира лучше меня. И вот уже несколько лет, как я чувствую, что за спиною у многих преступников существует неизвестная мне сила — могучая организующая сила, действующая наперекор закону и прикрывающая злодея своим щитом. Сколько раз в самых разнообразных случаях, будь то подлог, ограбление или убийство, я ощущал присутствие этой силы и логическим путем обнаруживал ее следы также и в тех еще не распутанных преступлениях, к расследованию которых я не был непосредственно привлечен. В течение нескольких лет пытался я прорваться сквозь скрывавшую ее завесу, и вот пришло время, когда я нашел конец нити и начал распутывать узел, пока эта нить не привела меня после тысячи хитрых петель к бывшему профессору Мориарти, знаменитому математику.

Он — Наполеон преступного мира, Уотсон. Он — организатор половины всех злодеяний и почти всех нераскрытых преступлений в нашем городе. Это гений, философ, это человек, умеющий мыслить абстрактно. У него первоклассный ум. Он сидит неподвижно, словно паук в центре своей паутины, но у этой паутины тысячи нитей, и он улавливает вибрацию каждой из них. Сам он действует редко. Он только составляет план. Но его агенты многочисленны и великолепно организованы. Если кому-нибудь понадобится выкрасть документ, ограбить дом, убрать с дороги человека, — стоит только довести об этом до сведения профессора, и преступление будет подготовлено, а затем и выполнено. Агент может быть пойман. В таких случаях всегда находятся деньги, чтобы взять его на поруки или пригласить защитника. Но главный руководитель, тот, кто послал этого агента, никогда не попадется: он вне подозрений. Такова организация, Уотсон, существование которой я установил путем логических умозаключений, и всю свою энергию я отдал на то, чтобы обнаружить ее и сломить.

Но профессор хитро замаскирован и так великолепно защищен, что, несмотря на все мои старания, раздобыть улики, достаточные для судебного приговора, невозможно. Вы знаете, на что я способен, милый Уотсон, и все же спустя три месяца я вынужден был признать, что наконец-то встретил достойного противника. Ужас и негодование, которые внушали мне его преступления, почти уступили место восхищению перед его мастерством. Однако в конце концов он сделал промах, маленький, совсем маленький промах, но ему нельзя было допускать и такого, поскольку за ним неотступно следил я. Разумеется, я воспользовался этим промахом и, взяв его за исходную точку, начал плести вокруг Мориарти свою сеть. Сейчас она почти готова, и через три дня, то есть в ближайший понедельник, все будет кончено, — профессор вместе с главными членами своей шайки окажется в руках правосудия. А потом начнется самый крупный уголовный процесс нашего века. Разъяснится тайна более чем сорока загадочных преступлений, и все виновные понесут наказание. Но стоит поторопиться; сделать один неверный шаг, и они могут ускользнуть от нас даже в самый последний момент.

Все было бы хорошо, если бы я мог действовать так, чтобы профессор Мориарти не знал об этом. Но он слишком коварен. Ему становился известен каждый шаг, который я предпринимал для того, чтобы поймать его в свои сети. Много раз пытался он вырваться из них, но я каждый раз преграждал ему путь. Право же, друг мой, если бы подробное описание этой безмолвной борьбы могло появиться в печати, оно заняло бы свое место среди самых блестящих и волнующих книг в истории детектива. Никогда еще я не поднимался до такой высоты, и никогда еще не приходилось мне так туго от действий противника. Его удары были сильны, но я отражал их с еще большей силой. Сегодня утром я предпринял последние шаги, и мне нужны были еще три дня, только три дня, чтобы завершить дело. Я сидел дома, обдумывая все это, как вдруг дверь отворилась — передо мной стоял профессор Мориарти.

«Professor Moriarty stood before me.»

У меня крепкие нервы, Уотсон, но, признаюсь, я не мог не вздрогнуть, увидев, что человек, занимавший все мои мысли, стоит на пороге моей комнаты. Его наружность была хорошо знакома мне и прежде. Он очень тощ и высок. Лоб у него большой, выпуклый и белый. Глубоко запавшие глаза. Лицо гладко выбритое, бледное, аскетическое, — что-то еще осталось в нем от профессора Мориарти. Плечи сутулые — должно быть, от постоянного сидения за письменным столом, а голова выдается вперед и медленно — по-змеиному, раскачивается из стороны в сторону. Его колючие глаза так и впились в меня.

«У вас не так развиты лобные кости, как я ожидал, — сказал он наконец. — Опасная это привычка, мистер Холмс, держать заряженный револьвер в кармане собственного халата».

Действительно, когда он вошел, я сразу понял, какая огромная опасность мне угрожает: ведь единственная возможность спасения заключалась для него в том, чтобы заставить мой язык замолчать навсегда. Поэтому я молниеносно переложил револьвер из ящика стола в карман и в этот момент нащупывал его через сукно. После его замечания я вынул револьвер из кармана и, взведя курок, положил на стол перед собой. Мориарти продолжал улыбаться и щуриться, но что-то в выражении его глаз заставляло меня радоваться близости моего оружия.

«Вы, очевидно, не знаете меня», — сказал он.

«Напротив, — возразил я, — мне кажется, вам нетрудно было понять, что я вас знаю. Присядьте, пожалуйста. Если вам угодно что-нибудь сказать, я могу уделить вам пять минут».

«Все, что я хотел вам сказать, вы уже угадали», — ответил он.

«В таком случае, вы, вероятно, угадали мой ответ».

«Вы твердо стоите на своем?»

«Совершенно твердо».

Он сунул руку в карман, а я взял со стола револьвер. Но он вынул из кармана только записную книжку, где были нацарапаны какие-то даты.

«Вы встали на моем пути четвертого января, — сказал он. — Двадцать третьего вы снова причинили мне беспокойство. В середине февраля вы уже серьезно потревожили меня. В конце марта вы совершенно расстроили мои планы, а сейчас из-за вашей непрерывной слежки я оказался в таком положении, что передо мной стоит реальная опасность потерять свободу. Так продолжаться не может».

«Что вы предлагаете?» — спросил я.

«Бросьте это дело, мистер Холмс, — сказал он, покачивая головой. — Право же, бросьте».

«После понедельника», — ответил я.

«Полноте, мистер Холмс. Вы слишком умны и, конечно, поймете меня: вам необходимо устраниться. Вы сами повели дело так, что другого исхода нет. Я испытал интеллектуальное наслаждение, наблюдая за вашими методами борьбы, и, поверьте, был бы огорчен, если бы вы заставили меня прибегнуть к крайним мерам... Вы улыбаетесь, сэр, но уверяю вас, я говорю искренне».

«Опасность — неизбежный спутник моей профессии», — заметил я.

«Это не опасность, а неминуемое уничтожение, — возразил он. — Вы встали поперек дороги не одному человеку, а огромной организации, всю мощь которой даже вы, при всем вашем уме, не в состоянии постигнуть. Вы должны отойти в сторону, мистер Холмс, или вас растопчут».

«Боюсь, — сказал я, вставая, — что из-за вашей приятной беседы я могу пропустить одно важное дело, призывающее меня в другое место».

Он тоже встал и молча смотрел на меня, с грустью покачивая головой.

«Ну что ж! — сказал он наконец. — Мне очень жаль, но я сделал все, что мог. Я знаю каждый ход вашей игры. До понедельника вы бессильны. Это поединок между нами, мистер Холмс. Вы надеетесь посадить меня на скамью подсудимых — заявляю вам, что этого никогда не будет. Вы надеетесь победить меня — заявляю вам, что это вам никогда не удастся. Если у вас хватит умения погубить меня, то, уверяю вас, вы и сами погибнете вместе со мной».

«Вы наговорили мне столько комплиментов, мистер Мориарти, что я хочу ответить вам тем же и потому скажу, что во имя общественного блага я с радостью согласился бы на второе, будь я уверен в первом».

«Первого обещать не могу, зато охотно обещаю второе», — отозвался он со злобной усмешкой и, повернувшись ко мне сутулой спиной, вышел, оглядываясь и щурясь.

«He turned his rounded back upon me.»

Такова была моя своеобразная встреча с профессором Мориарти, а, говоря по правде, она оставила во мне неприятное чувство. Его спокойная и точная манера выражаться заставляет вас верить в его искренность, несвойственную заурядным преступникам. Вы, конечно, скажете мне: «Почему же не прибегнуть к помощи полиции?» Но ведь дело в том, что удар будет нанесен не им самим, а его агентами — в этом я убежден. И у меня уже есть веские доказательства.

— Значит, на вас уже было совершено нападение?

— Милый мой Уотсон, профессор Мориарти не из тех, кто любит откладывать дело в долгий ящик. После его ухода, часов около двенадцати, мне понадобилось пойти на Оксфорд-стрит. Переходя улицу на углу Бентинк-стрит и Уэлбек-стрит, я увидел парный фургон, мчавшийся со страшной быстротой прямо на меня. Я едва успел отскочить на тротуар. Какая-то доля секунды — и я был бы раздавлен насмерть. Фургон завернул за угол и мгновенно исчез. Теперь уж я решил не сходить с тротуара, но на Вир-стрит с крыши одного из домов упал кирпич и рассыпался на мелкие куски у моих ног. Я подозвал полицейского и приказал осмотреть место происшествия. На крыше были сложены кирпичи и шиферные плиты, приготовленные для ремонта, и меня хотели убедить в том, что кирпич сбросило ветром. Разумеется, я лучше знал, в чем дело, но у меня не было доказательств. Я взял кэб и доехал до квартиры моего брата на Пэл-Мэл, где и провел весь день. Оттуда я отправился прямо к вам. По дороге на меня напал какой-то негодяй с дубинкой. Я сбил его с ног, и полиция задержала его, но даю вам слово, что никому не удастся обнаружить связь между джентльменом, о чьи передние зубы я разбил сегодня руку, и тем скромным учителем математики, который, вероятно, решает сейчас задачи на грифельной доске за десять миль отсюда. Теперь вы поймете, Уотсон, почему, придя к вам, я прежде всего закрыл ставни и зачем мне понадобилось просить вашего разрешения уйти из дома не через парадную дверь, а каким-нибудь другим, менее заметным ходом.

Я не раз восхищался смелостью моего друга, но сегодня меня особенно поразило его спокойное перечисление далеко не случайных происшествий этого ужасного дня.

— Надеюсь, вы переночуете у меня? — спросил я.

— Нет, друг мой, я могу оказаться опасным гостем. Я уже обдумал план действий, и все кончится хорошо. Сейчас дело находится в такой стадии, что арест могут произвести и без меня. Моя помощь понадобится только во время следствия. Таким образом, на те несколько дней, которые еще остаются до решительных действий полиции, мне лучше всего уехать. И я был бы очень рад, если бы вы могли, поехать со мной на континент.

— Сейчас у меня мало больных, — сказал я, — а мой коллега, живущий по соседству, охотно согласится заменить меня. Так что я с удовольствием поеду с вами.

— И можете выехать завтра же утром?

— Если это необходимо.

— О да, совершенно необходимо. Теперь выслушайте мои инструкции, и я попрошу вас, Уотсон, следовать им буквально, так как нам предстоит вдвоем вести борьбу против самого талантливого мошенника и самого мощного объединения преступников во всей Европе. Итак, слушайте. Свой багаж, не указывая на нем станции назначения, вы должны сегодня же вечером отослать с надежным человеком на вокзал Виктория. Утром вы пошлете слугу за кэбом, но скажете ему, чтобы он не брал ни первый, ни второй экипаж, которые попадутся ему навстречу. Вы сядете в кэб и поедете на Стрэнд, к Лоусерскому пассажу, причем адрес вы дадите кучеру на листке бумаги и скажите, чтобы он ни в коем случае не выбрасывал его. Расплатитесь с ним заранее и, как только кэб остановится, моментально нырните в пассаж с тем расчетом, чтобы ровно в четверть десятого оказаться на другом его конце. Там, у самого края тротуара, вы увидите небольшой экипаж. Править им будет человек в плотном черном плаще с воротником, обшитым красным кантом. Вы сядете в этот экипаж и прибудете на вокзал как раз вовремя, чтобы попасть на экспресс, отправляющийся на континент.

— А где я должен встретиться с вами?

— На станции. Нам будет оставлено второе от начала купе первого класса.

— Так, значит, мы встретимся уже в вагоне?

— Да.

Тщетно я упрашивал Холмса остаться у меня ночевать. Мне было ясно, что он боится навлечь неприятности на приютивший его дом и что это единственная причина, которая гонит его прочь. Сделав еще несколько торопливых указаний по поводу наших завтрашних дел, он встал, вышел вместе со мной в сад, перелез через стенку прямо на Мортимер-стрит, свистком подозвал кэб, и я услышал удаляющийся стук колес.

На следующее утро я в точности выполнил указания Холмса. Кэб был взят со всеми необходимыми предосторожностями — он никак не мог оказаться ловушкой, — и сразу после завтрака я поехал в условленное место. Подъехав к Лоусерскому пассажу, я пробежал через него со всей быстротой, на какую был способен, и увидел карету, которая ждала меня, как было условленно. Как только я сел в нее, огромного роста кучер, закутанный в темный плащ, стегнул лошадь и мигом довез меня до вокзала Виктория. Едва я успел сойти, он повернул экипаж и снова умчался, даже не взглянув в мою сторону.

Пока все шло прекрасно. Мой багаж уже ждал меня на вокзале, и я без труда нашел купе, указанное Холмсом, хотя бы потому, что оно было единственное с надписью «занято». Теперь меня тревожило только одно — отсутствие Холмса. Я посмотрел на вокзальные часы: до отхода поезда оставалось всего семь минут. Напрасно искал я в толпе отъезжающих и провожающих худощавую фигуру моего друга — его не было. Несколько минут я убил, помогая почтенному итальянскому патеру, пытавшемуся на ломаном английском языке объяснить носильщику, что его багаж должен быть отправлен прямо в Париж. Потом я еще раз обошел платформу и вернулся в свое купе, где застал уже знакомого мне дряхлого итальянца. Оказалось, что, хотя у него не было билета в это купе, носильщик все-таки усадил его ко мне. Бесполезно было объяснять моему непрошеному дорожному спутнику, что его вторжение мне неприятно: я владел итальянским еще менее, чем он английским. Поэтому я только пожимал плечами и продолжал тревожно смотреть в окно, ожидая моего друга. Мною начал овладевать страх: а вдруг его отсутствие означало, что за ночь с ним произошло какое-нибудь несчастье! Уже все двери были закрыты, раздался свисток, как вдруг…

My decrepit Italian friend.

— Милый Уотсон, вы даже не соблаговолите поздороваться со мной! — произнес возле меня чей-то голос.

Я оглянулся, пораженный. Пожилой священник стоял теперь ко мне лицом. На секунду его морщины разгладились, нос отодвинулся от подбородка, нижняя губа перестала выдвигаться вперед, а рот — шамкать, тусклые глаза заблистали прежним огоньком, сутулая спина выпрямилась. Но все это длилось одно мгновение, и Холмс исчез также быстро, как появился.

— Боже милостивый! — вскричал я. — Ну и удивили же вы меня!

— Нам все еще необходимо соблюдать максимальную осторожность, — прошептал он. У меня есть основания думать, что они напали на наш след. А, вот и сам Мориарти!

Поезд как раз тронулся, когда Холмс произносил эти слова. Выглянув из окна и посмотрев назад, я увидел высокого человека, который яростно расталкивал толпу и махал рукой, словно желая остановить поезд. Однако было уже поздно: скорость движения все увеличивалась, и очень быстро станция осталась позади.

— Вот видите, — сказал Холмс со смехом, — несмотря на все наши предосторожности, нам еле-еле удалось отделаться от этого человека.

Он встал, снял с себя черную сутану и шляпу — принадлежности своего маскарада — и спрятал их в саквояж.

— Читали вы утренние газеты, Уотсон?

— Нет.

— Значит, вы еще не знаете о том, что случилось на Бейкер-стрит?

— Бейкер-стрит?

— Сегодня ночью они подожгли нашу квартиру, но большого ущерба не причинили.

— Как же быть, Холмс? Это становится невыносимым.

— По-видимому, после того как их агент с дубинкой был арестован, они окончательно потеряли мой след. Иначе они не могли бы предположить, что я вернулся домой. Но потом они, как видно, стали следить за вами — вот что привело Мориарти на вокзал Виктория. Вы не могли сделать какой-нибудь промах по пути к вокзалу?

— Я в точности выполнил все ваши указания.

— Нашли экипаж на месте?

— Да, он ожидал меня.

— А кучера вы узнали?

— Нет.

— Это был мой брат, Майкрофт. В таких делах лучше не посвящать в свои секреты наемного человека. Ну, а теперь мы должны подумать, как нам быть с Мориарти.

— Поскольку мы едем экспрессом, а пароход отойдет, как только придет наш поезд, мне кажется, теперь уже им не за что не угнаться за нами.

— Милый мой Уотсон, ведь я говорил вам, что, когда речь идет об интеллекте, к этому человеку надо подходить точно с той же меркой, что и ко мне. Неужели вы думаете, что если бы на месте преследователя был я, такое ничтожное происшествие могло бы меня остановить? Ну, а если нет, то почему же вы так плохо думаете о нем?

— Но что он может сделать?

— То же, что сделал бы я.

— Тогда скажите мне, как поступили бы вы.

— Заказал бы экстренный поезд.

— Но ведь он все равно опоздает.

— Никоим образом. Наш поезд останавливается в Кентербери, а там всегда приходится по крайней мере четверть часа ждать парохода. Вот там-то он нас и настигнет.

— Можно подумать, что преступники мы, а не он. Прикажите арестовать его, как только он приедет.

— Это уничтожило бы плоды трехмесячной работы. Мы поймали крупную рыбку, а мелкая уплыла бы из сетей в разные стороны. В понедельник все они будут в наших руках. Нет, сейчас арест недопустим.

— Что же нам делать?

— Мы должны выйти в Кентербери.

— А потом?

— А потом нам придется проехать в Ньюхейвен и оттуда — в Дьепп. Мориарти снова сделает тоже, что сделал бы я: он приедет в Париж, пойдет в камеру хранения багажа, определит, какие чемоданы наши, и будет там два дня ждать. Мы же тем временем купим себе пару ковровых дорожных мешков, поощряя таким образом промышленность и торговлю тех мест, по которым будем путешествовать, и спокойно направимся в Швейцарию через Люксембург и Базель.

Я слишком опытный путешественник и потому не позволил себе огорчаться из-за потери багажа, но, признаюсь, мне была неприятна мысль, что мы должны увертываться и прятаться от преступника, на счету которого столько гнусных злодеяний. Однако Холмс, конечно, лучше понимал положение вещей. Поэтому в Кентербери мы вышли. Здесь мы узнали, что поезд в Ньюхейвен отходит только через час.

Я все еще уныло смотрел на исчезавший вдали багажный вагон, быстро уносивший весь мой гардероб, когда Холмс дернул меня за рукав и показал на железнодорожные пути.

— Видите, как быстро! — сказал он.

Вдалеке, среди Кентских лесов, вилась тонкая струйка дыма. Через минуту другой поезд, состоявший из локомотива с одним вагоном, показался на изогнутой линии рельсов, ведущей к станции. Мы едва успели спрятаться за какими-то тюками, как он со стуком и грохотом пронесся мимо нас, дохнув нам в лицо струей горячего пара.

It passed with a rattle and roar.

— Проехал! — сказал Холмс, следя взглядом за вагоном, подскакивавшим и слегка покачивавшимся на рельсах. — Как видите, проницательность нашего друга тоже имеет границы. Было бы поистине чудом, если бы он сделал точно те же выводы, какие сделал я, и действовал бы в соответствии с ними.

— А что бы он сделал, если бы догнал нас?

— Без сомнения, попытался бы меня убить. Ну, да ведь и я не стал бы дожидаться его сложа руки. Теперь вопрос в том, позавтракать ли нам здесь или рискнуть умереть с голоду и подождать до Ньюхейвена.

В ту же ночь мы приехали в Брюссель и провели там два дня, а на третий двинулись в Страсбург. В понедельник утром Холмс послал телеграмму лондонской полиции, и вечером, придя в нашу гостиницу, мы нашли там ответ. Холмс распечатал телеграмму и с проклятием швырнул ее в камин.

— Я должен был это предвидеть! — простонал он. — Бежал!

— Мориарти?

— Они накрыли всю шайку, кроме него! Он один ускользнул! Ну, конечно, я уехал, и этим людям было не справиться с ним. Хотя я был уверен, что дал им в руки все нити. Знаете, Уотсон, вам лучше поскорее вернуться в Англию.

— Почему это?

— Я теперь опасный спутник. Этот человек потерял все. Если он вернется в Лондон, он погиб. Насколько я понимаю его характер, он направит теперь все силы на то, чтобы отомстить мне. Он очень ясно высказался во время нашего короткого свидания, и я уверен, что это не пустая угроза. Право же, я советую вам вернуться в Лондон, к вашим пациентам.

Но я, старый солдат и старинный друг Холмса, конечно, не счел возможным покинуть его в такую минуту. Более получаса мы спорили об этом, сидя в ресторане страсбургской гостиницы, и в ту же ночь двинулись дальше, в Женеву.

Целую неделю мы с наслаждением бродили по долине Роны, а потом, миновав Лейк, направились через перевал Гемми, еще покрытый глубоким снегом, и дальше — через Интерлакен — к деревушке Мейринген. Это была чудесная прогулка — нежная весенняя зелень внизу и белизна девственных снегов наверху, над нами, — но мне было ясно, что ни на одну минуту Холмс не забывал о нависшей над ним угрозе. В уютных альпийских деревушках, на уединенных горных тропах — всюду я видел по его быстрому, пристальному взгляду, внимательно изучающему лицо каждого встречного путника, что он твердо убежден в неотвратимой опасности, идущей за нами по пятам.

Помню такой случай: мы проходили через Гемми и шли берегом задумчивого Даубена, как вдруг большая каменная глыба сорвалась со скалы, возвышавшейся справа, скатилась вниз и с грохотом погрузилась в озеро позади нас. Холмс вбежал на скалу и, вытянув шею, начал осматриваться по сторонам. Тщетно уверял его проводник, что весною обвалы каменных глыб — самое обычное явление в здешних краях. Холмс ничего не ответил, но улыбнулся мне с видом человека, который давно уже предугадывал эти события.

A large rock clattered down.

И все же при всей своей настороженности он не предавался унынию. Напротив, я не помню, чтобы мне когда-либо приходилось видеть его в таком жизнерадостном настроении. Он снова и снова повторял, что, если бы общества было избавлено от профессора Мориарти, он с радостью прекратил бы свою деятельность.

— Мне кажется, я имею право сказать, Уотсон, что не совсем бесполезно прожил свою жизнь, — говорил он, — и даже если бы мой жизненный путь должен был оборваться сегодня, я все-таки мог бы оглянуться на него с чувством душевного удовлетворения. Благодаря мне воздух Лондона стал чище. Я принимал участие в тысяче с лишним дел и убежден, что никогда не злоупотреблял своим влиянием, помогая неправой стороне. В последнее время меня, правда, больше привлекало изучение загадок, поставленных перед нами природой, нежели те поверхностные проблемы, ответственность за которые несет несовершенное устройство нашего общества. В тот день, Уотсон, когда я увенчаю свою карьеру поимкой или уничтожением самого опасного и самого талантливого преступника в Европе, вашим мемуарам придет конец.

Теперь я постараюсь коротко, но точно изложить то немногое, что еще осталось недосказанным. Мне нелегко задерживаться на этих подробностях, но я считаю своим долгом не пропустить ни одной из них.

3 мая мы пришли в местечко Мейринген и остановились в гостинице «Англия», которую в то время содержал Петер Штайлер-старший. Наш хозяин был человек смышленый и превосходно говорил по-английски, так как около трех лет прослужил кельнером в гостинице «Гровнер» в Лондоне. 4 мая, во второй половине дня, мы по его совету отправились вдвоем в горы с намерением провести ночь в деревушке Розенлау. Хозяин особенно рекомендовал нам осмотреть Рейхенбахский водопад, который находится примерно на половине подъема, но несколько в стороне.

Это — поистине страшное место. Вздувшийся от тающих снегов горный поток низвергается в бездонную пропасть, и брызги взлетают из нее, словно дым из горящего здания. Ущелье, куда устремляется поток, окружено блестящими скалами, черными, как уголь. Внизу, на неизмеримой глубине, оно суживается, превращаясь в пенящийся, кипящий колодец, который все время переполняется и со страшной силой выбрасывает воду обратно, на зубчатые скалы вокруг. Непрерывное движение зеленых струй, с беспрестанным грохотом падающих вниз, плотная, волнующаяся завеса водяной пыли, в безостановочном вихре взлетающей вверх, — все это доводит человека до головокружения и оглушает его своим несмолкаемым ревом.

Мы стояли у края, глядя в пропасть, где блестела вода, разбивавшаяся далеко внизу о черные камни, и слушали доносившееся из бездны бормотание, похожее на человеческие голоса.

Дорожка, по которой мы поднялись, проложена полукругом, чтобы дать туристам возможность лучше видеть водопад, но она кончается обрывом, и путнику приходится возвращаться той же дорогой, какой он пришел. Мы как раз повернули, собираясь уходить, как вдруг увидели мальчика-швейцарца, который бежал к нам навстречу с письмом в руке. На конверте стоял штамп той гостиницы, где мы остановились. Оказалось, это письмо от хозяина и адресовано мне. Он писал, что буквально через несколько минут после нашего ухода в гостиницу прибыла англичанка, находящаяся в последней стадии чахотки. Она провела зиму в Давосе, а теперь ехала к своим друзьям в Люцерн, но по дороге у нее внезапно пошла горлом кровь. По-видимому, ей осталось жить не более нескольких часов, но для нее было бы большим утешением видеть около себя доктора англичанина, и если бы я приехал, то... и т.д. и т.д. В постскриптуме добряк Штайлер добавлял, что он и сам будет мне крайне обязан, если я соглашусь приехать, так как приезжая дама категорически отказывается от услуг врача-швейцарца, и что на нем лежит огромная ответственность.

Я не мог не откликнуться на это призыв, не мог отказать в просьбе соотечественнице, умиравшей на чужбине. Но вместе с тем я опасался оставить Холмса одного. Однако мы решили, что с ним в качестве проводника и спутника останется юный швейцарец, а я вернусь в Мейринген. Мой друг намеревался еще немного побыть у водопада, а затем потихоньку отправиться через холмы в Розенлау, где вечером я должен был к нему присоединиться. Отойдя немного, я оглянулся: Холмс стоял, прислонясь к скале, и, скрестив руки, смотрел вниз, на дно стремнины. Я не знал тогда, что больше мне не суждено было видеть моего друга.

I saw Holmes gazing at the rush of the waters.

Спустившись вниз, я еще раз оглянутся. С этого места водопад уже не был виден, но я разглядел ведущую к нему дорожку, которая вилась вдоль уступа горы. По этой дорожке быстро шагал какой-то человек. Его черный силуэт отчетливо выделялся на зеленом фоне. Я заметил его, заметил необыкновенную быстроту, с какой он поднимался, но я и сам очень спешил к моей больной, а потому вскоре забыл о нем.

Примерно через час я добрался до нашей гостиницы в Мейрингене. Старик Штайлер стоял на дороге.

— Ну что? — спросил я, подбегая к нему. — Надеюсь, ей не хуже?

На лице у него выразилось удивление, брови поднялись. Сердце у меня так и оборвалось.

— Значит, не вы писали это? — спросил я, вынув из кармана письмо. — В гостинице нет больной англичанки?

— Ну, конечно, нет! — вскричал он. — Но что это? На конверте стоит штамп моей гостиницы?.. А, понимаю! Должно быть, письмо написал высокий англичанин, который приехал вскоре после вашего ухода. Он сказал, что...

Но я не стал ждать дальнейших объяснений хозяина. Охваченный ужасом, я уже бежал по деревенской улице к той самой горной дорожке, с которой только что спустился.

Спуск к гостинице занял у меня час, и, несмотря на то, что я бежал изо всех сил, прошло еще два, прежде чем я снова достиг Рейхенбахского водопада. Альпеншток Холмса все еще стоял у скалы, возле которой я его оставил, но самого Холмса не было, и я тщетно звал его. Единственным ответом было эхо, гулко повторявшее мой голос среди окружавших меня отвесных скал.

При виде этого альпенштока я похолодел. Значит, Холмс не ушел на Розенлау. Он оставался здесь, на этой дорожке шириной в три фута, окаймленной отвесной стеной с одной стороны и заканчивающейся отвесным обрывом с другой. И здесь его настиг враг. Юного швейцарца тоже не было. По-видимому, он был подкуплен Мориарти и оставил противников с глазу на глаз. А что случилось потом? Кто мог сказать мне, что случилось потом?

Минуты две я стоял неподвижно, скованный ужасом, силясь прийти в себя. Потом я вспомнил о методе самого Холмса и сделал попытку применить его, чтобы объяснить себе разыгравшуюся трагедию. Увы, это было нетрудно! Во время нашего разговора мы с Холмсом не дошли до конца тропинки, и альпеншток указывал на то место, где мы остановились. Черноватая почва не просыхает здесь изза постоянных брызг потока, так что птица — и та оставила бы на ней свой след. Два ряда шагов четко отпечатывались почти у самого конца тропинки. Они удалялись от меня. Обратных следов не было. За несколько шагов от края земля была вся истоптана и разрыта, а терновник и папоротник вырваны и забрызганы грязью. Я лег лицом вниз и стал всматриваться в несущийся поток. Стемнело, и теперь я мог видеть только блестевшие от сырости черные каменные стены да где-то далеко в глубине сверканье бесчисленных водяных брызг. Я крикнул, но лишь гул водопада, чем-то похожий на человеческие голоса, донесся до моего слуха.

Однако судьбе было угодно, чтобы последний привет моего друга и товарища все-таки дошел до меня. Как я уже сказал, его альпеншток остался прислоненным к невысокой скале, нависшей над тропинкой. И вдруг на верхушке этого выступа что-то блеснуло. Я поднял руку, то был серебряный портсигар, который Холмс всегда носил с собой. Когда я взял его, несколько листочков бумаги, лежавших под ним, рассыпались и упали на землю. Это были три листика, вырванные из блокнота и адресованные мне. Характерно, что адрес был написан так же четко, почерк был так же уверен и разборчив, как если бы Холмс писал у себя в кабинете.

A small square of paper fluttered down.

«Дорогой мой Уотсон, — говорилось в записке. — Я пишу Вам эти строки благодаря любезности мистера Мориарти, который ждет меня для окончательного разрешения вопросов, касающихся нас обоих. Он бегло обрисовал мне способы, с помощью которых ему удалось ускользнуть от английской полиции, и узнать о нашем маршруте. Они только подтверждают мое высокое мнение о его выдающихся способностях. Мне приятно думать, что я могу избавить общество от дальнейших неудобств, связанных с его существованием, но боюсь, что это будет достигнуто ценой, которая огорчит моих друзей, и особенно

Вас, дорогой Уотсон. Впрочем, я уже говорил Вам, что мой жизненный путь дошел до своей высшей точки, и я не мог бы желать для себя лучшего конца. Между прочим, если говорить откровенно, я нимало не сомневался в том, что письмо из Мейрингена западня, и, отпуская Вас, был твердо убежден, что последует нечто в этом роде. Передайте инспектору Петерсону, что бумаги, необходимые для разоблачения шайки, лежат у меня в столе, в ящике под литерой «М» — синий конверт с надписью «Мориарти». Перед отъездом из Англии я сделал все необходимые распоряжения относительно моего имущества и оставил их у моего брата Майкрофта.

Прошу Вас передать мой сердечный привет миссис Уотсон.

Искренне преданный Вам Шерлок Холмс».

The death of Sherlock Holmes.

Остальное можно рассказать в двух словах. Осмотр места происшествия, произведенный экспертами, не оставил никаких сомнений в том, что схватка между противниками кончилась так, как она неизбежно должна была кончиться при данных обстоятельствах: видимо, они вместе упали в пропасть, так и не разжав смертельных объятий. Попытки отыскать трупы были тотчас же признаны безнадежными, и там, в глубине этого страшного котла кипящей воды и бурлящей пены, навеки остались лежать тела опаснейшего преступника и искуснейшего поборника правосудия своего времени. Мальчика-швейцарца так и не нашли — разумеется, это был один из многочисленных агентов, находившихся в распоряжении Мориарти. Что касается шайки, то, вероятно, все в Лондоне помнят, с какой полнотой улики, собранные Холмсом, разоблачили всю организацию и обнаружили, в каких железных тисках держал ее покойный Мориарти. На процессе страшная личность ее главы и вдохновителя осталась почти не освещенной, и если мне пришлось раскрыть здесь всю правду о его преступной деятельности, это вызвано теми недобросовестными защитниками, которые пытались обелить его память нападками на человека, которого я всегда буду считать самым благородным и самым мудрым из всех известных мне людей.

ОГЛАВЛЕНИЕ

Записки о Шерлоке Холмсе 3

Серебряный..5

Желтое лицо 38

Приключения клерка... 63

«Глория Скотт» 87

Обряд дома Месгрейвов 112

Рейгетские сквайры..138

Горбун...164

Постоянный пациент...187

Морской договор...209

Случай с переводчиком 253

Последнее дело Холмса 278

Milton Keynes UK
Ingram Content Group UK Ltd.
UKHW022340011124
450602UK00006B/107

9 781763 747975